U0095766

彭懿 著

福建少年儿童出版社

图书在版编目（CIP）数据

来自外星球的妖精/彭懿著. —福州：福建少年儿童出
版社，2008.5
　　（彭懿男孩女孩热闹童话）
　　ISBN 978-7-5395-3184-7

　　Ⅰ. 来…　Ⅱ. 彭…　Ⅲ. 童话—中国—当代　Ⅳ.
I287.7

中国版本图书馆 CIP 数据核字（2008）第 023170 号

来自外星球的妖精
——彭懿男孩女孩热闹童话

作者：彭懿
出版发行：福建少年儿童出版社
http：//www. fjcp. com　e-mail：fcph@fjcp. com
社址：福州市东水路 76 号（邮编：350001）
经销：全国各地新华书店
印刷：福州德安彩印有限公司
地址：福州市金山埔上工业区标准厂房 B 区 42 幢
开本：889×1194 毫米　1/32
字数：202 千字
印张：10.5　插页：4
印数：1—10090
版次：2008 年 5 月第 1 版
印次：2008 年 5 月第 1 次印刷
ISBN 978-7-5395-3184-7
定价：19.00 元

目录

目录

女孩子城里来了大盗贼

女孩子们的嫉妒丢了

祸从天降，女孩子城一下子乱成了一锅粥。

奇怪极了，也不知从什么地方钻出来一个神通广大的大盗贼，他不偷钱，也不偷别的东西，偏偏用一双无形的魔手，把隐藏在女孩子心灵深处的嫉妒给偷走啦！

连心底的秘密都给偷走了，女孩子们气坏了。

女孩子和男孩子不一样，不要说丢了嫉妒这么一件大事情，平时就是有什么芝麻大的小事情，还会气呼呼地嘀咕老半天呢！

这不，她们一个个撅着嘴巴，气得呼呼直喘粗气，这股气流可真大呀，围着女孩子城整整绕了二十八个圈子。连地球上空的气象卫星都观测到了这股气流，还以为女孩子城遭到了强台风的袭击哪！

等气生够了，女孩子们又"呼啦"一下，冲进了女孩子城的警察局。她们的尖叫声，把整幢大楼的玻璃窗都给震得稀巴烂。

"什么，你们心里的嫉妒被偷走了？哈哈……"警察局长——扎着两个小辫子的小迷糊笑得东倒西歪，嘴巴都差些笑裂了，"嫉妒还能丢？我才不相信哪！"

"哎呀，你还笑！"女孩子们急得直咬小辫子，"骗你，我们就是男孩子城的男孩子！"她们都要急哭了。

"真的?"小迷糊还是不敢相信。

这时，一个叫小花裙的女孩子站了出来："干脆，你把医生小药瓶找来吧，让她给我们做一个情绪心电图，不就知道心里的嫉妒丢没丢了吗?"

对呀！

小迷糊一声令下，小药瓶马上就给二百个丢了嫉妒的女孩子做了情绪心电图。要是在往常，情绪心电图上嫉妒的曲线可明显了，哪个女孩子的心里能没有点嫉妒呢！可今天小药瓶打开情绪心电图的纸带一看，不由得大吃了一惊：纸带上嫉妒那段一片空白。

"天呀，她们的嫉妒真的没啦！"

小迷糊有点迷糊了。她想：情绪心电图该不会不准吧?

不过，她只迷糊了一小会儿，就又清醒了。因为她把像装满了糨糊似的脑袋使劲一摇晃，嘿嘿，绝了，脑袋立刻就开了窍。她冲小药瓶吩咐道："不行，我还要用心灵电视再检查一遍！"

小花裙她们被带到了一个奇怪的房间。一进门，她们就看到里面站着一个打扮得花枝招展的小女孩，漂亮极

了。而小迷糊呢，却一个人偷偷地躲在一个荧光屏前面，聚精会神地观察着每一个女孩子内心的反应。

这个荧光屏的另一端连接着女孩子们的心灵，只要有一个女孩子心里稍微有一点点的嫉妒，荧光屏马上就会显示出来。

可小迷糊失望了！

如果小花裙她们心里的嫉妒没有被人偷去，见到这么一个漂亮的小女孩，心里不嫉妒才怪呢，女孩子个个都是小心眼儿。

"呼噜——呼噜——呼呼噜噜……"

等呀，等呀，小迷糊趴在荧光屏前睡了好几觉，女孩子们连一个嫉妒的也没有！从荧光屏上看去，小花裙她们的内心深处平静得像湖水一样。

"怪事！真是怪事……"小迷糊摇了摇脑袋，又高兴地说，"哎，你们把嫉妒给丢了，不是一件大好事吗？还找它干啥？"

"那可不行！"想不到，小花裙她们却不答应了，"不行！不行！"

"有什么不行？"小迷糊又开始迷糊了，尽管她把脑袋整整摇了十次，丝毫也无济于事，她照样想不通小花裙她们为什么不答应。

"当然不行啦！"小花裙说，"嫉妒是我们女孩子的一种坏毛病，就这么稀里糊涂地被大盗贼偷去了，怎么得了？要是被大盗贼运到别的城市里，那里的孩子不是要被传染了吗？"

"可不！我们是不嫉妒了，可别的孩子又该嫉妒啦！"女孩子们都犯起愁来了。

"谁把嫉妒给偷去了呢？"

小迷糊绞尽了脑汁，把脑袋摇晃得"嗡嗡"乱响，也想不出个所以然来。

是呀，这桩案子也实在是太难破了，要是谁丢了个钱包什么的，小迷糊兴许还能显显身手。可这次女孩子们丢的是心里的嫉妒呀！不用说，这个大盗贼肯定是一个技艺高超的小偷，怎样才能抓住他呢？

"要不，要不请男孩子城的大侦探小问号来吧，他肯定能抓住大盗贼！"小花裙轻轻地嘀咕了一句。

虽然她的声音很轻，可还是给小迷糊听到了。要是小迷糊的耳朵不尖，她还当得了女孩子城的警察局长吗？

小迷糊气坏了。俗话说，同行是冤家，平时小迷糊最嫉妒小问号了！她大声叫道："我们女孩子城的事，干吗要男孩子来管！"

"你能抓住偷嫉妒的大盗贼吗？"不知谁说了一句。

小迷糊把小嘴巴朝天上一撇，不服气地说："小问号就能抓住大盗贼吗？他还流鼻涕呢！哼哼，他有什么了不起的！不干不干，我就是不能让小问号来破案！"

"报告，有嫉妒的图像了！"

一直呆在荧光屏旁边的小药瓶叫出了声。

"那是我在嫉妒！"小迷糊气得大吼大叫，坐在地上

"哇哇"大哭起来了，"我好！我好！我就是比小问号好！"

就在这时，小迷糊忽然发现心灵深处被什么东西狠狠地吸了一下，紧接着，她那股嫉妒的情绪就无影无踪了！

光天化日之下，连警察局长的嫉妒也被偷走了！

从男孩子城来了大侦探

小迷糊没办法，只好给小问号打了一个电话。

小问号不愧是一个大侦探，行动迅速。小迷糊的电话听筒还没有摆稳，他就已经冲进警察局了。说句老实话，男孩子城里的男孩子哪个不愿意和女孩子在一起？只是他们总是调皮捣蛋，女孩子不让他们进城就是了。

"谁丢了嫉妒呀？"小问号俨然像个大侦探。

"我！"

"我！"

"还有我！"

"小问号，我心里的嫉妒也被偷走了。"小迷糊也放下了警察局长的大架子。

"怎么丢的呢？"小问号一个问号接着一个问号。

"我先说！"小花裙的声音最大，"妈妈给妹妹买了一个新书包，没给我买，我就生气了。妹妹的书包为啥比我的漂亮？可我的气刚生了一半，一股吸力就把心里的嫉妒给吸走了！"

"那股吸力可厉害哪！"小迷糊也指手画脚地说，"我还没嫉妒够，就听见'嗖'的一声，好像在心里刮了一阵龙卷风，一下子就把嫉妒给吸走啦！"嘿嘿，女孩子就是比男孩子鬼，小迷糊说了一大阵子，可压根也没说自己为啥要嫉妒。

不过，小问号没问下去，他拍了拍胸脯，胸有成竹地说："行了，我有办法找到这个大盗贼了！"随后，他急匆匆地跑了出去。以前，女孩子最瞧不起男孩子的这种动作了，一瞧见哪个"小小男子汉"拍胸脯，她们就会把小嘴朝东或朝西一撇："哼，吹牛皮！"不过，女孩子们这会儿却谁也没撇嘴，因为小问号和一般的男孩子不一样，他是一个赫赫有名的大侦探啊！

小问号跑到大街上，冲着满街的女孩子乱叫乱嚷："你们为什么都有小辫子，我却没有？气死我啦！气死我啦！"

街上的女孩子们看见他气得直翻白眼，还以为女孩子城混进了一个小精神病呢，吓得乱躲乱藏，热热闹闹的大街上一下子就变得空荡荡了。

"我也要小辫子！我也要……"小问号嫉妒得都快要跳起来了。

突然，小问号身上的警报器嘟嘟地叫起来了，嗬，大盗贼果然来吸自己心里的嫉妒了。可小问号才不在乎呢，因为小问号和大多数男孩子一个样，心胸宽阔，从来也不嫉妒。而他刚才在大街上的这番表演，完全是装出来的。大盗贼什么也偷不去。

刚才听小花裙、小迷糊她们一讲，小问号只动了大脑皮层的三个细胞，就全都明白了：这个大盗贼准是躲在一个女孩子们不注意的角落，趁女孩子们嫉妒时，把平时不暴露出来的嫉妒给吸走了。

小问号身上的警报器，连着一个像指南针似的小表，可以测定出那股吸力的方向和来源。小问号往表上一看，就朝一个快要崩塌的古堡跑去了。

嘻嘻，大盗贼果然上当受骗了。

这个愚蠢的家伙发现小问号嫉妒得要命，还以为来了好机会呢！可他连做梦也不会想到，嫉妒没偷到手不说，反而连自己隐藏的地方也被发现了！

可是，跑到古堡前一看，小问号傻了眼。只见一大群天真活泼的女孩子围成一圈儿，正在看一个铁皮人变戏法呢！难道说大盗贼就是这个黑糊糊的铁皮人？这下子，连抓到过九千九百九十九个大坏蛋的小问号，也不敢相信了。

他就是大盗贼

一点儿不错，这个铁皮人就是大盗贼。

别看这个铁皮人浑身上下都是铁皮做成的，锈迹斑斑，可他的脑袋却是用优质不锈钢制造的，闪闪发亮。在他的后脑勺上，还有一把小锁头。如果把锁头打开，掀开脑壳一看，就会发现里面装满了狐狸毛。要不他能那么狡獾吗？

铁皮人混进女孩子城，主要就是为了把女孩子心灵深处的嫉妒偷走。

嫉妒这种东西在很多城市可吃香了，坏蛋们特别喜欢。因为让嫉妒一扩散，人们就会互相嫉妒，本来团团结结的城市变得四分五裂，坏蛋就可以趁机胡作非为了。在那种地方，一两嫉妒的价值，抵得上一百两黄金，有时还能换上二百两黄金哪！

嫉妒这么值钱，盗贼们就都不偷别的东西了，全都拿着吸管和皮口袋，像苍蝇似的东钻西窜，专门偷嫉妒。

这个铁皮人就靠偷嫉妒发了大财，已经成了一个百万富翁了。

可是钱愈多，人愈是贪心。一听说女孩子城里嫉妒特别多，铁皮人就伪装成魔术大师溜进了女孩子城。对于铁皮人这个大盗贼来说，这里就好比是一座没有开掘过的大金矿。

小问号的到来，一点儿也没有引起铁皮人的怀疑。可能是因为这几天阴雨连绵，他脑袋里面的狐狸毛受潮的缘故，反正他已经完全放松警惕了。

"喂，小糖果，你看！"铁皮人拿出了一把五颜六色的糖果，塞到了一个小女孩手里，说，"多好看呀，吃吧！"

别的女孩子一看，嘴巴馋得直淌口水，她们冲着铁皮人嚷嚷道："你干吗给小糖果糖吃，不给我们？她哪儿比我们强，不就比我们多几个虫牙嘛！"可以保证，在场的

来自外星球的妖精

女孩子们，除了吃得津津有味的小糖果以外，没有一个不嫉妒的！

她们这一嫉妒不要紧，铁皮人可高兴了，他手里抓着的那根长管子，由一种小电脑控制着，谁心里有了嫉妒，马上自动对准谁，"嗞嗞"地吸个不停，统统装进鼓鼓囊囊的大皮口袋里去了！即使距离老远，小电脑一旦发现了嫉妒的目标，也能把嫉妒偷过来。小迷糊的嫉妒，就是这样被偷去的。

这下终于真相大白了，原来这个大盗贼是用这种办法偷去嫉妒的呀！

铁皮人还在那里继续引诱女孩子们上当。

他弯下腰，拍拍背着大书包的小眼镜，说："我敢打赌，你的考试成绩肯定比她们好！"他把手朝奔过来的一群女孩子一指。

那群女孩子们一听，可都不乐意了。

她们七嘴八舌地叫嚷道："有啥了不起的，她不就比我多几分嘛！""小眼镜，就知道看书用功！""等期中考试时，非把她的眼镜给藏起来不可，让她看不清黑板上的题目，吃个大鸭蛋！""对，看她比我们强！"……

乖乖，女孩子们的嫉妒有多厉害呀！

见到铁皮人抱着那个沉甸甸的大皮口袋，乐得得意忘形的那副模样，小问号可再也忍受不下去了。他冲了过去，一把抓住铁皮人的大皮口袋，厉声喝道：

"站住，你这个大盗贼——"

穿旱冰鞋的大盗贼逃跑了

小问号这一声大喊，把正要溜走的铁皮人给吓了一大跳。可等他扭过不锈钢的脑袋一看，却又"嘿嘿"地笑开了，唉，一场虚惊，原来是一个小男孩，还当是女孩子城的警察追来了呢！

"去去，谁是大盗贼？我可是最最老实的魔术大师！"铁皮人说完就要走。

"不许你走！"小问号把手往腰里一叉，"不把女孩子的嫉妒交出来，你甭想溜！"

"哼，你管得也太宽了，这里是女孩子城，不是你们男孩子的地盘！"铁皮人凶相毕露，一拳把小问号打翻在地。正当他拎起那个皮口袋要跑走时，忽然发现道路已经被成百上千的女孩子给堵死了，站在队伍最前头的，是小迷糊和小花裙。

这下子铁皮人可有点害怕了，他连退几步，没站稳，一屁股摔到了地上："你们要、要干什么？"

"告诉你，小问号是我们专门从男孩子城请来的大侦探，专门抓偷嫉妒的大盗贼！"警察局长小迷糊威严地说。

小问号夺过了铁皮人的大皮口袋，说："嫉妒失窃案我已经破了，他——这个铁皮人，就是偷去你们嫉妒的大盗贼。"

"我是好人！你乱说……"铁皮人还想抵赖。

小问号把手中的皮口袋举了起来，冲着一大群女孩子说："这就是证据！他偷来的嫉妒都装在这个大皮口袋里面了！"

"不是！不是！"铁皮人一看要露馅，急得脑壳里面的狐狸毛都竖起来了！他想冲过来夺走那个大皮口袋，可是被一大群女孩子给牢牢地按住了。

"什么不是？"小问号把扎大皮口袋的绳子给解开了，"你们听——"

顿时，各式各样的女孩子声音从皮口袋里飘了出来：

"小问号就能抓住大盗贼吗？他还流鼻涕呢！"

"你干吗给小糖果吃糖，不给我们？"

"等期中考试时，非把她的眼镜给藏起来不可！让她看不清黑板上的题目，吃个大鸭蛋！"……

"哎呀，小问号，快把口袋扎起来吧！"女孩子因为听到了自己嫉妒的声音，脸都烧红了。

"铁皮人，铁证如山，你还不认账吗？"小问号大声地说。

铁皮人说不出话来了。

"把他押走！"女孩子们一起喊了起来。

"等一等！"小问号请小药瓶找来一把小榔头，"哐当"一声，就把铁皮人后脑勺的那把锁头砸开了，一看，里面塞满了发霉的狐狸毛。

小问号气哼哼地说："怪不得他专做坏事，原来一脑袋狐狸毛！"

"应该给他装一脑袋糨糊，让他变成一个大傻瓜，叫他什么坏事也干不了！"小迷糊有一套专门对付小偷的怪办法。

"对！"大家一致赞同。

说干就干，小问号把铁皮人脑壳里的狐狸毛一把一把地抓了出来。可万万没想到，就在铁皮人脑袋里还剩下最后一根狐狸毛的时候，他猛地从地上跳了起来。

这最后一根狐狸毛，偏偏又是管逃跑的！铁皮人"呼"地一下冲了出去，女孩子们想拦都来不及了。

哎哟，女孩子们这才发现，这个可恨的大盗贼脚上还穿着一双旱冰鞋呢！

铁皮人自己吞下了嫉妒的苦果

女孩子城是女孩子的天下，铁皮人怎么跑得掉？

铁皮人跑得再快，也没有小迷糊的电话传得快呀！铁皮人沿着公路溜了没有多远，全城的女孩子就已经布下了天罗地网，他是在劫难逃啦！

"逃，逃，快逃——"铁皮人现在什么也不会想了，只知道一个劲地逃跑。

可当他从市中心的街道上穿过时，突然听到有一个女孩子喊了一声："预备，倒！"刹那间，一桶桶冷水从楼上的窗户里倒了出来，一下子就把铁皮人给浇成了落汤鸡！

这下可不得了了，铁皮人别的不怕，什么打呀、砸呀、撞呀的，都伤不了他一根毫毛，可他就怕水。因为他的胳膊、腿全是铁的，被水一浇，马上就发生了化学反应，身体的关节全都锈住了。

应该拐弯了，可铁皮人的身体已经不听指挥了。

"哐当！"铁皮人重重地撞在一根水泥电线杆上，摔倒了。

小问号、小迷糊、小花裙他们都追过来了！

"大盗贼，这是你应得的下场！"女孩子们说。

"饶了我吧！求求你们给我的关节涂点机油，放我回去吧！我往后再也不干坏事了！"铁皮人一个劲地哀求。

女孩子们谁也没有理睬他。

这时，小药瓶和另外几个小女孩把大皮口袋拖了过来，她们问："这个大口袋咋办呀？"

"咋办，用火烧了呗！反正不能让嫉妒再去传染别的女孩子了！"小迷糊响亮地说。

小问号急忙劝阻道："别！咱们让铁皮人也尝尝嫉妒的滋味，好不好？"

"好！"大家嚷道。

小问号解开大皮口袋，把里面的嫉妒一股脑儿地倒进了铁皮人的脑袋里。天呀，铁皮人可受不了啦！

一个女孩子的嫉妒就够厉害的，那个大皮口袋不多不少，整整装了一千个女孩子的嫉妒，比一颗原子弹的威力还要大好几倍。铁皮人"嗖"的一声从地上蹿了起来。只见他捂着脑袋，冲着周围的女孩子们大叫大喊："你们为

什么有头发？你们为什么穿裙子？你们……"铁皮人脑袋里嫉妒装得太多了，气得都快要发疯了，"咚，咚，咚"，铁皮人不顾一切地朝墙壁撞上去！

铁皮人的脑袋很快就撞扁了，他的身体也成了一堆废铁。

铁皮人这个大盗贼，终于被自己偷来的嫉妒给毁了。

从那以后，女孩子城里的女孩子再也没人犯过嫉妒的毛病，哪怕不出声的只在心底里暗暗发作的嫉妒也没发生过。因为女孩子们知道，嫉妒不光对自己没有一点好处，有时候还能引来偷嫉妒的大盗贼呢！

贝塔星上的气球

神秘的礼物……

飞来横祸，贝塔星就要陷入一场灾难之中了。

然而，这个远离太阳系的星球上却是一片欢乐。一年一度的孩子节就要来临了。在这一天里，孩子们不用去学校上课，可以为所欲为地玩上一整天，甭提有多么痛快啦！

而且今年的孩子节和往年不同，大人一个也不在贝塔星上，孩子们都响应了孩子头稀稀的号召，用储蓄罐里的零钱买了飞船票，把大人全都送到太阳系去旅游啦。

没有爸爸妈妈瞪眼睛，也没有老师指手画脚，变成了无拘无束的自由人，孩子们多么高兴啊！嘿，今年的孩子节可要痛痛快快地玩个够！孩子们送走了大人以后，聚在一起，又蹦又跳，稀稀还带头在地上打起了滚儿。

明天就是孩子节。

孩子们潮水般地往家里跑去，准备好好地睡上一大觉，明天热热闹闹地庆祝一番。

稀稀腿最长，第一个推开了家门。可他还没站稳，就"啊"的一声叫了起来。

他发现了什么呢？

只见屋子里最显眼的地方，摆着一个精美的小盒子。是谁送的礼物呢？稀稀打开一看，原来里面放着一个气球！"哼，爸爸妈妈真小气，好不容易过一个孩子节，就送我一个破气球！"稀稀嘴巴撅得老高，手一甩，瘪气球就飞到了床底下。

"砰！砰！砰！"这时响起了震耳欲聋的敲门声。

稀稀开门一看，唷嗬！黑压压的一片黑脑袋，恐怕整个贝塔星的孩子都来了！

"稀稀，你收到这个了吗？"孩子们把手中的气球举了起来。

"全是气球？"稀稀简直以为自己在做梦了。得，这肯定不是爸爸妈妈的赠品了，总不见得贝塔星上所有的爸爸妈妈联合行动，都给孩子送一个气球吧！

哗哗从人缝中钻了出来，把一个气球递给稀稀："奇怪的事多着哪！你吹吹看，这个气球根本就吹不鼓！"

这是真的吗？

"别逗了，你这个瘦猴吹不起来，咱们的大力士稀稀还吹不鼓啊！"啦啦他们哄堂大笑。

就是，哗哗这个瘦猴就会大惊小怪。

稀稀故意摆出一副满不在乎的神态，把气球往嘴边一放，"咝——"一股气流就喷了出来。可让人难以相信的是，稀稀把肚子里所有的气都吐出来了，还是没有把那个气球吹鼓。

天哪，啦啦他们的眼珠都不转了。

"讨厌的破气球，我不要了!"穿花裙子的丽丽见吹不鼓气球，发火了。丽丽是爸爸妈妈的掌上明珠，一碰到不顺心的事，就爱撒娇发脾气。

然而就在这一瞬间，被她扔到一边的气球一下蹿了起来，居然慢慢地鼓起来了。

太让人吃惊了，孩子们全都目瞪口呆。

贝塔星上的女孩子们本来就娇气十足，平时男孩子大声咳嗽一声，也会把她们的眼泪吓掉一串! 这下子更不得了啦，一看到神秘的气球会自己鼓起来，全都吓得捂着眼睛"哇哇"大哭啦。

真怪，只要谁张嘴一哭，谁手中的气球就会鼓起来!

这究竟是怎么一回事呀?

气球飞往足球场……

糟糕，出现了这么多来历不明的怪气球，大人又一个不在，小小男子汉们也有点儿慌了神。

别看啦啦长得虎头虎脑，可他也就只能在女孩子面前摆摆威风，在家里也是一个娇生惯养的"哭鼻子大王"。不过这次他却没大哭一场，只是一个劲地往别人身后躲："我怕! 我怕!"

"嗖！"又一个气球飘了起来。

"妈妈，快来呀——"哗哗更是有过之而无不及，居然像往常任性撒娇一样，害怕得哭叫起来。

不说你也猜到了，哗哗手里的气球也鼓啦！

稀稀也被这些神秘的气球弄糊涂了。真是太奇怪了，气球用气吹不鼓，撒娇倒是能使它鼓起来！莫非是孩子们身上的娇气把气球吹鼓的？

可是没等稀稀多想，飘荡在空中的气球突然方向一转，飘飘悠悠地朝远处飞走了。

"哟，它们飞走啦，快追！"孩子们忘记害怕了，不约而同地追去。

实在叫人吃惊，五颜六色的气球飞到贝塔星的足球场上空时，居然会从天而降，一个接一个地落进了足球场。

"呼啦啦——"孩子们拥进了足球场，可只听"哗——"的一声，孩子们又都退了回来，扭头就逃！几个胆小的女孩子甚至吓得哭出了声，连稀稀也吓得脸都变了色。

他们在球场中央看见两个怪人！

两个怪人的模样太可怕了，个子不高，圆圆的小脑袋上长着一对金鱼眼，又浓又密的胡须一直拖到地上。乍一看，他们俩好像一对孪生兄弟，所不同的，就是一个长着白胡子，一个长着黑胡子。

"别跑啊，孩子们！"背后传来了一声热情的呼唤。

稀稀和几个胆子稍微大点的孩子站住了，不过他们的心都提到了嗓子眼儿。"你们是谁?"稀稀战战兢兢地问。

"你们不认识我们俩吧?"白胡子和黑胡子笑了,长长的胡子也跟着颤抖起来了,"我们是瞌睡星派来的使者,来和你们一起庆祝孩子节的呀!"

孩子们放心了。

稀稀又问:"气球都是你们送的吗?"

"喜欢吗?"白胡子摸了一把大胡子,尖声尖气地说,"过节就要有点过节的气氛,花花绿绿的气球在天上一飘,多热闹!"

"你们看——"黑胡子冲到主席台上,脑袋往下一低,一个倒栽葱就从几十米高的台上扎了下来,"咚!"黑胡子一下子被气球托了起来,连根胡子也没伤着。

他在气球上边跳边喊:"这些气球弹性足、压不破,人呆在这么多气球上,就像在水里游泳一样!"

孩子们顿时来了兴趣,在气球堆里又蹦又跳。

可玩了没多一会儿,白胡子和黑胡子又不约而同地叹了口气。他们俩这一口气可非同小可,好像平地刮起一股大风,所有的气球都飞上了天!

"唉——唉——唉……"

见白胡子、黑胡子"唉唉"个没完没了,稀稀他们急了:"别唉唉了,已经是第七万七千七百七十七个唉啦,有啥伤心的呢?"

"唉——"白胡子又"唉"了一声,才说,"气球太少了,要是整个足球场全是气球,咱们就可以从直升机上往下跳了。那才好玩呢!"

"唉!咱们的气球都没啦!"

孩子们也"唉唉"起来了。是啊,白胡子和黑胡子只送给他们一人一个气球啊!

一个大骗局……

"气球倒是有,"等稀稀他们"唉唉"够了,黑胡子又开始"唉唉"了,"唉,就怕你们不肯让气球鼓起来!唉——"

白胡子把手一挥,像魔术师似的嘟哝了几句咒语,嗬,只见无数个瘪气球从天上落了下来,不光是足球场,就连贝塔星的大街小巷都飘满了瘪气球!

孩子们冲出了足球场,兴奋地乱喊乱叫:"下雨了,下气球雨了!"这可真是一场前所未有的怪雨!

稀稀、哗哗、啦啦他们全都搂到了一起。

要是这些气球都鼓起来,准能把足球场填满!嘿嘿,到那个时候,从直升机上往下一跳,"嗖"的一下子能弹起十几米高。太惊险啦!

"可我们吹不鼓这些气球呀!"

哗哗、啦啦他们又泄气了。

稀稀随便捡起一个气球,脸都憋红了,也没有吹鼓。哼,这些气球和以前的一样,全是一个模子制出来的。

看到稀稀一副气呼呼的模样,黑胡子反倒笑了:"瞧睡星的气球和贝塔星的不一样，用一般的气吹不鼓，要用娇气！只要你们一撒娇，它就会自动胀起来，一点也不费力气！"

原来，这些气球靠的是娇气！孩子们恍然大悟了，怪不得刚才一撒娇，气球都胀了起来！

"这太容易了，"哗哗拍拍胸脯，"撒娇谁不会！"

女孩子们的劲头比男孩子们更足，她们不甘示弱地说："我们天天在爸爸妈妈面前撒娇！"

是呀，贝塔星的孩子哪个不会撒娇呢！他们像温室里的小花小草，从小就生活在爸爸妈妈无比宠爱的怀抱里，只要稍微有一丁点儿不顺心，或是摔了一个屁墩儿，或是一个比芝麻还小的要求没被满足，他们都会大哭大闹一番，好让爸爸妈妈"宝宝好，宝宝乖"地哄半天！

可他们万万没有想到，平常用来对付爸爸妈妈的娇气，今天竟会派上这么大的用场！

"你们还等什么呀，快撒娇呀！"黑胡子着急了。

白胡子也跟着嚷："充好气球，咱们就可以从直升机上往下跳啦！"

丽丽一马当先，往一大堆瘪气球中间一坐，像往常在妈妈怀里撒娇似的，把身子摇晃得让人眼花缭乱："妈妈，我要吃巧克力！你不给我买，我就真哭！呜呜……"

太灵了，一只只气球鼓了起来，在丽丽的头上不停地旋转。

真好玩！哗哗、啦啦他们忍不住了，纷纷冲进气球堆里，施展起自己的才华。

啦啦脚下一滑，摔了个跟头，本来爬起来就没事了，可他却大惊小怪地叫了起来："疼啊疼啊，骨头摔断了！爸爸你不给我买一个电动坦克车，我就一直疼！"

这是啦啦的一个秘密"武器"，每次磕了绊了一下，总不能白白叫唤一次，空着两手从地上爬起来。

孩子们撒呀、撒呀，不停地撒娇。气球一个个鼓起来了，飞到了运动场。好家伙，足球场里的气球已经堆得像小山一样高了。白胡子和黑胡子乐得直翻跟头。

可孩子们谁也没注意，他们撒娇撒得太厉害了。因为互相传染，他们都成了"娇气病"的重病号了。

真的，他们最起码比原先娇气了一百倍！

稀稀他们大声抗议……

气球全都飘走了，孩子们却走不动了。

丽丽怎么也不肯从地上爬起来，一个劲地直嚷嚷："我累，我累，我一站起来就累！妈妈不回来，不给我买巧克力，我就坚决不起来！呜呜……"

如果旁边有没鼓起来的气球，肯定老早就胀得圆圆的了，这股子娇气太大了！

啦啦也动真格的了，哇哇叫却不掉泪。啦啦撒娇从来都是干号，声音又脆又响，能把住在二里路外的奶奶震醒。只见他捂着屁股一个劲地叫唤："屁股疼，比打针还疼！爸爸不把商店里的玩具都买回来，我屁股一辈子也不会好！"幸亏啦啦的爸爸不在，否则非犯心脏病不可！他一年的工资也买不起那么多的玩具啊！

再看稀稀吧。稀稀平时最讨厌撒娇了，可今天他自己也说不清楚是怎么一回事，也想使劲地撒撒娇！别的孩子就更不用提了，好好的贝塔星几乎变成了一个"娇气星"，被娇气团团包围了。

孩子们什么事情也不肯做了，就知道哼哼叽叽地撒娇！要是他们的爸爸妈妈看到这番情景，准会打心眼儿里后悔一辈子！因为孩子们撒娇的坏毛病，都是被他们宠出来的！

咦，奇怪，那两个怪老头跑到什么地方去了？

稀稀把眼睛都看酸了，也没有找到白胡子和黑胡子的人影。

"哎哟，咱们可别上了他们的当！"稀稀也不知道哪根神经绷紧了，突然警觉起来了，"他们让我们拼命地撒娇，该不会是要气球里的娇气吧？"

孩子们一听，全都从地上坐了起来。

真逗！撒娇这个东西太奇怪了，你愈想撒，娇气就愈多；等你不想撒了，它忽的一下就无影无踪了，连个招呼也不打！

他们一紧张，马上就忘记了撒娇。

在稀稀的率领下，孩子们轻手轻脚地摸进了足球场。朝里面一瞧，孩子们不由得大吃一惊，差一点儿又要撒娇了。

只见黑胡子和白胡子躺在气球堆的最顶端，高兴得哈哈大笑。听了他们俩的对话，孩子们气得直发抖。

"稀稀他们全完蛋了，他们一辈子也改不掉撒娇的毛病了！"孩子们耳朵尖，一听就听出这是白胡子的声音。他还在喋喋不休地说，"人一旦染上娇气病，就啥事也做不成了！"

"这下咱哥俩的计划算是实现了！"除了黑胡子，谁还能有这么粗的嗓子呢，"等孩子们的爸爸妈妈一回来，咱们就把气球里的娇气放出来，叫他们变得娇气十足，乖乖听咱们摆布！"

"哈哈！"两个阴谋家简直是在狂笑了，"贝塔星就要属于咱们啦！"

原来灌那么多气球，是为了达到这个不可告人的目的！稀稀他们气坏了，白胡子和黑胡子真是一对大骗子！

"呜呜，他们还说为了庆祝孩子节。真坏！呜……"丽丽知道受骗了，真想像往常那样大哭一场，可她马上把眼泪憋了回去——因为只有两个大坏蛋才喜欢撒娇的孩子！

"大骗子！大骗子！"

稀稀他们冲过去把白胡子和黑胡子拉了下来，大声抗议。

一看这群孩子不撒娇了，两个老头子一愣，可马上就明白过来了。他们凶相毕露地说："知道受骗了吧，晚啦！

这些娇气一放出来，好人的骨头也得变酥！明天孩子节一过，贝塔星的主人就是咱们俩啦！"

神枪手百发百中……

天亮了，盼望已久的孩子节终于来到了。

可谁还有心思玩乐呀！贝塔星笼罩在一片愁云之中。

太紧张了，稀稀他们一个晚上没敢闭眼睛。两个大骗子好像两颗定时炸弹，时时刻刻威胁着贝塔星的安危。只要爸爸妈妈一踏上大地，两个坏蛋就会把气球里所有的娇气都放出来，让大人都变成没有反抗力的奴隶。

太可怕了，孩子们不敢再往下想了。

他们知道，再想下去，非重犯"娇气病"不可！

"有啦，咱们趁爸爸妈妈还没回来，把气球都给扎破，把里面的娇气放掉！"哗哗想出了一个主意。

"不行不行！"他的主意被大伙否决了。

是呀，孩子们的抵抗力已经弱得不能再弱了，气球里的娇气一放出来，不等爸爸妈妈回来，他们自己就得被害死！气球里面的娇气实在是太多、太浓了。

"咱们带上防毒面罩，不就不怕娇气了吗?"没想到，稀稀却受到了启发。

孩子们开始向足球场进军。

可大队人马还没靠近足球场，白胡子和黑胡子就发现了。奇怪的是，两个大骗子一点不惊慌，只是一个劲地冲

他们唉声叹气。

"唉——唉——唉——"

"快逃跑!"稀稀突然明白过来了,随着两个老头的"唉唉"声,一股势不可当的气流就要冲过来了。

但是,已经来不及了。一阵狂风呼啸而来,顿时天昏地暗,孩子们像树叶似的,被狂风吹得东一个、西一个,稀稀差点没从贝塔星的边缘掉下去。

等孩子们爬起来一看,白胡子和黑胡子正站在气球堆上,得意扬扬地冲他们招手哪!

"嗡——"稀稀他们脑袋都快给气炸了!

"我们冲不过去,"哗哗把手里捏着的水果刀往地上一扔,"怎么能把气球扎破呢?"

"干脆,我们用弹弓打气球!"稀稀又想出一个高招。

一声令下,孩子们把所有的弹弓都拿了出来。贝塔星的男孩子个个都是神枪手,百发百中。

"预备——放!"稀稀射出了第一颗仇恨的子弹。

孩子们也都把石头射向气球堆。真准,只听啪啪一阵乱响,一个又一个气球炸裂了!两个大骗子气得又吼又叫,可无奈孩子们离得太远,狂风不起作用。

这时,稀稀觉得有点头晕,想坐在地上撒娇了。唷,准是气球里的娇气吹过来了!他连忙招呼部下:"快带防毒面罩!"其实,所谓的防毒面罩,就是厚厚的口罩再浸点水。别看简单,却挺管用,一点儿娇气也进不来了!

稀稀他们打得正来劲,忽然发现子弹没了!

"给你们子弹!"丽丽她们一群女孩子跑了过来,从口袋里掏出一大把花生米。嘻嘻,这可真是高级子弹。

男孩子们全都乐了,他们一人先往自己的嘴巴里投了一颗"子弹"解解馋,然后又集中"火力"向气球猛扫!

一阵弹雨过后,所有的气球都报销了。

就在这时,稀稀他们发现两个老头不见了。哪儿去了,冲过去一看,原来他们趴在地上直打哆嗦,像孩子一样撒娇:"呜呜,不给我们买奶油雪糕,我们就不起来!呜呜……"

哈哈,两个大骗子把娇气都吸到自己肚里去了!

稀稀他们胜利了!不仅战胜了两个大骗子,还改掉了娇气的坏毛病,这恐怕是孩子节里最大的收获啦!

雪糕罐头打开以后

欢乐城的公民们都忧愁起来了

欢乐城是全世界最欢乐的地方，那里到处都是欢快的笑声，人们想忧愁都忧愁不了。据联合国的调查，其他城市居民的脑细胞里，欢乐细胞寥寥无几；而欢乐城的公民们，脑子里却全部都是欢乐细胞！

可这几天，欢乐城的公民突然开始忧愁起来了。

怎么回事呢？

这还要从欢乐城的海关总署讲起。

夏天快要到了，为了让公民们在开怀大笑一天以后解解渴、清清火，欢乐城的大总统笑笑笑命令从冰淇淋城进口五百万听雪糕罐头。可雪糕罐头运到海关总署时，官员们光顾哈哈大笑，忘记了检查。结果，一路绿灯，雪糕连夜就被摆到了超级市场的售货架上。

欢乐城里连穿开裆裤的小娃娃都知道，冰淇淋城的雪糕罐头最有名气了！它们不光甜，而且咬上一口，一个星期都不会出汗。一句话，又好吃又凉快！所以，第二天早上超级市场一开门，人们就把这五百万听雪糕罐头抢购一空了！

然而，谁也没想到，这批雪糕罐头里竟潜伏着一种谁也不知道的病毒。只要罐头一打开，一场可怕的疾病就要在欢乐城蔓延开来。

唉，灾难就要降临到欢乐城啦。

奇怪的是，被病毒传染上的人，既不感冒发烧，也不头痛脑热，只是一个劲地忧愁、忧愁，就是把世界上所有形容忧愁的字眼都用上去，也无法形容人们的那股子忧愁劲！

最先开始忧愁的，是拉拉乐团的大指挥嘿啦啦和他的乐手们。

他们马上就要演奏《嘻嘻哈哈进行曲》了，为了鼓舞士气，让乐手们在长达八小时的演奏中不打瞌睡，嘿啦啦一狠心，打开了整整一百听雪糕罐头，每人一听！可谁知道，大幕一拉开，一个音符还没演奏出来，乐手们却把手中的乐器朝台下一扔，坐到了地板上，捂住脑袋忧愁起来了！

嘿啦啦更倒霉，因为他刚才一口气吃了二十八听雪糕罐头，所以忧愁得比别人要厉害好几倍！只见他把漂亮的燕尾服撕得粉碎，满台乱跑，像一个疯子似的嚎啕大哭，忧愁得都快要跌倒了。

台下的观众们都惊呆了，还以为这一切都是嘿啦啦他们别出心裁的表演呢！他们全都鼓起掌来了！可鼓着、鼓着，掌声变得稀稀拉拉了——他们也都被飘浮在空气中的病毒传染了，有气无力地低下了脑袋，开始忧愁啦！

紧接着，一大批吃了雪糕罐头的新郎新娘、喜剧演员、相声大师、学者教授也都忧愁开了。没有几个小时，欢乐城的绝大部分公民都变得愁眉不展了。

大总统笑笑笑急坏了，立即举行紧急内阁会议。他急得眼泪都快淌出来了："诸位大臣，我们不能再这样忧郁了，必须想办法控制住这种病毒的扩散……"

可话说到一半，笑笑笑也被无孔不入的病毒传染了，他一屁股坐到了沙发上，紧皱眉头，"唉唉"地叹起气来了。他这一唉声叹气不要紧，大臣们也紧步后尘，异口同声地"唉唉"起来了。完了，他们都变得忧愁了！

等到海关总署的官员们发现病毒来自雪糕罐头以后，已经太晚了！几乎所有的雪糕罐头都被人们打开了，病毒四处蔓延，迅速繁殖，把整个欢乐城都污染了！

可怕的 "忧愁病毒"

愁！愁！愁！
欢乐城变成了一个忧愁城！
唉，人们的心全都笼罩在愁云之中了！上到大总统笑笑笑，下至卖冰棍的老太婆，几乎无一例外，人人都感到胸闷、气短、心中难过，整天萎靡不振，连头都抬不起来了！

医院里挤满了病人，医生们全力以赴。他们用情绪温度计测量了病人的体温以后，发现里面的水银柱已经降到了最低点。他们惊讶地宣布："人们全都传染上忧愁病啦！"

啧啧，谁听到过这种稀奇古怪的疾病啊！

大总统笑笑笑忧愁得都动弹不了啦，他命令身边的大臣们："快，马上把科学家集中起来，唉唉……"他又忧愁了好半天，才断断续续地说了下去："不治好忧愁病，咱们的欢乐城就完蛋了！唉唉，唉唉唉……"

很快，全城的科学家们紧急动员起来了。

科学家也都得了忧愁病，可他们为了挽救几百万公民的性命，忘记了忧愁，废寝忘食，把整个身心都扑在研究这种古里古怪的忧愁病上。

要想治疗这种忧愁病，首先要弄清致病病毒的来龙去脉。

科学家从空气当中收集了大量的病毒，又用能够放大几十亿倍的电子显微镜进行观察，终于揭开了这种病毒的秘密。它们的结构十分复杂，像一个个肥皂泡，模样怪极了。在每一个泡泡里，贮藏着大量的忧愁物质。它们一和人接触，就会侵入人的脑子，使欢乐细胞失去活性，变成忧愁细胞！

这种病毒，被正式命名为"忧愁病毒"。

可怎么消灭这种忧愁病毒呢？

科学家们想尽了各种办法，使用了上千种药物，还是无济于事！忧愁病毒愈来愈猖獗，欢乐城的公民们被忧愁病折磨得垂头丧气，都有些坚持不住了！

大总统笑笑笑愁成了愁愁愁，他和大臣们在一片长吁短叹的哀叹声中，终于作出了一个决定：由他本人发表电视讲话，宣布欢乐城即将灭亡的消息！

可大总统笑笑笑在电视台刚讲了一个开头，一个青年科学家突然冲了进来！他一把夺过了话筒，高声宣布："我找到消灭忧愁病毒的方法了，欢乐城不会灭亡了！"

他找到了什么方法呢？

他的方法实在是太奇怪了，说出来你也不会相信！他居然当着大总统和几百万公民的面，慷慨激昂地说："我根据忧愁病毒的生化特性，做了大量的实验，发现了一个奇怪的现象，忧愁病毒怕歌声！只要欢乐城响起了欢乐的歌声，忧愁病毒就会被消灭！"

这太让人难以相信啦。

大总统笑笑笑却一点也不怀疑青年科学家，怎么能不相信科学呢！他高兴得叫起来了："欢乐城有救了！欢乐城有救了！"他命令大臣们立即批准青年科学家为科学家大院士，奖给他欢乐城自己生产的雪糕罐头一百听！

歌声真的能治疗忧愁病吗？

自告奋勇的歌手

大总统笑笑笑从电视台跑回总统府，高兴得手舞足蹈，冲着吓得发呆的大臣们嚷道："呆子，一群呆子，还愣着干什么呀？快把我的音乐磁带统统搬出来，听个痛快呀！"

大臣们不敢犹豫，马上从仓库里抱来一盘又一盘的音乐磁带，里面有流行歌曲、抒情歌曲，还有欢乐城红得发紫的歌星哆啦西的歌曲。

"听哪一盘啊？"一个大臣问。

大总统笑笑笑摆摆手："随便！"

大臣把歌星哆啦西的磁带放进了录音机，按动了放音的开关。磁带开始转动了，大总统笑笑笑眯缝起细眼睛，等待着从录音机中传来的美妙歌声。嘿嘿，要是那个青年科学家没说错的话，一曲终了，自己就要和讨厌的忧愁病说拜拜啦！他正美滋滋地想着，突然像被什么东西刺了一下似的跳了起来！

怎么了？原来从录音机里传来了一阵"吱吱哇哇"的怪叫声，难听极了！

怪事，哆啦西的歌声怎么变得这么难听了？是不是磁带坏了？大臣又换了一盘流行歌曲，结果还是一样。磁带一盘又一盘全都试过了，盘盘都一样，全是刺耳的怪叫声！

不用说了，一定是忧愁病毒把歌曲磁带腐蚀坏了！

歌曲没听到，反倒灌了一耳朵噪音，大总统笑笑笑气得差点没晕过去。他"唉唉"了好长时间，才抬起头，冲着低头不语的大臣们嚷道："别愁啦，快把哆啦西给我请到音乐厅来，我要亲自听她演唱！"

等大臣跑到哆啦西的家里一看，吓了一大跳。

哆啦西正在家里哇哇大哭哪。因为前些日子哆啦西一直在外头巡回演出，嗓子渴得直冒火，所以那天一买到雪糕罐头，就敞开肚皮吃了个够！这可就糟啦。现在，整个欢乐城里，恐怕就要数哆啦西的忧愁病最严重了！她自己也说不出来为什么这样忧愁，整天悲伤得死去活来，眼泪把门前的一条小河都弄咸了！

听大臣把来意一说，哆啦西的眼泪又喷了出来，如果不是大臣们溜得快，非被滚滚而来的泪水给冲走不可！哆啦西边哭边说："我哪还有心思唱歌呀，嗓子都哭坏了，用润滑油泡了两天都不顶用！"

这可怎么办呢？

大总统笑笑笑太失望了。是呀，连歌声都听不到，怎么能治好忧愁病呢？大臣们找遍了欢乐城，一个歌手也找不到，人们的嗓子都愁哑了！

这时，一个孩子自告奋勇地站了出来。

全城的人一起打了一个大喷嚏

她是谁呀？

她是一个名叫珊珊的小女孩。

珊珊长得很美，长长的睫毛，大大的眼睛，嘴边还有两个浅浅的酒窝，可讨人喜欢了。不光长得好，珊珊歌唱得也挺好，甜甜的，脆脆的，像银铃一般。真的，珊珊还在欢乐城的音乐会上演唱过一首儿歌哪！

大总统笑笑笑正为找不到歌唱家急得团团转，一听说来了一个毛遂自荐的歌手，马上就不"唉唉"地叹气了。"什么？找到能唱歌的人了，太好了，这下我们欢乐城公民们的忧愁病有救了！嘿啦啦、嘿啦啦……"他高兴地唱起歌来了，不过唱得很难听。

可等他一看到小珊珊，那股子高光劲顿时退了大半截！

"一个小娃娃？简直是胡闹！我就不相信一个几百万人的欢乐城，连一个能唱歌的歌唱家都挑不出来！唉唉……"大总统笑笑笑又愁起来了。

"别瞧不起人嘛！"珊珊小嘴撅得高高的。

"大总统，要不就让她试一下吧！"大臣们实在是找不到嗓子不哑的歌手了，只好硬着头皮告诉笑笑笑，"我们的腿都要跑断了，欢乐城的歌手都唱不了歌了！"

万般无奈，大总统笑笑笑只好点点头："那就试试吧。"

这个消息一传开，整个欢乐城轰动了。

小小的音乐厅，一下子被忧愁的人们挤得水泄不通，可门外还有好几百万人在往里挤。

大总统笑笑笑没办法，只好命令撤销珊珊在音乐厅的演出，让她到三百米高的电视发射塔上去唱歌。嘿嘿，电视发射塔要算欢乐城最高的建筑了，在那上面一唱歌，整个欢乐城都能听到。

"欢乐城有救啦!"人们高兴得欢呼起来。

"我要用歌声给叔叔阿姨治病啦!"珊珊也高兴得从地上蹦了起来,一把搂住了大总统笑笑笑的脖子。前些日子,在忧愁病毒最厉害的时候,珊珊正好到城外的外婆家去了,没传染上。现在,虽然欢乐城的空气当中多少还飘浮着一些忧愁病毒,但浓度已经很低了,珊珊一点也没有染上忧愁病!

唱歌的时间到了!

大总统笑笑笑和大臣们簇拥着小珊珊,爬到了电视发射塔的最高层。珊珊伸长了脖子,朝下一看,差点没有叫出声音来。嗬哟哟,下面人山人海,一片黑压压的人头,没说的,欢乐城的公民们全都出动啦。

珊珊兴奋了。她一下子冲到话筒跟前,放开嗓子就唱了起来:"吱——"

万万没有想到,从珊珊嘴里唱出来的不是歌,也是一种怪叫声,比粉笔擦过黑板的尖啸声还要难听一千倍!怎么了?珊珊的嗓子刚才还不是好好的嘛!刚才是刚才,现在是现在。你想,好几百万忧愁病人聚集到了一起,从他们嘴巴中呼出的忧愁病毒该有多少,空气中忧愁病毒的浓度一下就窜了上去!得,珊珊的脑细胞全被忧愁病毒占领了,她也成了一个忧愁病人,嗓子坏啦!

珊珊听到自己嘴里发出的这种怪叫声,吓坏了!她明白过来了,自己也得了忧愁病。愁,愁,珊珊愁得心头好像压上了一块铅！

"不行！下面还有这么多人要听我唱歌呢，不能让他们失望！"珊珊强打精神，清清嗓子，又放声唱了起来："叽——"

还是一声怪叫！她这一叫不要紧，下面的忧愁病人冷得都起鸡皮疙瘩了，直发抖！这怪叫声实在是太难听了！

"呱——"

珊珊还想唱，没想到，这一声怪叫更难听！简直要把忧愁病人的耳膜刺穿了！他们冷得不停地颤抖，整个欢乐城的地皮都跟着抖动起来了。好像从北极来了一股冷寒流似的，全城的人都感冒了。他们抖啊、抖啊，终于一起打了一个响彻云霄的大喷嚏。

"啊、啊、啊——嚏！"

糟糕，"忧愁三号"疫苗打碎了

这个大喷嚏可真响亮啊！

平常一个人打个大喷嚏，就能把人吓一大跳。现在好几百万人挤在一起，异口同声地打了一个大喷嚏，你说力量该有多大呀！告诉你吧，这声大喷嚏发出的冲击波，把欢乐城的城墙都冲塌了！

不过，这还算不了什么，最严重的事情发生在实验室里。

那个发现用歌声能够消灭忧愁病毒、根治忧愁病的青年科学家，自从当众宣布了这一重大科学成果以后，一直在埋头实验。他从几十万人的身上抽取忧愁病毒，把它提纯、浓缩，终于研制成功了一种疫苗。他把这种疫苗定名了"忧愁三号"疫苗。

嗨，有了这种疫苗，对子孙后代的意义可太大了。

只要像种牛痘似的，给每个新生的婴儿打上一针"忧愁三号"，从此以后，不管他们吃多少听含有忧愁病毒的雪糕罐头，也不会得忧愁病。

就在青年科学家像捧着稀世珍宝似的，小心翼翼地拿起一盒"忧愁三号"疫苗，要去向大总统报功的时候，从电视发射塔的方向传来了几声巨响。"噼里啪啦！"玻璃窗被震碎了。紧接着，地面剧烈地摇晃起来了。天哪，欢乐城还从来没有发生过地震呢！青年科学家还没弄明白究竟发生了什么事情，就已经摔倒在地上了。"砰！"他的"忧愁三号"疫苗也摔得稀巴烂了。

完了！疫苗里装的全都是浓缩过的忧愁病毒，比雪糕罐头里的忧愁病毒要厉害多了。青年科学家急得大声呼叫，可呼叫又有什么用呢！忧愁病毒早就飘散到了空气中，从实验室的窗户、门缝以及通风口跑出去，扩散到欢乐城的上空啦。

几乎每一个忧愁病人都躺倒了。他们吸的忧愁病毒太多了！欢乐城这下子彻底乱了套，唉声叹气的人更多了。大总统笑笑笑气得冲大臣们喊道："你们太无能了，歌手没找到，却找来了一个神经病，惹出了这场大祸！"

大臣们挨了一顿训，有气没地方出，就全都出到了珊珊的头上："骗子！骗子！"

"我不是骗子……"珊珊委屈得真想好好地大哭一场，可没等她哭出声，大臣们就把她锁到了一间仓库里。

"这是对你的惩罚！"大总统笑笑笑隔着玻璃窗，对她说道，"因为你的几声尖叫，使全城的老百姓都抖得冻感冒了！"

有魔力的歌声

珊珊难过极了。

歌没唱成不说，还被关进了仓库里，珊珊呜呜地哭了。

可委屈归委屈，珊珊还是天天坚持练习唱歌。因为不唱不行呀，眼瞅着全城的人越来越瘦，她心里多着急呀。没有歌声，忧愁的人们就会更加忧愁！

"吱——"

唱啊、唱啊，从珊珊嗓子里发出的仍然是怪叫声。说实话，珊珊的忧愁病也越来越重，但她没有放弃希望，还是不停地唱着……

终于有那么一天，珊珊惊奇地发现，只要她一开口，仓库里就像飞进了一只百灵鸟。"咦，莫非我的声音变了？"她半信半疑，放开喉咙，高声歌唱，果然，歌声变得动听极了，又圆润又清脆，好像春天里的百灵鸟在歌唱。

啊，珊珊变得充满了朝气，精神焕发！她终于用自己的歌声消灭了脑细胞里的忧愁病毒，治好了忧愁病！她高兴得又跳又蹦，把外面的人吓了一大跳，还以为她精神失常了呢！

大总统笑笑笑闻讯赶来，见到珊珊这副兴高采烈的模样也吓坏了，他冲着身边的大臣们吩咐道："快，把珊珊送到精神病医院去！"

珊珊没有理睬他们，只是冲着他们轻轻地哼了一支歌，说来也真怪，歌才唱到一半，大总统笑笑笑和大臣们突然变得神志清醒了，心中的忧愁一扫而空。他们把珊珊高高地举了起来，大声地欢呼："我们的忧愁病好啦！"

他们就这样举着珊珊，浩浩荡荡地涌上了欢乐城的街头。珊珊唱呀、唱呀，歌声像温暖的春风，拂过了每一个忧愁病人的心头，驱走忧愁，带来欢乐！大总统、大臣以及欢乐城的歌唱家们也都放开喉咙，唱起了欢快的歌！

歌声传遍了欢乐城的每一个角落，欢乐城又成为一个真正欢乐的地方了。

后来，唱片公司还特地请珊珊灌制了一张唱片，让全城的人聆听那美妙动听的歌声。真的，珊珊现在已经成了欢乐城的歌星，可受欢迎呢！

太阳系警察

玩具们决定集体罢玩……

"哟，你们看，他可真漂亮呀！"

小男孩陶陶家买来了一个新玩具，顿时就在玩具中引起了轰动，比一次大地震还要强烈！刷的一下，玩具们的目光都被吸引过去了。

这是一个容光焕发的太阳系警察。

真威风！他头罩太空帽，身穿紧身太空服，浑身上下全是铁皮做的，两只眼睛还能射出耀眼的红光。嗨，多么神气的外星人啊。

玩具们简直羡慕死了，他们七嘴八舌地问道："喂，你真是从地球外面来的吗？"

"那还用说嘛！"太阳系警察神气活现地说，"我当然是从太阳系来的啦，要不怎么要叫太阳系警察？"别看太阳系警察回答得这么理直气壮，实际上，他连太阳系在什么地方都弄不清楚。既然玩具制造厂的叔叔把自己造成了这副模样，也就只好假戏真做了。

玩具们哪里知道真相，还在问个不停："太阳系的警察都管什么呢？"

"你们这里的警察管什么，我就管什么！"太阳系警察大大咧咧地说。

说完了这句话，太阳系警察的眼珠就不转了，他紧紧地盯住了眼前一个奇形怪状的玩具。唔，真是一个"四不像"。说他是一只塑料长颈鹿吧，可他却长了一个泥人芝麻官的脑袋，头上乌纱帽的帽翅摇个不停；说他是个泥人芝麻官吧，脑袋下面却长了一个塑料长脖子，活脱脱一个长颈鹿！

"你看我干吗？我又不是小偷！"这个"四不像"生气了。

"你的脑袋咋长到鹿身上去了！"太阳系警察奇怪地问。

"那是我的身子！"不知谁大喊道。太阳系警察一回头，天哪，不知从什么地方又蹦出来一个"四不像"！不过，这个"四不像"，在芝麻官的身体上长着一个长颈鹿的脑袋。

嘿，这叫什么玩具啊，太阳系警察迷糊了。

还是一只缺尾巴的绒毛哈巴狗告诉了他："这全是陶陶干的坏事！他把芝麻官的头插到了长颈鹿的脖子上，又把长颈鹿的脑袋拧到了芝麻官的身子上！"

陶陶专门破坏玩具，哈巴狗的尾巴就是陶陶揪掉的。

"我把你们的脑袋给换过来！"

太阳系警察说着就要动手，可芝麻官的脑袋却摇个不停："不敢，不敢，奴才不敢！要是陶陶知道了，非把我揍扁不可！"他躲躲闪闪，硬是不肯掉换。

"我才不怕陶陶呢！是谁的脑袋，就应该装在谁的身上！"太阳系警察可不管三七二十一，他追了上去，把芝麻官和长颈鹿的脑袋换了过来。

换是换过来了，可芝麻官还是心有余悸。他紧紧地抱着圆脑袋，吓得都说不出话来了："陶陶……"

"陶陶，陶陶，你就知道怕陶陶！瞧你那副窝囊相，亏你还是个县官呢！"太阳系警察把铁胸脯擂得"砰砰"响，"陶陶要是再欺负人，我就要跟他讲理！"

"哟，真不愧是个太阳系里的警察，管得可真宽哪！"

谁在说风凉话？大伙一看，原来是吹气老鼠。吹气老鼠最近可吃香了，因为今年是鼠年，他简直成了陶陶的掌上明珠。

对于这个贼头贼脑的小老鼠，玩具们早就憋了一肚子气。他们你一言、我一语地说："敢情你不挨打了，你看我们，哪一天不受陶陶欺负！我们敢打赌，芝麻官、长颈鹿，还有哈巴狗是世界上最可怜的玩具！"说着，他们都要掉眼泪了。

"别怕，"太阳系警察横下了一条心，斩钉截铁地说，"咱们从明天开始罢玩，不让他玩玩具，给陶陶点颜色瞧瞧，看他还敢打玩具不！"

只有吹气老鼠躲在一边没吭声，他心里暗暗地说：

"你们罢吧，我要偷偷地告诉陶陶！"

陶陶强迫玩具跳飞机……

陶陶放学了，芝麻官、长颈鹿他们吓得连大气都不敢出了。

陶陶非常淘气，对待玩具可凶了，不是拆就是摔，从来也不知道爱惜。伤在他手中的玩具不知有多少！

"不是奴才干的，奴才不敢……"芝麻官战战兢兢搂住脑袋，就怕陶陶发现他的脑袋又换回来了，都快缩成一团了。可陶陶一点儿也没有发现。

一瞧见陶陶露面，吹气老鼠马上一跳三尺高："陶陶，不好啦，太阳系警察他们要罢玩啦！是我偷听到的！"

"你这个小叛徒！"太阳系警察气得叫了一声，刚要冲过去捂住吹气老鼠的尖嘴巴，可是已经晚了，陶陶什么都听到了。他把书包往床上一甩，朝桌子跟前跑了过来，眼睛瞪得大大的："小老鼠，告诉我，谁要罢玩？"

"是，是……"吹气老鼠看见太阳系警察一步步逼了过来，吓得不敢说了，连忙闭上了尖嘴巴。

陶陶一抬手，一巴掌就把太阳系警察打翻在地。他抓住吹气老鼠的长尾巴，倒拎起来："快说，要不我就吊你三天！"

"我说！我说！"吹气老鼠受不了啦，直翻白眼，一条细尾巴哪能经得住这么大的重量，非断了不可！他朝桌上的玩具一指："就是他们，太阳系警察、长颈鹿、芝麻官，还有小哈巴狗！"他说的声音比蚊子还轻。

"好呀，今天非让你们知道我的厉害！"陶陶火了。

他要怎么惩罚呢？玩具们忧心忡忡地等待着，这个虎头虎脑的小男孩，什么事情都做得出来！说不定，今天就要坏在他的手里了……玩具们害怕了。

"嘿嘿，我要让你们乘航天飞机喽！"陶陶嚷着、跳着，拿着一架式样新颖的航天飞机跑进屋来。

"我有头晕病，坐不了航天飞机……"芝麻官见势不妙，一边嘟嘟囔囔，一边朝长颈鹿的屁股后面躲。可陶陶仿佛故意捉弄他似的，一下把他拎了出去，使劲按到了航天飞机的机头外壳上："芝麻官，你第一个跳伞！"

"我不干！我是文官，不是伞兵！"

芝麻官拼命挣扎，想从航天飞机上蹦下来，可陶陶一按开关，航天飞机已在空中飞了起来。芝麻官从来没飞过这么高，只觉得天翻地覆，连眼睛都不敢睁开了。

"预备——跳！"

航天飞机朝下来了一个俯冲，骑在机身上头的芝麻官一下没扶住，身子失去了重心，一个跟头从天上滚了下来。他吓得乱喊乱叫："让我跳伞，伞在哪儿——"话音未落，只听"砰"的一声，芝麻官已经掉到了地上，摔了一个嘴啃泥！

太阳系警察、长颈鹿、哈巴狗一个不剩，也全都成了倒霉的"伞兵"，摔得东倒西歪，晕过去了。

"跳得太棒了，再来一遍！"吹气老鼠幸灾乐祸，一个劲地叫好，好像还嫌这些倒霉蛋摔得不够重似的！

他这一叫，倒把陶陶给惹恼了。他捂着"嗡嗡"直响的耳朵，气急败坏地叫道："叫你喊！叫你喊！今天也叫你尝尝当伞兵的味道！"

还没等吹气老鼠的脑子转过来，陶陶已经把他的尾巴缠到了航天飞机上。一声呼啸，航天飞机又上了天空。突然，红灯一闪，航天飞机在空中翻了个漂亮的跟头，把吹气老鼠甩了下来，不偏不倚，正好砸在了太阳系警察的屁股上。

"哇哇——"

吹气老鼠因为肚子里充满了气，在地上弹了十几下，才停了下来。一着地，他就委屈地哭开了！

又是一个可怜的伞兵！

吹气老鼠的尾巴失踪了……

当芝麻官、长颈鹿、哈巴狗、太阳系警察醒来时，只觉得浑身疼痛，四周黑咕隆咚的，啥也看不清。他们猜测，一定是被陶陶关进了纸盒子。

突然，从盒子的角落发出一阵窸窸窣窣的响声。

谁？玩具们在太阳系警察的率领下，警惕地摸了过去。嘻嘻，尖尖的嘴巴、圆圆的耳朵，不用说，准是吹气老鼠这个小快嘴！

"你怎么也混进来了，是不是陶陶派来的间谍?"太阳系警察一把揪住了吹气老鼠的小鼻头，厉声问道。他们并不知道吹气老鼠也当了一回"伞兵"呢。

"我不是间谍，我也是从航天飞机上掉下来的！不信，你们摸摸看，小屁股都肿了！"吹气老鼠一副愁眉苦脸的样子。

"活该！"芝麻官哼了一声。

长颈鹿不相信吹气老鼠的话，就凑过去摸了摸。不摸不要紧，一摸他惊叫起来："哎哟！你的尾巴哪去了?"

吹气老鼠连忙去抓自己的尾巴，真没了。尾巴没了，还算什么老鼠！"哇——"吹气老鼠伤心地哭了起来。他知道尾巴准挂在航天飞机上了。

"你们闹什么?"盒子外面传来了一声吼叫，那是陶陶。

陶陶掀开了盒盖，一丝亮光照了进来，刺得太阳系警察他们睁不开眼。陶陶问玩具："说，你们还罢玩不?"

"不……"吹气老鼠抹了一把眼泪，本想说"不罢玩"了，可一看太阳系警察他们，急忙又闭上了嘴巴。

"你要不欺负我们，我们就不罢玩！"太阳系警察说出了玩具们的心里话。

"嘴真硬！"陶陶气呼呼地说了一句。

盒盖盖上了，盒子里又陷入了黑暗。忽然，玩具们感到身上摇晃起来，你撞我，我撞你。糟糕，一定是陶陶在摇纸盒子。听，他还在得意地叫唤："地震啦！"

盒子摇得愈来愈厉害了。

太阳系警察他们前仰后合，站不住了。"咚！咚！咚！"都跌倒了。吹气老鼠想投降，可他一个字也没喊出来，就爬不起来了！

陶陶又把盒盖打开了："还罢玩吗？"

"你还……欺负……玩具吗？"太阳系警察还是那句话。

"哗啦——"陶陶把纸盒子来了一个底朝天，玩具们全都滚到了地上。

陶陶从床底下拖来一辆破汽车，把太阳系警察和其他玩具一股脑儿塞上了车，然后威胁他们说："你们要是再不投降，我就让汽车使劲朝墙上撞，叫你们碰个鼻青脸肿。"

太阳系警察他们真是好汉，连眉头都不皱一下。只有吹气老鼠憋不住了，从破汽车里跳了出来："陶陶，我和你好！我投降！"

可陶陶等了好几分钟，玩具们还是宁死不屈。他急了，又拧住吹气老鼠的耳朵，把他扔回到破汽车里："算了，就你一个投降也不够，你还是和他们呆在一块吧！"

"你——"吹气老鼠气得呀，差点没昏过去！

陶陶把汽车的轱辘在地上滑了几下，用力朝前一推，破汽车飞快地向墙壁冲去了。

"轰！"

车祸终于发生了！破汽车撞成了一堆废铁。太阳系警察他们被撞得东一个、西一个，吹气老鼠的气嘴脱开了，只听"扑哧"一声响，吹气老鼠瘪了，瘫成了一团。

逃跑失败……

"哈哈！"陶陶笑够了，一甩手，扬长而去了。

太阳系警察后脑勺上起了两个小鼓包，好疼！哈巴狗用舌头帮他舔了好半天，他才恢复了知觉。芝麻官更惨，乌纱帽不知飞到了什么地方，身上的红袍子也撕坏了，他双手捂着亮闪闪的秃脑壳，叫个不停。

"帽子在这儿！"突然，眼尖的长颈鹿喊了起来。

他那吊车似的脖子在空中转了一圈，头一低，把瘪成一团的吹气老鼠叼了起来。嘿嘿，乌纱帽原来被压在了吹气老鼠的屁股底下。

吹气老鼠肚子里没了气，话也说不出来了。玩具们一瞅见他那副贼眉鼠眼的样子，气又不打一处来了，他们一齐叫道："咱们谁也不帮你吹气，让你一辈子也说不了话！"

叫够了，太阳系警察又说话了："陶陶对咱们太不好了，再这样下去，咱们谁也活不成了！干脆，逃跑！"

逃跑？这可真是一个大胆的主意。

玩具们顿时来了劲头。哈巴狗摇了摇短尾巴，说："陶陶家里门关得紧紧的，咱们溜不出去呀！"

"没关系，我早就想好了！"太阳系警察朝窗台努努嘴，胸有成竹地说，"咱们从窗口逃出去！"

"呼啦"，玩具们的脑袋全都挤到了窗口。可朝下一看，又都傻了眼。陶陶家在三楼，窗台离地面有十多米高，这么高的地方跳下去，还不摔个粉身碎骨？他们全都闷声不响了。

"咱们在窗口拴一根绳子，顺着绳子滑下去，不就摔不坏了嘛！"太阳系警察的主意真多，什么事也难不倒。

真妙！可绳子上哪儿去找呢？

"我知道！"长颈鹿说话了。他脖子长，站得高，看得远，发现柜子顶上放着一根细绳。可他跑过去，用嘴巴够了老半天，也没有够到。

"你们谁爬到我的脖子上来，我就差一点点！"长颈鹿大声说。

玩具们一筹莫展地你瞧瞧我，我看看你，都变哑巴了。是啊，长颈鹿的脖子像根光秃秃的小树，哈巴狗根本就爬不上去；太阳系警察倒是能爬，可他太重了，上去非把长颈鹿的脖子压成两截！

就在这时，他们发现泄了气的吹气老鼠一跳一跳的，一副跃跃欲试的样子。

对呀，让吹气老鼠立功赎罪！太阳系警察把吹气老鼠重新吹鼓，说："快，爬上去！"

嗖、嗖、嗖，吹气老鼠几下就爬到了长颈鹿的脖子上，一伸手，把绳子抓到手里。

"天快亮了，陶陶马上就要起床了，咱们立即行动！"

来自外星球的妖精

太阳系警察发布了逃跑的命令。

玩具们立刻忙碌开了，他们把绳子拴在窗户的铁钩上，又把另一头从楼上扔了下去。

"你们先下！"太阳系警察决定掩护伙伴们脱险。

可芝麻官、哈巴狗、长颈鹿都不肯下，争先恐后地要别人先走。吹气老鼠已经被陶陶吓怕了，他跳了出来："你们不下，我先下！"说完，他就抓住绳子，从窗口向下爬去。

爬了一半，吹气老鼠忽然发现绳子被提了上去。他仰头一看，妈呀，从窗口里探出来的那个黑脑袋，是陶陶！"哧溜"一声，吹气老鼠被陶陶拎了上去。

一转眼，五个玩具都成了俘虏。

再见……

绳子被陶陶抢走了，窗户也被关死了，玩具们垂头丧气啦。

突然，太阳系警察指着地上的航天飞机，兴高采烈地说："绳子没了，咱们乘航天飞机走，更高级！"

玩具们只兴奋了一会儿，脑袋就又耷拉下来了："不行不行，窗户开不开，航天飞机只能在屋里兜圈子，没用！"

"那不是有一个气窗吗？"吹气老鼠跳了起来。

大伙一瞅，都乐了。这小老鼠的眼神真好，真的有一

扇气窗大开着。

"你们等着，我先试飞一下！"

太阳系警察虽然没开过航天飞机，可在这群玩具当中，只有他有资格开，没办法，打肿脸充胖子吧。还好，太阳系警察钻进驾驶舱，左搬搬，又敲敲。航天飞机头一抬，还真的飞了起来。

可惜好景不长，只听发动机里传来一阵怪叫，航天飞机像一个醉汉似的，摇摇晃晃地从空中掉下来，摔到床上的棉被里。

"出事啦！"玩具们吓坏了，一拥而上，把航天飞机翻了过来。舱门开了，太阳系警察从里头钻了出来。幸亏他从头到脚都是铁皮做的，否则不碰个头破血流才怪！

"你们看——"太阳系警察把手中的一个东西一晃，"这是什么！"

"是我的尾巴！"吹气老鼠一把抢了过去。

太阳系警察说："就是这截尾巴掉进了发动机，才让航天飞机失灵了！"这是他从发动机里捡出来的！

"哼，准是吹气老鼠故意搞破坏！"芝麻官怀疑地说。

"我抗议！抗议！强烈抗议！"吹气老鼠大声抗议，委屈得快要哭出声来了，"这截尾巴是被陶陶弄断的！我也是受害者！呜呜——"尾巴没了，还要挨骂，这个气谁受得了呀！

"好了，好了，别哭了，航天飞机我已经修好了，咱们都上飞机吧！"太阳系警察催促他们说。

　　玩具们一窝蜂似的朝机舱里拥去。哈巴狗小巧灵活，第一个挤了进去，抢占了一个最好的座位；长颈鹿个子太高了，无法抬头，只好把脖子伸到了圆窗外面；还有最后一个座位，归了芝麻官。

　　吹气老鼠没挤进去，急得直叫："你们不能把我扔下呀，求求你们啦！"唉，吹气老鼠都快急疯了。

　　太阳系警察从驾驶舱往后一瞧，确实没位子了，怎么办呢！他想了好半天，才说："你要走，可以！不过只好暂时委屈你一下了，先把气放掉，塞到椅子下面，等到了目的地，再把你吹起来。"

　　"那就放气吧！"吹气老鼠无可奈何地说。只要能逃走，什么脸呀、皮呀的，都顾不得了。

　　等芝麻官、哈巴狗把瘪成一堆的吹气老鼠塞好，太阳系警察又下达了最后一道命令："准备好，系好安全带，航天飞机马上就要起飞了！"

　　玩具们立即系好安全带。当然，除了吹气老鼠。因为他根本用不着安全带，坐椅的四条腿早把他卡得牢牢的了。

　　飞机起飞了。

　　偏偏就在这时候，门开了，陶陶冲了进来，他简直不敢相信自己的眼睛。陶陶朝空中扑了几下，想把航天飞机拉下来，可太阳系警察一推操纵杆，航天飞机在他头上转了一圈，从开着的气窗飞走了。

　　不知为什么，离开了陶陶，玩具们反倒有点舍不得了。喏，你瞧，就连太阳系警察这个铁骨铮铮的男子汉也掉了两滴眼泪。不过，航天飞机还是飞走了，从此再也没有回来过。

　　就是到了今天，陶陶也没弄清楚玩具们叛逃的原因。也许他长大了，就会懂了。

死 光 炮

阿利一屁股坐到电筒上……

小老鼠阿利被撵得走投无路，心一横，"嗖"的一声，蹿到高高的窗台上。

"咪咪这家伙该不会追过来吧！"阿利扭过尖脑袋，往下一瞧，啊！吓得他差一点没从窗台上掉下去。天哪，咪咪又扑了过来，在黑暗的房间里，她那两只绿莹莹的圆眼睛格外明亮，活像两盏小探照灯！

咪咪是主人养的一只小花猫。别看她个头不大，一副斯斯文文的样子，但对阿利他们可凶啦！

"嘿嘿，臭阿利，我看你还往哪里逃？"咪咪冲着阿利扬了扬爪子，嚷道，"这下你可没有地方溜了，快乖乖地投降吧！咪咪优待俘房！"

阿利死到临头了，还在垂死挣扎："就不！就不！我宁可从楼上跳下去摔死，也不投降！"

"还嘴硬！"咪咪往窗台跟前凑了凑，张牙舞爪地叫道，"跳呀！跳呀！今天我要亲眼看着你从楼上跳下去！"

"我要跳啦！"阿利前爪朝前一伸，做出要跳的样子。

"跳吧！"咪咪还从来没有看到过这么勇敢的小老鼠。

阿利朝后退了几步，头一低，就朝窗台外跳出去。可谁知道，他晕头转向地没看清，不仅没跳下去，还把主人窗台上的一盆君子兰给撞到楼下去啦！

阿利没死成，又被反弹了回来，脑壳碰得生疼。这一撞虽说不要紧，阿利却突然害怕起来，探头探脑地朝窗外一瞧，哟，黑咕隆咚的，一眼望不到底，这掉下去，还不摔成肉饼子！

"索索索"，"索索索"，阿利抖得都有点站不稳了。他再也没有胆量朝楼下跳了。

"窝囊废！又是一个胆小鬼！"咪咪起先看到阿利毫不畏惧地朝楼下跳去，都有点后悔不该逼他自杀了！可一看到阿利又变成了这副熊样，气得大声说，"你倒是跳呀！不跳我可要把你推下去啦！"

"别，别，我投降还不行吗？"阿利连连认输求饶。

"不行！"咪咪不答应，"今天非叫你跳下去不可！"

"我不想死！我怕……"只听"咚"的一声，阿利脚一软，一屁股坐到了窗台上。

没想到，阿利的屁股刚好坐到窗台上的一只手电筒上，一下子压着了开关，"刷"的一道白光从电筒里射出来。哎哟，好亮啊！不偏不倚，白光正照在咪咪的眼睛上，刺得她眼花缭乱，一下子什么也看不见了。

"我的眼睛！我的眼睛……"咪咪疼得在地上直打滚。

阿利起先还有点莫名其妙，愣了好半天，才恍然大悟。原来咪咪的眼睛怕这道白光！阿利这下可来劲了，他抱住手电筒的头，把光柱对准咪咪的眼睛，一刻也不放松。咪咪终于受不了啦，磕磕绊绊地冲出门去，逃走了。

"啊，咪咪逃跑啦！我胜利啦！"阿利乐得在窗台上直翻跟头。一转眼工夫，阿利成了一个胜利者！

阿利有了死光炮……

"呼啦啦"，从屋角的一个老鼠洞里冲出一大群小老鼠。

刚才阿利宁死不屈那会儿，他们吓得浑身乱抖，全都缩在老鼠洞里不敢动弹。现在看到阿利像个疯子似的又蹦又跳，小花猫咪咪又夹着尾巴溜走了，他们才大着胆子冲出来，纷纷跳到窗台上，在手电筒上东摸西摸，惊奇得了不得。

好半天，才有一只小老鼠问阿利："阿利，这叫什么炮呀？"

"这……"阿利被他问得张口结舌，他哪里知道这个又粗又长的东西是什么炮呀！突然，他记起小主人在玩一杆电动冲锋枪的时候，嘴里总是嘟嘟囔囔地喊什么"死光"、"死光"的，就灵机一动，拍拍手电筒的铁皮说："告诉你们，这叫死光炮！"

"啧啧，死光炮！怪不得打得咪咪乱叫！"小老鼠们又

死光炮

是一阵惊叹。

阿利拍拍饿得又干又瘪的肚皮，又吹开牛皮了："有了这门死光炮，我阿利就是天底下最厉害的小老鼠了！只要我屁股往炮当中一坐，来一百个咪咪我都不怕！你们看，我就这么一坐——"阿利推开小老鼠，使劲朝手电筒的开关上一坐，没想到那本来开着的手电筒一下子就关上了，死光不见啦！

"完啦！我的死光炮坏啦！"阿利急了一头汗，他又用足全身的力气，一屁股坐到手电筒上。"刷——"一道白光又射了出来！阿利乐得从手电筒上跳起来："我懂啦！屁股朝上一坐，死光就发射了！再朝下一坐，死光就没啦！"

见阿利这么高兴，小老鼠们也都跟着欢呼起来。一只小老鼠歪着小脑袋问："阿利，咱们有了死光炮，干吗不找咪咪报仇去呢？"

对呀，阿利一拍脑门，嗓门大得把窗框子都震响了："弟兄们，我宣布，咱们老鼠向小花猫宣战啦！"

那只小老鼠又提议道："阿利，我看咱们干脆成立个炮兵团，把世界上所有的小花猫都赶跑！"

小老鼠们一致通过了这项庄严的决定。阿利跳到手电筒上，大声地喊道："没说的，我就是炮兵团的大司令。从今天开始，你们都要听我的指挥！有好吃的东西我先吃！弟兄们，你们同意吗？"

"同意——"小老鼠们谁还会反对？

到出发的时候，几只小老鼠又犯难了："阿利，咱们怎么把死光炮搬下窗台去呢？"窗台离地面足有一米多，死光炮要是从上头摔下去，非摔个稀巴烂不可！咋办呢？

"真笨！你们去把小主人的帽子偷来，在下头接着。我把死光炮从窗台上推下来，正好掉在帽子里，不就行了？记住，以后不许叫我的小名，要叫大司令！"

小老鼠们得令而去，不一会儿就把小主人的帽子偷来了。四个小老鼠拉住帽子的四个角，接住了阿利推下来的手电筒。然后，大家一使劲，又把手电筒给扛了起来。

"报告大司令，炮兵团准备完毕！"小老鼠们报告说。

阿利把前爪朝前一指，命令道："目标，小花猫咪咪呆的床底下，出发！"

小老鼠们雄赳赳地朝门口走去。

死光炮还没用上……

门开了，一大群小花猫冲进屋来。为首的就是刚才被阿利打跑的咪咪，她捂着又红又肿的圆眼睛，朝阿利一指："就是这小子！他差点把我的眼睛给晃瞎啦！"一大群小花猫杀气腾腾地扑了过来。

这群突然出现的小花猫，把阿利他们吓了一大跳！不过今天，他们有威力无比的死光炮撑腰啦！阿利把爪子往腰里一叉，冲着气势汹汹的小花猫们大声喝道："站住！"

阿利这一喊，竟把小花猫们镇住了。他们从来没有碰见过这么厉害的小老鼠！咪咪他们都不约而同地停住了脚步。

"告诉你们，"阿利拍拍脚下的手电筒，神气活现地叫道，"我现在是炮兵团大司令了。你们快乖乖地滚蛋！我数三个数，你们要是不走，本大司令就让你们尝尝死光炮的厉害！"

"别理他，上！"咪咪气坏了，领着小花猫们冲了上来。

"一、二、三！"阿利数了三个数，咪咪他们不但没有撤退，反而快要扑过来了！这下阿利可急了，他喊了一声"预备——放！"就一屁股朝手电筒的开关上坐了下去，眼看就要压到开关上了，阿利的屁股突然僵在半空中不动了——

怎么了？阿利他们简直都不敢相信自己的眼睛了。一幕奇异的景象出现在小老鼠们的眼前。咪咪他们全都像变戏法似的，不知从什么地方掏出一块黑布蒙住了眼睛。他们要干啥？阿利有点糊涂了。

阿利还没弄明白，蒙住眼睛的咪咪已经冲了上来。"当心，大司令！"如果不是别的小老鼠拉了他一把，咪咪像坦克车似的硬脑袋非把阿利给撞扁不可。只听"轰"的一声，咪咪的脑袋已经撞到了墙头上。

一时间，蒙住眼睛的小花猫们横冲直撞，吓得阿利他们东躲西藏，最后全都缩到老鼠洞里去了。

直到这时，阿利才算明白过来了。肯定是咪咪向小花

死光炮

猫们讲了死光炮的厉害，他们怕刺伤眼睛，才想出了这个馊主意。可这也太笨了，眼睛一蒙起来，不就成了一群睁眼瞎？还怎么打仗？想到这里，阿利连连摇头，发出一阵讥笑。

"弟兄们，反正这群笨蛋什么也看不见，咱们干脆冲出去揍他们一大顿！"阿利对小老鼠们悄悄说。

说完，勇敢的阿利就一马当先冲出了老鼠洞，朝屋子中央的小花猫杀去。他一边跑，一边吓唬小花猫们："开炮啦！开炮啦！"他怕就怕小花猫拉掉黑布，那样小老鼠们就完蛋了。

阿利诈唬这几声还真管用！咪咪他们一听要发射死光炮了，吓得更不敢摘掉黑布了。他们乱冲乱撞，乱了套。

"开炮啦！"小老鼠们喊得震天响。他们个头小，又灵活，一会儿朝这只小花猫打几拳，一会儿又朝那只小花猫抓几下，把咪咪他们都气得快发疯了，一个个撞来撞去，撞得头破血流，结果伤的全是自己人！

"哈哈！哈哈！"阿利他们的肚子都笑痛了。咪咪他们这才发现上了当，可已经太迟啦！

咪咪他们搬来了镜子……

"都怪咪咪！咱们要是不蒙眼睛，准赢！"

"真丢人！猫还打不过小老鼠，非让别人笑话不可！"

小花猫们垂头丧气地躺在床底下，你一言我一语地埋怨着咪咪，好像这次失败完全是咪咪的责任。咪咪嘴一撇，差一点哭出声来，可她使劲把眼泪缩了回去。这儿离小老鼠们呆的房间只隔一道门，要是被他们听见就糟了。

"干吗要怪我？不蒙黑布，你们的眼睛非叫阿利的死光炮给打瞎不可！"咪咪不服气地说。

忽然，一只白颜色的波斯猫从地上跳了起来，兴高采烈地说："我有主意了！我有办法对付阿利的死光炮了！"

"什么办法？"咪咪他们也都来劲了！

那只白猫兴奋得白胡须一颤一颤："我家的小主人总拿着一面小镜子，对着太阳照着玩！咱们要是拿镜子把阿利的死光给顶回去，不就让他自己打自己了吗？"

这个主意真妙！小花猫们立刻就行动起来了。等他们浩浩荡荡地冲到隔壁房间时，阿利正领着手下的一群小老鼠在开庆功会呢！一见咪咪他们又冲了过来，阿利更加狂妄了："嘿嘿，又来了！上次没尝到死光炮的滋味，心里难受是不是？"

"呸！让你的死光炮见鬼去吧！"咪咪连看都不看阿利大司令一眼，好像完全忘记了上次的教训。

"什么，让我的死光炮去见鬼？"阿利气得暴跳如雷，把身旁的小老鼠往边上一推，一屁股就坐到了手电筒的开关上，一道白色的光柱顿时朝小花猫们射了过去！

几乎是阿利开炮的同一瞬间，咪咪和另外一只小花猫竖起了一面小镜子。阿利他们正纳闷，一道白光从镜子上反射了回来。唷，阿利的眼睛一下子什么也看不见了。

"哈哈，阿利，死光的滋味尝够了吗？"从镜子的背后传来咪咪的笑声。

阿利疼得眼珠都像要掉出来了。好半天，他才模模糊糊地看到镜子后面露出一个圆脑袋。没错，那是咪咪，她正咧着大嘴巴在笑呢！阿利顾不得眼睛难过，又一次把死光炮对准了该死的咪咪。

可咪咪根本没有被击中。她一下子就缩回到镜子后面去了。镜子移动了一下，死光又被反射了回来，把阿利身后的一排小老鼠打倒了。

死光炮不灵了。阿利他们全都撤回到老鼠洞里。不一会儿，从老鼠洞里伸出了一个黄布条。

咪咪冲到洞口，问："阿利，你要投降啦？"

"去你的吧，谁要投降了？"阿利在洞里大声叫道，"你看清楚，这是黄旗，不是白旗！"

"打黄旗干啥呀？"

"黄旗就是停战！"阿利在洞里应了一声。

"谁跟你们停战了？快滚出来！今天非把你们的死光炮砸烂不可！"咪咪和小花猫们都气得跳了起来。

可他们把嗓子都喊哑了，洞里却一声不吭，相反，还传出来一阵阵"呼噜"声。咪咪往里一瞧，阿利他们抱着死光炮睡起觉来了。可惜洞口太小，要不咪咪他们非钻进去来个连窝端不可！

炮兵团全军覆没……

咪咪他们在洞外守了两天两夜，阿利他们就是不肯出

死光炮

洞。

这天深夜，咪咪他们累极了，一个哈欠接着一个哈欠打个不停。后来，全都躺在地上睡着了。

阿利他们在洞里养精蓄锐，睡了个够。一睁眼，看见洞外的小花猫睡得东倒西歪，顿时又动起了坏脑筋。阿利贴着小老鼠们的耳朵说："咱们给小花猫来个夜袭战，先把他们的眼睛扒开，然后用死光炮给打瞎！"

阿利和小老鼠们刚要拖着手电筒冲出洞去，一只小老鼠拦住了他们。"大司令，慢着！咱们去偷袭，武器越轻越好。刚才你们睡觉的时候，我摸了摸死光炮。你们看——"这只小老鼠拧开手电筒的后盖，从里面倒出来两节电池，说，"看，死光炮里装着这么两个笨家伙，多重！"

"真的，怎么没早点发现？"阿利抬了抬手电筒的空壳，唔，比原来可要轻多了！他对那个做出重大发现的小老鼠说道，"你功劳大大的，本司令提拔你为副司令！"

在阿利的率领下，小老鼠们拖着那只倒掉电池的空电筒，朝熟睡的小花猫摸了过去。

"咪咪在这儿哪！"阿利眼睛最尖，第一个发现了咪咪。他朝小老鼠们招招手，轻声叫道，"把我的死光炮抬来！"

小老鼠们一拥而上，把咪咪紧闭的眼睛扒得大大的。现在，只要阿利一开死光炮，咪咪就彻底完蛋啦！可奇怪的是，阿利的屁股在手电筒的开关上坐了一次又一次，足足坐了有一百次，死光炮就是不亮！阿利有点慌了，汗也

来自外星球的妖精

出来了。他叫了声"不好！"刚想领小老鼠们逃回洞去，可是已经晚了！

咪咪一个翻身从地上跳起来，像炮弹似的朝空中射了出去。不过他没有落到阿利身上，也没有扑向别的小老鼠，而是跳到了老鼠的洞口，朝地下一坐，把老鼠们的退路切断了！

"快起来抓小老鼠啊！"小花猫们都被咪咪的叫喊声惊醒了，纷纷从地上跳起来。小老鼠们哪里是小花猫的对手，尽管他们东躲西藏，最后还是被逼到了屋子的一个角落里。

咪咪用爪子敲了敲手电筒，得意地说："阿利，你的死光炮怎么不灵了？快命令你的部下投降！"

"不投降！"阿利嘴上这样说，其实吓得连尾巴也抖起来了。

咪咪生气了，她冲着小老鼠们喝道："快投降，要不我可不客气啦！"

小老鼠们见势不妙，"哗"地拥了过来，向小花猫们投降了。只剩下阿利这个光杆大司令，还缩在墙角里不肯动地方。咪咪忍不住了，一纵身跳了过去，抓住阿利的尾巴将他倒拎了起来："嘿嘿，你到底还是我手下的一员大败将啊！"

"不是！不是！我没输！要是我的死光炮没坏，哼……"阿利在半空中不服气地说。

"去你的吧！"咪咪拎着阿利的尾巴在空中转了几圈，

然后轻轻一甩。只见可怜的阿利像块石头蛋子似的，在空中画了一个漂亮的弧线，从窗口飞了出去。

嘿，阿利命真大，从这么高的楼上摔下去居然没死！他冲着楼上叫嚷道："咪咪，你等着，我不会饶过你们——"不过，他的叫喊声马上就被小花猫们的欢笑声淹没了。

来自外星球的妖精

死光炮

恐怖炸弹和时间罐头

一个装在酒瓶里的小人国

太渴啦！楼梯上响起了"叮叮咚咚"的脚步声，小男孩涂糊糊踢了半天球，连滚带爬地冲进了家门，从水缸里打了一大碗生水，"咕咚咕咚"地喝了起来。

蓦地，涂糊糊的嗓子眼被一个东西卡住了。他吐出来一看，竟是一个发亮的玻璃管！"真要命！水里怎么会有玻璃……"他正在嘀咕，突然惊讶地发现，玻璃管愈胀愈大，最后变成了一个酒瓶。而且叫人惊奇的是，酒瓶里不光有房子，有树，还有无数个蚂蚁般大小的小人！

嘿嘿，说不定这些小人是外星来客呢！涂糊糊来劲了，恨不得立即同瓶子里的小人取得联系。他拔掉瓶塞，把嘴巴贴到瓶嘴上，大声喊道："我是地球人涂糊糊，你们快钻出来投降吧！"

他这一咋呼不要紧，可惹下了弥天大祸！酒瓶里的罐头城犹如爆炸了一颗原子弹，这些小人哪里吃得消这一声大叫呀！只听"刷"的一声，所有的小人都给震昏了，躺

在地上不省人事！

"天呀，全完啦！"涂糊糊吓得慌了神，连忙朝瓶里灌冷水，想把昏迷不醒的小人浇醒。

被大水一泡，小人全都起死回生了。不过，他们又在水中挣扎开了，有几个已经呛了一肚子水，沉到了水底，快要给淹死啦！等涂糊糊把酒瓶子里的水放光，罐头城里的小人早已气得怒火万丈了。

"炮手准备！"罐头城总督扒扒连喝了九九八十一口水，气得"哇哇"直叫，"目标涂糊糊，发射恐怖炸弹！"这种恐怖炸弹可厉害了，里面装满了吓人的故事，一下子就能把人吓昏！

"嗖！嗖！嗖！"奇怪的是，三枚炸弹射进了涂糊糊的胸膛，他却仍然岿然不动！哼，这准是一个胆子大得惊人的小男孩！扒扒又命令炮手发射了九八七六五四三二一枚炸弹，才把涂糊糊打倒。

"冲呀！"小人在扒扒的率领下，从瓶口蜂拥而出。

专钓时间的渔钩

等涂糊糊从昏迷中醒来，四下一看，差一点又给吓昏过去！完蛋了，自己不光成了小人的俘虏，而且被他们缩小了几十倍，劫持到这个神秘的罐头城里来啦！

"捣蛋鬼，你醒啦？"一个炸雷般的声音响了起来。

"你是谁？"涂糊糊冲着面前这个怪模怪样的小人问。

小人的尖笑声几乎把涂糊糊的耳朵震聋了："哈哈，我叫大偷扒扒！就是我给你注射了'缩小剂'，才把你抓进罐头城来的！"涂糊糊只知道有专门偷东西的小偷，却从没听说过什么叫"大偷"。

"走，领我到你的同学家里钓时间去！"扒扒拿过一副鱼钩，叫涂糊糊当向导。嗬，真逗，时间还能用鱼钩钓上来吗？涂糊糊以为扒扒在骗他，哪曾想，扒扒叫他穿上弹簧鞋以后，就拉着他一蹦一跳地窜出了酒瓶子，真的去钓时间啦！

弹簧鞋弹力极大，扒扒和涂糊糊一使劲，毫不费力地就从地上跳到了窗口，又纵身一跃，蹦到了对面楼上的一个窗口。

往里一瞅，涂糊糊叫出了声："这是我同桌咪咪的家！"啧啧，咪咪可真够用功的，太阳都快落山了，她还在埋头写作业。可扒扒却皱起了眉头，无可奈何地收起鱼钩："不，不行，她把时间抓得太紧了，我没机会下手！"

咪咪家没钓成，涂糊糊又把扒扒领到了冬冬的家。

哈哈，冬冬真懒，习题一道也没做，却蒙着被子睡了整整一个下午。这次扒扒准备大显身手了，只见他把鱼钩一甩，在空中画出一个弧线，就手舞足蹈地欢叫开了："上钩了，我钓到时间了！"

"骗人，你钩子上明明啥也没有嘛！"见涂糊糊满脸疑惑，扒扒把渔竿往他手里一塞："你掂掂看！"唷，真是一桩怪事，钩子上沉甸甸的，好像钓到了一条几十斤重的大鱼似的，直往下坠！扒扒摸出一个塑料袋，把钓上来的时间装了进去。你说时间看不见、摸不着吧，嗨，原来干瘪瘪的塑料袋，现在却变得鼓鼓囊囊的啦！

生产时间罐头

乖乖，真是满载而归啊！扒扒带去的十几个塑料袋，全部都塞满了钓来的时间。"嘻嘻，你的同学真好，他们愈不珍惜时间，我钓来的时间也就愈多！"扒扒得意极了，眉飞色舞地说。这个涂糊糊算是明白过来了，怪不得扒扒吹嘘自己是什么"大偷"，原来他有一个与众不同的本领，能够偷到别人的时间。

"你钓时间有啥用呢？"涂糊糊有点后悔自己受骗上当了，可他没露声色。

"生产时间罐头呗！"扒扒把塑料口袋送进了一个秘密工厂。

夜静更深，罐头城里的小人全都睡熟了。涂糊糊悄悄地朝那座工厂摸去。可谁知道他还没靠近大门，就被警卫的哨兵明明发现了："站住，别动！这里是时间罐头工厂，军事禁区！"

"明明！是你呀——"忽然，涂糊糊发现这个哨兵竟是他的表弟！"唷，糊糊，你也给抓进来了！"明明也认出了涂糊糊。

明明告诉涂糊糊，扒扒把偷来的时间装进机器里，像制造午餐肉罐头一样，把时间进行压缩，制成一盒盒的时间罐头，然后出口到外星球去换钱！听人说，一盒时间罐头就能换回几千吨黄金呢！

"你看，这就是刚刚生产出的时间罐头！"明明递过来一个罐头盒，涂糊糊接过来一看，嘿，上面还贴着一个标签呢：

扒扒牌时间罐头

产地：冬冬家

成分：宝贵无比的时间

"这不是从冬冬那里偷来的时间吗?"现在，涂糊糊真恨自己呀，竟上了扒扒的当。他对明明嚷道，"我们必须把这些偷来的时间还给人家……"

"可扒扒不肯呀！他手里有恐怖导弹，咱们打不过他呀！"明明胆子小，X光透视时医生都看不见他的胆子。

"不怕！"涂糊糊胸有成竹，"我有办法对付他的恐怖炸弹。"

恐怖炸弹失灵

原来，罐头城里的小人，除了大偷扒扒以外，全部都是被抓来的。他们简直恨透了窃取别人时间的扒扒，早就想和他宣战啦！

"咱们不能再帮助他生产时间罐头啦！"涂糊糊冲着大伙说，"他发了大财，我们的同学却失去了最宝贵的时

来自外星球的妖精

间!"说完，涂糊糊就领着明明他们冲进了扒扒的古堡，把他从床上拽了起来。

"你们要造反吗？"扒扒胆战心惊地问。

"我们再也不帮你偷别人的时间了！"罐头城居民异口同声地说。

扒扒气火了，对准黑压压的人群发射起恐怖炸弹来了。然而，他连做梦也没有想到，孩子们个个一反常态，无所畏惧。只要有一个人的胸口中弹，马上就会有一大群人包围上来，轮流给他讲天下最逗乐的笑话，他"哈哈"一乐，也就忘记了害怕。这是涂糊糊想出来的好办法。

一看恐怖炸弹失灵了，扒扒气呼呼地跑到瓶口，恶狠狠地说："不帮我偷时间，你们一个人也别想逃出酒瓶子！"嚷够了，他掏出一个写有"膨胀剂"的针管，对准自己的屁股就扎了一针。说时迟，那时快，扒扒像一个吹气玩具似的，迅速增大把瓶口给牢牢地堵住了！

"哎呀，我们出不去啦！"几个女孩子吓得"呜呜"直哭。

涂糊糊也没法子，这个肉球"瓶塞"实在难拔！"不管他，我们先毁了他的时间罐头工厂再说！"只听乒乒乒乒一阵乱响，一个自动化的时间罐头工厂变成了一堆废铁！

"瞧呀，这里还有一个时间仓库哪！"听明明一叫，涂糊糊他们急忙冲了过去。砸开了库门，只觉得一股沉重的东西压了过来。好家伙，那全是扒扒偷来的时间！要不是涂糊糊他们躲得快，非给砸趴下不可！

"轰隆"一声响，这股压缩时间把酒瓶子顶破了！

扒扒给炸飞了，孩子们个个安然无恙。说来奇怪，没打什么"膨胀剂"，他们却都恢复了原来的形状，又变成了一米多高的大孩子！

涂糊糊背着一大麻袋时间罐头，跑进了邮局，他请邮局的叔叔按照罐头盒子上的地址，把它们依次寄还给失主。说不定这些粗心的孩子收到这些时间罐头时，还不知道宝贵的时间是怎样被扒扒偷走的呢！不过，他们以后就会多多当心了，因为像扒扒这样的"大偷"，专门找那些浪费时间的孩子下手。

来自外星球的妖精

气功大师半撇胡

鱼没偷到……

　　厨房角落的老鼠洞里，一只小老鼠蜷缩成一团，正"吧嗒，吧嗒"地掉着眼泪。嘿，瞧他那副模样，别提有多伤心了。"唉，活着还有什么意思呢？真不如死了痛快!"小老鼠长吁短叹着，真的有些绝望了。

　　外面有花，有草，还有明媚的阳光，多么令人留恋啊！可是……唉，一言难尽啊！

　　小老鼠是一个先天不足的早产儿，鼠妈妈连奶水都不愿意喂他。好不容易长大了，他的胆子又小得出奇，连老鼠洞也不敢出，宁肯肚子饿得"咕咕"直叫，也不敢溜到外边去偷点东西吃，生怕成为小花猫的爪下鬼！

　　"嗤——"突然，从锅台上传来油炸带鱼的响声。紧接着，一股令人馋涎欲滴的香味从洞外飘了进来。

　　哇，真香！小老鼠从出生那天起，还从来没有尝过这么香的美味佳肴哪！平时，只需有一点残羹剩饭，他就心满意足了。可最近一段时间，哥哥姐姐们再也不愿意怜悯这个早产儿了，一点东西也不给他带回来，饿得他头昏眼花，四肢无力，奄奄一息。

经不起鱼香的诱惑，小老鼠从洞里溜了出来。天赐良机，厨房里正巧没人。

他顺着墙边蹿到了锅台上，哈，他一眼就看到了一碗油渍渍、香喷喷的油炸带鱼。吃不吃呢？要是没有那只该死的小花猫，小老鼠准会勇敢地把带鱼吃个精光！可谁知道小花猫躲藏在什么地方呢？说不定……

"沙沙沙"，背后响起了一阵极轻的脚步声。

糟了，小老鼠还没来得及回头，尾巴就被一只利爪给抓住了，他的整个身体被悬到了半空。

"哈哈——"小花猫放声大笑，得意地说，"我盯你有半天了，看你鼻涕一把、眼泪一把的伤心样，我还以为你要自杀了呢！嘿嘿，想不到你这个胆小鬼也敢出来偷东西！哼哼，我要好好教训教训你这个小偷！"

说着，小花猫就抓住小老鼠的尾巴，在空中旋转起来，直转得小老鼠眼花缭乱，连呻吟的力气都没有了。

"啪！"小老鼠被重重地摔到了地上。小花猫的一只爪子踏在他那饿得瘪瘪的肚皮上，说道："臭耗子，别害怕，我吃了你这样的窝囊废都嫌丢脸！"小花猫将着自己嘴边的胡须，眼睛一亮："嘿嘿，我要把你右边的胡子全拔掉，一根也不剩，叫你变成个半撇胡，大家都记牢你！"

小花猫一边说，一边卡住了小老鼠的细脖子，真的拔起他右边的胡子来啦！一根，两根……疼得小老鼠嗷嗷乱叫，小花猫愈拔愈用力，小老鼠疼昏过去了……

不知过了多少时候，微风吹来，小老鼠从昏迷中苏醒过来。他睁眼一看，小花猫早就无影无踪了。他感到嘴角火辣辣地疼痛，一摸，哎哟，我的天呀，右边光溜溜的，只剩下左边那撇胡子了，唉，小老鼠现在成了半撇胡！

"天呀，这叫我怎么活呀！"半撇胡捶胸顿足哭得死去活来。他似乎已经听到了哥哥姐姐们那冷嘲热讽的声音："丢人！还有什么脸活着！""半撇胡，丑八怪，死掉算了！"这往后的日子可怎么过呢？

"我不活了！"走投无路的半撇胡横下一条心，一闭眼，一头朝墙壁上撞去！"咚"的一声，半撇胡又给弹了回来，没死成！

"还是吊死好！"半撇胡找来半截草绳，郑重其事地想。

半撇胡投奔秃猴大法师去了

半撇胡跳到一个篮子上，把手中那截草绳结了一个圈套，套在自己的脖子上，又把另一端系到了墙角的铁钉上。现在，他只要双脚一蹬，踢开那个篮子，就一命呜呼啦！

就在这千钧一发的时刻，半撇胡突然想起了秃猴大法师。前几天听哥哥们说，小河那边来了一个舞刀弄枪的老秃猴，连头上的毛都快要掉光了，却有一身惊人的武功。

嘿，要是自己也有一身真功夫，就再也不怕小花猫这个大恶霸了。哼哼，一拳就把他给打到地球那边去！

半撇胡有点想入非非了，在篮子上面就真的拳打脚踢起来。他这么上蹿下跳的，脖子上面那根绳子可就愈勒愈紧了。

"救命！救……"半撇胡刚才还视死如归哪，现在却突然不想死了，他拼命挣扎，眼睛都快要暴出来了！

"啊……"半撇胡连气都喘不过来了，四脚一挣扎，又把那个篮子给踢出二三米远，这下可完了，小老鼠给吊在半空中了！说时迟，那时快，就在他快翻白眼的一瞬间，他猛地朝上一蹿，一口咬断了颈上的绳索。

半撇胡得救了，他用拳头懊恼地捶击着自己的小脑袋，后悔不迭："为什么要自杀呢？应该去跟老秃猴学武功，回来报仇雪恨！"半撇胡揉了揉脖子上面的伤痕，立即昂首阔步朝屋外跑去。临出门时，还偷了两颗枣子，准备拿着途中充饥。

江湖骗子老秃猴教授半撇胡一指功

涉过浅浅的小河，半撇胡远远就听到了一阵嘈杂声。

半撇胡从人缝中挤进去一看，原来是一个江湖艺人在耍弄一个老猴子。嘀哟，只见那只头戴乌纱帽的老猴子时而舞刀弄棍，时而跟头把式，简直神了。他是不是老秃猴呢？直到围观的人群都散光了，半撇胡还恋恋不舍地留在那里。

趁着江湖艺人吃饭的空隙，老猴子摇摇晃晃地走了过来，他老早就注意到这个贼眉鼠眼的小东西了："喂，看了大半天，不能白看呀！有什么好吃的东西孝敬我吗？"

"我……"半撇胡嗫嚅道，"我什么也没有呀。我要去找秃猴大法师学武功，打败恶霸小花猫，变成一个最最厉害的小老鼠！"

"哈哈哈哈……"老猴子突然爆发出一阵粗犷的笑声，他把乌纱帽一脱，露出一个亮晶晶的大光头，说，"你真是有眼不识泰山，我就是秃猴大法师！"

"真的吗？"半撇胡半信半疑。

"还有假的吗？"老秃猴把牛皮吹得天花乱坠，"我不光精通刀枪棍棒，还有一套祖传绝技！"老秃猴说罢，就摆出了一副老鹰展翅的姿势，手指对准半撇胡，鼓腮运气，大声叫道："这叫一指功！只要我的手指指向谁，谁就会疼痛钻心，一个跟头摔到南天门去！"

半撇胡见他一副气势汹汹的架势，吓得浑身发抖，还以为老秃猴要行凶抢劫呢！他连退几步，没想到撞在一块石头上，身体失去重心，重重地摔到了地上。

见半撇胡摔了个四脚朝天，老秃猴的牛皮吹得更起劲了："尝到厉害了吧！老实告诉你，我的气还没有全部运到手指上，要是运足了，朝你这么一指，就叫你非死即伤！"

半撇胡也真糊涂，他忘记了是自己绊了一跤，还真的

气功大师半撇胡

以为是老秃猴的一指功发挥了效力哪！半撇胡朝地上一跪，头磕得"砰砰"乱响。"秃猴大法师，收下我这个徒弟吧！"他一边说，一边把那两颗枣子高高地举过头顶，恳求道，"教教我这一指功吧！"

老秃猴接过枣子，凑在鼻子上嗅了嗅。"好吧，我就把这套祖传绝技教给你。来，站好！"老秃猴帮半撇胡摆出一个老鹰展翅的姿势，振振有词地说，"站稳步，手指直指前方，然后运足气……"

老秃猴煞有介事地吹嘘了一通，便吹着口哨，扬长而去了。

上当受骗的半撇胡在烈日的曝晒下，摆着那个不伦不类的功架，手指前方，一动不动。一小时过去了，两小时过去了……半撇胡实在坚持不下去子，眼前金星四溅，腿一软，就一头栽倒在地上，昏过去了。

等他醒转过来，嘴里还在不停地嘟哝着："这一指功到底灵不灵呢？"

半撇胡变成气功大师了

"大草包从外面回来了！"

这消息像插上翅膀一样，在老鼠们中间飞快地传播开了。真是天下第一号的爆炸性新闻，往常洞门不出的窝囊废，居然胆敢在艳阳高照的大白天，大摇大摆地招摇过市，真是天下奇闻。瞧着半撇胡那副不可一世的傲慢神态，他的哥哥姐姐们简直不敢相信自己的小眼睛了。

"嘿，瞧他那副神气样！"

"胡子也少了一半，出了什么事？"

半撇胡刚一钻进厨房，就被一大群好奇的老鼠给紧紧围住了。见众老鼠议论纷纷，半撇胡索性跳到了那个篮子上，自吹自擂起来："告诉你们，今非昔比，我已经不是往日的大草包了！我得到了秃猴大法师的真传，身怀绝技一指功！哪个不服，就上来较量较量！"

"吹牛皮也不嫌牙痛！"

"就是，瞧他那副皮包骨的模样，一口气就能吹倒！"

"不要门缝里瞧人嘛！"半撇胡急了，气急败坏地喘着粗气，半撇胡子一翘一翘地抖动着。不过，他确也有些心虚，虽然老秃猴给他吹了一通，但这一指功到了他的身上，到底能不能发挥神力，还不得而知。

正巧，一只在碗橱里饱餐了一顿的大蟑螂，捧着胀得像小皮球似的大肚子，一摇三晃地走了过来。

一只老鼠看到蟑螂，灵机一动，立刻来了主意。他冲着半撇胡高声嚷道："喂，你也不用跟咱们较量，你只要能用什么一指功把蟑螂给打倒，咱哥们就服你了！"

"行！"半撇胡跳下篮子，一个箭步跳到了大蟑螂面前，大吼一声，摆出一个威风凛凛的姿势，手指一指，开始运起气来。他面孔憋得像猪肝似的，也没有把肚子里面的气给运到手指上！

可他这一吼一指，着实把那只可怜的大蟑螂给吓晕了。大蟑螂见一只怪模怪样的大老鼠拦在面前，还以为对方要寻衅闹事呢！大蟑螂吓得不知所措，抱头就逃。

这时，从四周响起了老鼠们的一阵嘲讽声：

"连只蟑螂都打不倒，还吹什么一指功呢！"

半撇胡丢尽了脸，羞得无地自容，真想找个地缝钻进去！然而，就在这时，奇迹出现了——那只大蟑螂在地上转了几圈以后，突然朝后一倒，手脚一阵抽搐，死了！

"死啦！""这一指功的威力这么大啊！"老鼠们七嘴八舌地叫嚷着，惊讶得目瞪口呆！

"死了？真的死了？"半撇胡瞅着大蟑螂的僵尸，实在不敢相信自己竟有如此大的能耐，"我的一指功学成啦！"半撇胡激动万分，兴奋得在地上打起滚来！

"气功大师万岁！"老鼠们也纵情欢呼起来。转眼之间，半撇胡这个到处受人奚落的大草包，平步青云，一跃而成了老鼠们崇拜的气功大师了。

实际上，大蟑螂只是刚才在碗橱里偷吃食物时，不小心吃了主人拌在里面的毒药，这才一命呜呼的。可老鼠们哪里知道？

"吵什么？"小花猫听到了老鼠们的叫嚷声，跑了出来，张牙舞爪地扑去。

"我的妈呀，快逃！"老鼠们大叫一声，吓得四处逃窜。

半撇胡跑慢了一步，被小花猫一把抓了过去："哈哈，半撇胡，又是你呀！几天不见，精神抖擞起来了嘛！今天我要再教训教训你，把你左边的胡子也连根拔掉！"小花猫咬牙切齿地说。

半撇胡在被小花猫擒获的一刹那，也曾恐怖万分。"完了，末日来临了！"可后来被小花猫一骂，反倒镇静下来了，"哼，干脆趁着这个机会，同他较量一番，说不定自己的一指功能大显神威呢！"半撇胡在小花猫的爪下想。

"嘿嘿，刚才你还胡言乱语，怎么现在又成哑巴啦！"小花猫一边说，一边就要拔半撇胡的胡子。

"慢着！"半撇胡头一歪，面不改色地叫道，"不要动手动脚的，太放肆了！"他朝四周扫了一眼，发现老鼠们又从洞里钻了出来，就变得更加神气了。

"什么？"小花猫真不敢相信自己的耳朵了。和几天前那副求爷爷告奶奶讨饶的模样相比，半撇胡简直判若两人了。

半撇胡见小花猫犹豫了一下，更加肆无忌惮了："放开我！告诉你，我是秃猴大法师的弟子，身手不凡，只要手指朝你的肚皮一指，就叫你命归西天！"他拼命挣扎着，想摆脱小花猫的利爪。

"你说什么昏话呀！哈哈，来，朝我的肚皮指一指吧！"小花猫放开了半撇胡，把肚皮对准了半撇胡，满不在乎地说。

"气功大师，把他打翻在地！"

"让他瞧瞧一指功的厉害！"

躲在半撇胡后面的老鼠鼓噪呐喊，为半撇胡助威。

半撇胡来劲了，又摆出了那个令人发笑的姿势，然后手一抬，直指小花猫的肚皮。

他这一指不要紧，小花猫的肚皮还真的剧烈疼痛起来！真的，火烧火燎般的疼痛！其实，倒不是一指功发挥了什么神力，而是昨晚睡觉时，小花猫一不留神从床上摔下来，受了一点内伤。

可是，小花猫的神经太紧张了，竟把这件事忘到九霄云外了！见半撇胡的指头指着自己的肚皮，小花猫疼得更厉害了。终于，他再也忍受不下去，大叫一声，一溜烟地跑走了。

"小花猫夹着尾巴逃走啦！"背后响起了老鼠们的笑声。

"他根本就不是我的对手！"半撇胡一边梳理着他那半撇小胡子，一边得意忘形地说。

半撇胡被打得趴在地上爬不起来了

小花猫被小老鼠打得一败涂地，难过极了，他捂着肚皮，踉踉跄跄地跑到主人的床下，委屈地抱头大哭了一场，连主人给他烧的一碗漂着油花的鱼汤也没喝。

唉，一贯旗开得胜的常胜将军，怎么能咽得下这口窝囊气呢？

不行，还要打一场！

小花猫钻了出来，一直溜到厨房里，冲着墙角的老鼠

亲自外星球的妖精

洞叫道："半撇胡，有种的，再出来比试比试！"

"你还不认输呀！怎么脸皮厚得像猪皮！"半撇胡的尖脑袋从老鼠洞里伸了出来，"肚皮又痒痒了吧！"

现在的半撇胡已经对自己的一指功深信不疑了。他见小花猫跳到了桌子上面，也就跟着跳了上去，摩拳擦掌，冲着小花猫龇牙咧嘴，先来了一套从老秃猴那里学来的猴拳。小花猫可不吃这一套，他大吼一声，凌空跳起，又轻轻落下，举起利爪，冲着半撇胡的脖子狠狠一击！嘿，这一下如果再重一点，当场就能送了半撇胡的命！

"哎唷！"半撇胡发出一声惨叫，一下子就昏过去了！

等到半撇胡从昏迷中醒来，那些急得坐立不安的老鼠们就一起冲着他高喊："不能和小花猫硬拼，要来一指功！"

对，不能再来这些没用的花功夫了，给小花猫来个一指功！只听得半撇胡高喊一声，把手指狠狠对准了小花猫！小花猫见半撇胡的手一指，还真有点发怵！可他等了半天，眼看着半撇胡又运气，又跺脚，肚皮却一点也没疼！

"嘿嘿，怎么不灵了！"小花猫这时突然想起来了，刚才自己肚子疼，根本就不是被半撇胡指的，而是昨天自己从床上摔下来弄伤的！哎呀，真傻，竟上了这个小老鼠的当！

半撇胡连吃奶的力气都使出来了，也没有把小花猫给打倒！老鼠们也都急得冒火了，不停地叫嚷着："快运气发功呀!"半撇胡把腮帮子鼓得圆圆的，可面前的小花猫还是岿然不动。

"哈哈，鬼东西，让你的一指功见鬼去吧!"小花猫等得不耐烦了，一个鱼跃冲了过来，一把抓起了半撇胡，朝空中一扔，又飞起一脚，一下就把半撇胡给踢到了天花板上。

半撇胡从空中重重地摔落下来，跌得鼻青脸肿，躺在地上直哼哼，再也爬不起来了，围观的老鼠们见状都缩回到老鼠洞里，不敢露面了。

"喵——"小花猫得意地笑了。胜利本来就属于小花猫嘛！他走到半撇胡面前，又开始拔起这位气功大师左边的胡子来了。

涂糊糊的壮举

1

聪明国里有一个名叫涂糊糊的小男孩，别看他刚脱掉露屁股的开裆裤没几天，却聪明透了，聪明得脑袋里面都会拐弯。有时候不当心，聪明得一下过了头，还会做出许多惊天动地的事情呢！

这不，这几天涂糊糊又成了科学家迷，一头钻在书堆里，被凯库勒、牛顿、阿基米得、富兰克林、伽利略什么的迷住了，对这些大科学家崇拜得五体投地，决心仿效他们的样子，也作出一些惊人的发现，把整个聪明国的地皮都给震裂！

2

太阳升得老高，再有那么零点零几秒的工夫，就要把涂糊糊的屁股烤焦了，他才一骨碌从床上跳了起来。

可一个长长的懒腰伸完以后，涂糊糊又"咣当"一声躺在床上了。

怎么了？涂糊糊想起了凯库勒。

唉，凯库勒这个德国化学家多幸运呀！研究苯的分子结构累了，躺在马车里面美美地睡上一觉，就梦见许多原子排成了长蛇阵，这蛇阵忽然首尾相接，一下子变成了一个环的形状。一觉醒来，不费一点力气，就悟出了苯的环形分子结构。

做个梦也会有科学发现，当个举世闻名的科学家太容易了！涂糊糊羡慕了一会儿凯库勒，变得踌躇满志起来：哼哼，有什么了不起的，凯库勒能梦出个苯环来，我说不定也能梦出个什么分子结构式来呢！

说睡就睡，涂糊糊又钻进了被窝，双眼一闭，"呼啊呼"地打起呼噜来。

第一天睡过去了，涂糊糊睡得像一头小猪似的，连个梦的影子也没有做。第二天更倒霉了，睡得懵懵懂懂的，梦倒是做了一个，却是一个吓人的大噩梦，他梦见自己掉进了一条大河里，差一点给浪头卷入河底。醒来一看，不光什么也没有发现，还撒了一床尿！

怪呀，怎么什么也没有发现呢？涂糊糊有点纳闷了。

歪着小脑袋想了好半天，聪明的涂糊糊终于恍然大悟：凯库勒是在马车上睡的觉呀，而自己是躺在床上睡的觉！不在晃晃悠悠的马车上做梦，会有什么科学发现呢？

可眼下上哪里去找晃晃悠悠的马车呢？

有了，涂糊糊一眼看到了摆在地中央的凳子，眼前蓦地一亮，"嗖"的一声从床上跳了下来。他把凳子用绳子绑牢，高高地吊在天花板上，然后，像个小猴子似的朝上一跳，一屁股跳到了凳子中央。嗨，棒极了，一使劲，凳子像秋千一样摆了起来，晃来晃去，比马车还舒服。

可涂糊糊晃呀、摆呀的，刚糊里糊涂地睡着，连个梦还没来得及做，拴凳子的绳子就断了，只听咣的一声，涂糊糊和凳子一起掉到了地上。涂糊糊的屁股给摔烂啦，只得让人送进了医院。

3

病床边上，堆满了别人送来的大苹果。涂糊糊乐坏了，虽然屁股肿得挺高，可嘴巴一点也没有受委屈，只见他左右开弓，东面咬一口，西面啃一口，吃得腮帮子鼓得老大。

骨碌碌，一个红彤彤的大苹果被涂糊糊碰了一下，滚到床下去了。涂糊糊一见，顿时就来了灵感。

哎呀，英国大科学家牛顿看见苹果落地，就发现了万有引力定律，我要是多朝地上扔几个苹果，说不定也能受到什么启发，发现一个什么轰动世界的大理论呢！

"砰砰"一阵乱响，好几个大苹果给摔得稀巴烂了，涂糊糊的脑袋里还是空空的一片。得，什么也没发现，还不如把这些苹果吃下肚去。他气坏了，拿起一个苹果朝门上砸去，嘿，正好砸在推门进来的护士脸上，差点把她的鼻子给砸扁了。

没等护士叫出声来，涂糊糊乐得蹦起来了："哎呀，有了！苹果掉在地上还引出了定律，要是拿苹果往脑袋上扔两下，真不知能冒出多少条定律来呢！"

他一把抱住了护士，连声央求道："你快用苹果敲敲我的脑袋吧！"

护士鼻子疼得要命，眼泪都掉下了好几串。她明天就要做新娘了，可挂着这么一个又红又肿的烂鼻头，还不让人家笑掉了大牙！她气得直翻白眼，正愁没法子出气呢，听涂糊糊这么一嚷，正好，拿起一个最大的苹果就朝涂糊糊的脑袋砸了下去。

"哎唷！"涂糊糊觉得眼前一片黑，差一点没昏过去。一摸，脑袋上鼓起了一个大包！

护士又砸了一下，涂糊糊的脑袋上又结了一颗硕果。

遗憾的是，涂糊糊什么定律也没想出来，相反，脑袋上倒是获得了全面丰收，冒出了好几个紫色的大包。也许是苹果砸得还不够狠吧，为了发现比万有引力还要伟大的定律，涂糊糊豁出去了，咬咬牙，又让护士后退了几步，拿自己的脑袋当靶子，远距离投弹。

一时间，满屋子苹果乱飞，扔得涂糊糊乱喊乱叫。顶糟糕的是，这个可气的护士还偏偏练习过投手榴弹，百发百中，扔出的苹果个个都在"靶心"开花。不一会儿，可怜的"牛顿"的脑袋上就布满了紫色的大包！除了知道叫唤以外，他什么也不知道了。

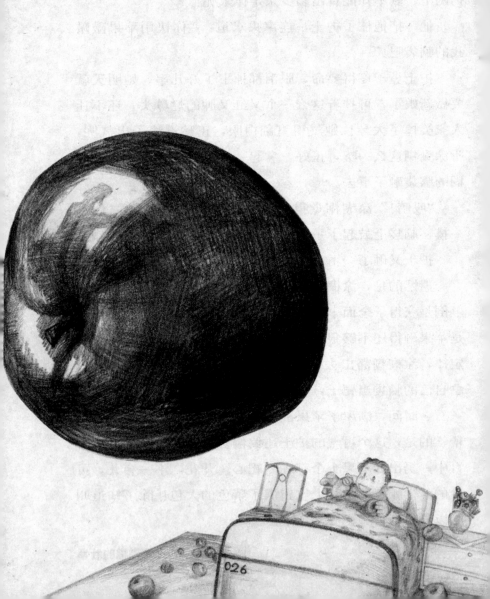

4

也不知从什么时候起，涂糊糊从昏迷中醒了过来。他睁眼一看，自己竟躺在了一片草地上。原来，那个恼羞成怒的护士还嫌气没出够，又把涂糊糊当成了小疯子，给扔出了医院。

涂糊糊从地上爬起来，揉揉脑袋上的"战利品"，就朝前面传来笑声的地方跑去了。

过去一看，只见在一片高耸入云的摩天大楼下面，有一个游泳池，里面漂着好多五颜六色的大气球。仔细一分辨，才看清那些大气球竟是一群肥胖过度的阔太太！她们忽上忽下，不时地溅起一朵朵浪花。

涂糊糊看呆了，连衣服也顾不得脱，就要朝里跳。

他干吗呀？原来，涂糊糊要当阿基米得。

涂糊糊早就听说过希腊科学家阿基米得的事情了。他洗澡的时候，往盛满水的浴盆里一坐，忽然感到有股向上的浮力，再低头一瞧，水哗的一下溢了出来，整整流掉了和他身体一般多的水！就这样，阿基米得一下子就发现了浮力定律！嘿，连脑子都不用动一下，真带劲！

"喂，小孩不许游泳！"一个瘦子追了上来，一把抱住了涂糊糊。"放开我，我要当阿基米得，我要溅出多一百倍的水！"涂糊糊挣扎着，他以为溅出的水愈多，发现的定律也就愈多呢！

涂糊糊到底聪明，他就势往下一蹲，像条小泥鳅似的从瘦子手里滑了出来。瘦子一急，没站稳，身子一下失去了重心，四脚朝天掉进了游泳池，一下把三个"大气球"给压沉了底！

不行，就这么往下一跳，溢出来的水太少了，根本就不会发现什么大定律！涂糊糊抬头望见了摩天大楼，立刻就来了主意！

"噔、噔、噔"，涂糊糊一口气跑上了摩天大楼。他庄严地吸了一口气，一闭眼，从几百米高的楼顶上跳了下来！乖乖，勇敢的"阿基米得"在半空中连翻了七八个"涂糊糊转体360度"，最后，以一个漂亮的倒栽葱，掉进了游泳池里。

他落水的力量太大了，几里外的人都看见了冲天而起的水柱，还以为是什么水管断裂了呢！那些"大气球"呢？都被弹上了天，其中有几个还给弹到了摩天大楼的顶上！

至于涂糊糊，要不是别人抢救得快，恐怕早就没命了！他从水里爬上来以后，气得要命，尽管游泳池里的水都快溅干了，他还是没有发现什么定律。

5

现在，涂糊糊已经不喜欢像凯库勒、牛顿、阿基米得这些人的科学发现了，用他自己的话说，就是不紧张，不惊险，太没有刺激性啦！

如果要问他最佩服谁，他准会竖起大拇指：富兰克林！

是呀，美国科学家富兰克林多勇敢呀，为了揭开雷电之谜，竟敢在雷雨交加的时候，冒着被闪电击死的生命危险，把手握在有雷电传下来的风筝线上，证明了雷电就是电！这才叫科学家！

涂糊糊开始酝酿一次大胆的探险行动啦！

富兰克林只是证明了雷电就是电，并没有飞到云彩里面去。要想探明雷电的真正秘密，必须冒险飞到雷电当中去！涂糊糊的这个伟大计划谁也没告诉，只是一个人悄悄地准备着。

他从废料堆里滚来两个汽油桶，在一个汽油桶里装上从爆竹里倒出来的火药，另一个当座舱；两个往一起一焊，就成了一个大火箭！现在，万事俱备，只欠雷雨了！

终于，这一天来到了，一道闪电划过长空，雷声滚滚。

涂糊糊坐在前面一个汽油桶里点燃了火药，只听"轰"的一声巨响，从后面的汽油桶里喷出一股浓烟，把涂糊糊的小耳朵都快要震聋了。没等他弄明白为什么这样响，火箭已经升上天空，朝电闪雷鸣的云端飞去了！

可飞了没多久，火药就用完了。火箭没有了推动力，就像石头似的朝地上坠下来。

"妈呀，完蛋了！"这下涂糊糊可慌了神。

幸亏涂糊糊点火时发出了一声巨响，把正在酣睡的聪明国居民们给震出屋来了！他们先是看见一个浓烟翻滚的家伙飞上天去，又看到它翻着跟斗往下掉，于是大家急忙把棉衣棉被统统抱了出来，堆得比小山还要高，供火箭"降落"！

真是巧，火箭不偏不倚，正好掉在了棉被堆的正当中，坐在汽油桶里的涂糊糊不光连根毫毛也没伤着，还弹起来好几米！

6

屡遭惨败，但涂糊糊丝毫也没有气馁。他发现，自己前一段的行动太幼稚、太鲁莽了，聪明的脑袋根本就没有派上用场！想想看，靠学学别人的样子，怎么能有一鸣惊人的重大发现呢？

遇事要动脑筋，要学会思考才行。你看人家意大利科学家伽利略，从一个摆来摆去的吊灯上面，就发现了摆的等时性，给后人研制摆钟提供了科学原理。

对，要做一个伽利略，涂糊糊开始大动脑子了，一会儿拿起碟子看一看，一会儿又凑到老奶奶的皱纹上研究半天，折腾来折腾去，还是什么也没有发现。也许到外面转转会好些，涂糊糊溜到了大街上。

涂糊糊转了大半条街，还是一无所获。嘴巴渴得有点冒烟了，他买了根棒冰想要解解渴，还没吃，就瞧见走来一队趾高气扬的人马。

一个凸着大肚子、胸前挂满勋章的白胡子老头走在最前头，看见涂糊糊不停地用舌头舔着棒冰，很是奇怪，就冲他问道："小孩，你吃的是什么东西呀，硬邦邦的，还直冒凉气？"

涂糊糊"扑哧"一下笑出声来，多逗！天底下竟有不认识棒冰的怪人，好像是从别的星球飞来的外星人似的！

一想到这里，涂糊糊的脑袋里马上就想起了伽利略，一想到伽利略，他就又想到了外星人！这个老头多怪呀，生活在聪明国，居然连棒冰还不认识，准是个外星人！没错，准是！

"外星人！你是外星人！"涂糊糊指着白胡子老头叫道。

"什么乱七八糟的，我是聪明国的大总统！"白胡子总统气得大发雷霆，连白胡子都抖动起来了！

他命令手下的大臣把涂糊糊抓起来，可手下的大臣们早就讨厌这个不学无术的老头了，他们一拥而上，把白胡子总统抬了起来，狠狠地朝天上一扔，齐声喊道："欢迎外星人！"

就是外星人真的来了，也没有这种欢迎法呀！

结果那个倒霉的白胡子总统给活活地摔死了！

于是，聪明国乱成一锅粥了。

涂糊糊一看闯下了大祸，正想溜，却被那群大臣们抓住了。他们不管涂糊糊怎么挣扎，硬把涂糊糊送进总统

来自外星球的妖精

府，请他当了聪明国的大总统！理由嘛，就是因为他为聪明国铲除愚昧出了一份力量！

真没办法，涂糊糊简直哭笑不得，什么也没发现，却一步登天，飞黄腾达，坐上了聪明国总统的宝座！

7

故事就这么讲完了吗？

讲完了。

这些都是真事吗？

当然是真的了，告诉你们一个秘密吧，咱们的主人公涂糊糊还是我的亲表弟呢！你看，怎么会是瞎编！

哦，还忘记告诉你们了，涂糊糊前几天还给我来了一封信，信上说，他整天呆在总统府没事干，对自己的种种壮举想了好些日子，挺后悔的，凯库勒、牛顿、阿基米得、富兰克林、伽利略这些大科学家的那些伟大的发现，是他们孜孜不倦地研究的结果，根本就不是靠偶然的机会、鲁莽的行动得来的！

他还说，他准备到科学院去当几年走读生呢……

男孩城来了个小矮人

压了整整五千年的小矮人

男孩城的男孩子们特别喜欢秋天。因为一到秋天，就可以逮到金铃子了。

"你们快过来呀！"一个叫小调皮的男孩趴在一块大石头上，叫得震天响。

男孩子们围过来一听："丁零零、丁零零……"石头下面的金铃子叫得格外嘹亮，不用说，肯定是一个大个儿的！

"一、二、三！"男孩子们掀翻了大石头。

"天哪！"趴在石块下面的不是金铃子，而是一个小矮人！

男孩子们目瞪口呆啦！

小矮人从头到脚只有一寸多高，却长得五官俱全。小眼睛，大嘴巴，雪白的长胡子一直拖到脚底下，小尖脑袋上扣着一顶红缨小帽，身上穿着一件和杂技团小丑差不多的紧身衣，脚上是一双金色的羊皮鞋，前面的尖尖头弯得

几乎要碰着膝盖了。

"喂，你是人吗！"小好奇拍拍那个小矮人的屁股。

小矮人兴高采烈地跳到那块大石头上说："我不光是人，还是一个五千年以前的古人哪！"

男孩子们全都惊呆了，足足集体昏迷了十秒钟。

等男孩子们苏醒过来，小矮人又眉飞色舞地接着说："一百八十二万五千天哪，一般的人当然受不了啦，可我就是不一般嘛。要不是我刚才学了几声金铃子叫，说不定还要再压上五千年哪！"

小矮人得意透了，一个跟头跳到了小调皮的手掌上，高声说："我知道这是什么地方！这里是你们男孩子的天堂！走啊，进城！"

于是，男孩子们和小矮人一起，浩浩荡荡地回城去了。

一个牛皮大话城

可能小矮人五千年来一个晚上也没睡过觉，一钻进城堡里，他就一头栽倒在男孩子们为他准备好的火柴盒里。好家伙，不多不少，整整睡了九九八十一天。

"太舒服啦！"小矮人醒来，一骨碌从火柴盒里跳了出来，冲着围在身边的男孩子们感谢道，"不是你们，我还在石头下面遭罪呢……"

原来，五千多年前，小矮人来到了这个地方，那时这里还没有什么男孩子城，住着一些勤劳善良的牧羊人。小矮人一到，就劝牧羊人不要再四处游牧了，只要放开喉咙吹牛皮、说大话，就会成为一个个百万富翁。可牧羊人不光拒绝这样干，反而说小矮人是一个可恶的魔鬼，把小矮人给压在石头底下了。

小矮人还没说完，小调皮就迫不及待地追问道："说几句大话，就真的能有很多钱吗？"

"怎么，你们不信？"小矮人急了，一下子蹦起老高。这一蹦不凑巧，屁股正好钩到了墙上一枚钉子上，小矮人下不来了。可他根本就不在乎，就这么吊在墙上吹开了："谁说我矮，我是巨人！我比天还高！我……"

嘿，真怪！小矮人的话音未落，只听"叮叮咚咚"一阵乱响，像下冰雹似的掉下来一大堆东西！小好奇抓起一把一看，全是锈迹斑斑的古代钱币。小好奇对小矮人说："你真是老古董，这全是几千年前的古钱，我们早就不用这种东西了！"

"真的么？"小矮人一愣，马上就明白过来了，"你看——"一个"看"字刚出口，空中顿时飘落下来许多五颜六色的纸币，有十元的，有五元的，也有一元的，洒了满地。

这下男孩子们再也不怀疑了，既然几句大话就能挣这么多钱，何必还要学习和劳动呢？

从那一天起，男孩子城就变成了一个牛皮大话城。你听：

"昨天晚上,我在石头下面一下子就找到了一个金铃子集团军,足足有几十万只!"

"知道吗?我一个晚上就把一个学期的课学完了!"

"我只要动一个脑细胞,就能获得一百零八项诺贝尔奖金,写出五百本伟大的著作!"

糟了,男孩子们全染上了吹牛大话综合症,变成一个个傻乎乎的小白痴。

小矮人不光不愁,反而高兴得手舞足蹈:"哈哈,你们就尽情地吹吧!我已经饿了整整五千年,这下子我要美美地香香地甜甜地吃上一顿啦!"

怪事,小矮人要吃什么东西呢?

女孩子们兵临城下

在偌大的男孩城里,只有一个男孩子没有吹牛皮说大话。

他就是男孩城有名的小头脑。小头脑非常聪明,他可没糊里糊涂地上小矮人的当。小矮人刚从石块下面解脱出来那会儿,小头脑也觉得很新奇,可后来他就看出:这个小矮人肯定是一个无恶不做的坏蛋,男孩城会毁灭在他的手里。

"你们别吹牛皮了!"小头脑一个劲地劝着伙伴们,可是谁也不理睬他。

男孩城危在旦夕!怎么办呢?

小头脑突然急中生智：天哪，怎么把女孩城里的女孩子们忘记了！

小头脑立刻写了封十万火急的求援信，又插上了三根鸡毛，揉成一个小球，用弹弓朝女孩城里射了过去。

不一会儿，女孩子们在小迷糊的带领下，雄赳赳、气昂昂地冲进了男孩城的大门。

小头脑一看，嗬哟，黑压压的一大片！有了这么多女孩子，何愁对付不了一个小矮人啊！

男孩城里到处躺着男孩子，他们不停地嘟哝着牛皮大话，丝毫也不理会周围发生的事情。

小迷糊她们绕过一个个男孩子，东寻西找，却连小矮人的影子也没看见。她们冲着小头脑叫嚷开了："喂，小头脑，小矮人在哪呀，是不是逃跑啦？"

小头脑也有点奇怪了。

吞吃牛皮大话的巨人

他们几乎找遍了男孩城，也没有发现小矮人的踪迹。只是城中不知从什么地方飞来了两座大山。

正在小头脑和女孩子们迷惑不解的时候，突然这两座大山抖动起来了。接着，从半空中传来了一阵炸雷般的吼叫声，把女孩子们吓得汗毛孔都闭不上了。

吼叫声过后，空中又传来了一阵熟悉的狂笑声："哈哈，你还认得我吗？"

小头脑抬头朝空中一望，我的妈呀，一个恶魔般的巨人屹立在天地之间，那两座大山根本就不是山，而是他的两只脚！不错，正是他！头上戴着红缨小帽，身上穿着那件紧身衣，正是那个在石头下面压了几千年的小矮人！

原来，小矮人所说的要饱餐一顿，不是要吃什么山珍海味，他盼望已久的美餐就是男孩子们的牛皮大话。

小矮人饿得快要发疯了，男孩子们说的牛皮大话，他一句也不剩，统统都咽到肚里去了！每吞下一句牛皮大话，他就长高一寸，因为男孩子们说的牛皮大话实在是太多了，所以小矮人不停地往上长，不一会儿就变成了一个高耸入云的巨人。

这时男孩子们才知道上了小矮人的当，可后悔也没用了。他们在小矮人的控制下，根本就管不住自己的嘴巴了，各种各样的牛皮大话像开了闸的洪水一样，流个不停！

"他就是我说的那个小矮人！"小头脑朝巨人一指，悄悄告诉女孩子们。

"个头太大了！""他一脚就能把我们踩个稀巴烂！"

面对这么一个庞然大物，女孩子们紧张得连话都说不出来了！

巨人早就发现了小头脑和女孩子们，他发出一阵阵吓人的狞笑，一步一步地向孩子们逼了过来："小东西，你们是来送死的吧？哈哈！"说着他狠狠地抬起比足球场还大一百倍的巨脚……

小矮人又被压在了石块下面

"完啦！"小头脑和女孩子们吓得全都闭上了眼睛。唉，看来今天是要光荣牺牲了！

就在这千钧一发的时刻，突然响起了一个女孩子的尖叫声。小头脑他们睁开眼睛一看，是小迷糊。

小迷糊毫无惧色地对巨人大喊道："等一等！我们才不怕死呢！"见巨人的大脚在半空中停住不动了，她又嚷道："你不要发脾气，我们不是来找你打仗的，我们是来和你比武的！"

"什么，比武？"从云层中传来了巨人的大笑声，"哈哈！我只要把脚往下一踏，你们就变成一堆粉末了！"

小头脑他们也不知道小迷糊究竟打的什么主意。

"我们要和你比吹牛皮、说大话！"小迷糊大声说。

"比吹牛皮、说大话？"

很显然，巨人来了兴趣，他收起一脸杀气，把大脚放到了地面上，随后费力地弯下腰去，把小迷糊抓在手心里："你也会吹牛皮、说大话？你要是骗我，我可对你不客气！"说完，他把手指攥得紧紧的，小迷糊的脸都憋紫了。

小头脑他们急出了一身冷汗。

小迷糊挣扎了一下，断断续续地说道："骗你干吗，我是世界吹牛大王，吹遍天下无敌手！放……放开我！"

嘿，小迷糊也说起大话来了。其实她是设了个圈套。

巨人不甘示弱地叫道："你是世界吹牛大王？我才是真正的吹牛大王！"

"比呀，谁是真正的吹牛大王，一比就知道了！"小迷糊说。

"比就比！谁先吹？"巨人有点急不可耐了。

"好，让你先说吧！"小迷糊装出一副宽宏大量的样子。

巨人清了清喉咙，手往腰里一叉，张开血盆大口就吹起来了。因为他肚里装的牛皮大话实在太多了，"嗖嗖"地直往外窜，连停都不停了：

"昨天晚上我在石头下面一下子就找到了一个金铃子集团军足足有几十万只知道吗我一个晚上就把一个学期……"

巨人滔滔不绝地吹着，可他肚子里没有一点新鲜货，全都是男孩子们吹过的牛皮大话！吹呀吹呀，他不停地吹！

孩子们在心里一个劲地叫好。

眼瞅着巨人一寸寸矮了下去，可他却丝毫没察觉，像发了疯似的，越吹越狂！

等把肚子里的牛皮大话全部吐了出来，高大的巨人就一下子瘪了下来，又恢复了小矮人的本相。想不到牛皮大话这么厉害，竟能把一个小矮人变成一个巨人，让人难以相信！

亲自外星球的妖精

"该你吹了!"小矮人吹累了,朝小迷糊嘟哝了一句,一屁股坐到了地上,"呼呼"地喘着粗气。

小迷糊他们没有理睬他,而是一步一步地逼了上来。

"你们要干什么?"小矮人有点慌了手脚,他惊恐地朝四周一望,黑压压的全是女孩子,!到这时,他才明白自己上当了!他想逃跑已经来不及了,女孩子们重新把大石头压到了小矮人的身上。

"饶了我吧!饶了我吧!"巨人变成了小矮子,浑身的力量也就消失了,他连这块大石头也无法摆脱了。

打败了小矮人,女孩子们一起动手,把男孩子们都救醒了。

真的,直到今天,那个小矮人还压在男孩城的大石头下面。一看到有陌生的孩子从他面前走过,他就会苦苦哀求人家说几句大话,填填肚子。可谁会去理睬他呢?日复一日,年复一年,男孩城里再也没有人说过一句牛皮大话,因为小矮人给他们的教训太深了。

严禁男女生说话的怪城

超级弹弓发射的"子弹"

要问小淘气涂糊糊最佩服谁，他准会把大拇指一竖，毫不犹豫地说："电影《冰峰抢险队》里的英雄呗！"

不是我夸张，真的，就连在睡梦中，涂糊糊都想像那些出生入死的英雄一样，舍己救人，干出一番惊天动地的壮举来。涂糊糊可不是一个光说不干的牛皮大王，这不，他还和小伙伴们成立了一个"涂糊糊抢险队"！

然而，让人感到一百万分悲伤的是，直到现在为止，"涂糊糊抢险队"的功劳簿上还是一个大鸭蛋。不光没有什么可歌可泣的战绩，相反，这些"英雄好汉"还闹出了不少笑话，简直叫人笑掉大牙！

先说说前几天闹得满城风雨的一件"丑闻"吧。

那天涂糊糊放学回家，途经一个幼儿园的时候，突然发现里面的院子里窜起一股浓烟！

"不好啦，快救火呀！"他大喊了一声，不管三七二十一，从路边的一辆洒水车上卸下水龙头，对准幼儿园就猛扫起来！火是被突如其来的大水给浇灭了，可气势汹汹的阿姨却把"救火英雄"给揪了进去。

涂糊糊定睛一看，嗬哟，被他扑灭的"大火"，竟是一堆枯树叶。原来阿姨们在烧垃圾。

得，这下子可闯大祸啦！

你想呀，呆在操场上的小朋友们哪里经受得住这场"急风暴雨"的考验呀。他们冻得直哆嗦，紧接着，就异口同声地打了一个比三百挂鞭炮还响的大喷嚏！嗨，来了一个"集体感冒"！孩子们的家长生气了，把涂糊糊的家给包围了四天五夜，直到涂糊糊的爸爸"慰劳"了"肇事者"的小屁股一顿，他们才"全线撤军"。

唉，实在是太狼狈了，丢人！

难怪那些女孩子躲在后头幸灾乐祸，就连涂糊糊自己也觉得脸上无光，整天没精打采的！大事不妙，"涂糊糊抢险队"眼瞅着就要"全军覆灭"了。

可就在咱们的大英雄名誉扫地的关键时刻，从天上落下来一封奇怪的匿名电报，给他带来了转机。

电报上这样写道——

巧克力城"涂糊糊抢险队"的英雄们，我们酸葡萄城遇到了地球太阳系银河宇宙上最严重的一次危机。请你们快来救救我们的孩子吧。

哎哟，这可是人命关天的大事！

这封来历不明的电报把整个巧克力城都给震动了，所有的孩子都对涂糊糊刮目相看，想不到一个淘气包竟能挽救一个城市！

"别磨蹭啦，快点去救酸葡萄城的孩子们吧！"女孩子们也改变了态度，一个劲地催促涂糊糊。短短的一瞬间，涂糊糊已经成了她们心目中最崇拜的大英雄了。

可这个酸葡萄城在什么地方呀？

别慌，咱们的涂糊糊可聪明了！他早就胸有成竹了："酸葡萄城在哪？在天上呗！电报不是从天上掉下来的吗？"听听，多么伟大精辟的论断，英明无比！我敢和任何人打赌，就是爱因斯坦，也比不上涂糊糊的脑袋瓜呀！

怎么上天呢？

涂糊糊早就想好了一个史无前例的"绝招"。

他和巧克力城的孩子们一起，做了一个超级大弹弓，光是两条橡皮筋就有好几百米长，要几千个小孩才能拉得动呢！嘿嘿，一点儿也没猜错，涂糊糊就是要用这个超级大弹弓把自己当成"子弹"发射上天！

就要出发啦！

"放——"

几千个孩子把手一松，身穿宇航服的涂糊糊从弹弓上飞了出去，直射云端。"成功啦！发射成功啦！"巧克力城被孩子们的一片欢呼声给淹没了。

酸葡萄城法规

也不知在空中飞行了多少时间，"子弹"穿过一片云彩，猛地发现下面的云彩上竟耸立着一座城市！

"噢，这大概就是酸葡萄城了吧？"涂糊糊开始急速地向下坠落，没想到风太大，身子一歪，居然挂在一根高高的旗杆顶上啦！

涂糊糊正吊在上头犯愁，一个老头驾驶着直升机飞了上来，把他的衣服从旗杆上解了下来。

"你就是大名鼎鼎的涂糊糊吧？"老头笑吟吟地告诉他，"我是酸葡萄城的守门人，就是我把你给请来的！"然而，奇怪的是，无论涂糊糊怎样追问，他就是不肯说酸葡萄城究竟遭了什么灾祸，好神秘呀！

涂糊糊下了直升机，在空无一人的大街上闲逛着。突然，他的目光被一块醒目的木牌给吸引住了——

酸葡萄城法规

1. 男女互相不许说话，违者严惩。

2. 说一句话，判处有期徒刑一年一天一分一秒。

3. 说两句话，就是不男不女的中间人。

酸葡萄城王子稀里糊涂

"太没意思了，这谁能憋得住！"

涂糊糊以为这是谁开的一个荒唐的玩笑，不以为然地扭头走开了。是呀，男生和女生一辈子不说话，多难受！

"丁零零——"

从一幢房子里传出来了清脆的铃声，一群孩子蜂拥而出。哈，他们下课了。怪！真怪！他们全像小哑巴似的，没有一个男生和女生说话，也没有一个女生和男生讲话。

严禁男女生说话的怪城

难道那些法规是真的？

涂糊糊实在是难以相信。

可惜的是，这却是事实。你看，一个男孩子踩了女孩子一脚，他连声道歉也不敢说，转身就跑。女孩子们的羽毛球勾在了树枝上，想让男孩子帮忙拿下来，可就这么简单一桩事，她们竟足足比划了一个多小时。

外面装哑巴，那家里呢？兄妹总该悄悄地说话吧？涂糊糊轻手轻脚地潜入他们的家里一看，不禁又大吃一惊，连妹妹叫哥哥吃饭也不能喊出声，只能靠写张纸条传递情报！

好一个稀奇古怪的城市啊！

一个从死亡星来的"流浪王子"

难道酸葡萄城的男女孩子之间真的不愿意说话吗？

涂糊糊决定追查到底。

没多久，他就和一群踢足球的男孩子混熟了，当他攻进第三百二十八个球以后，他问这些足球迷："干吗不找些女生来给加油呀？"这方面涂糊糊可有亲身体验，只要有女生在一旁喝喝彩，浑身上下全是劲，简直绝透了！

"我们才不愿意和这群胆小鬼玩呢！"几个男孩子开始还嘴硬，可涂糊糊一究根问底，就都漏馅了，"我们早就想和女孩子说话了，但王子稀里糊涂不允许啊！"问题终于水落石出了。

那么女孩子们呢？

因为涂糊糊穿着宇航服，戴着一个厚厚的头盔，女孩子们分辨不出来他是男是女，所以热情地接待了这个假女孩子。

跳了半天猴皮筋，涂糊糊突然提议说："玩够了，咱们去找男孩子说说话吧！"

听他这么一说，女孩子们全像触电似的蹿了起来，抖得腿直哆嗦："不行不行，要是给王子稀里糊涂知道了，绝不会饶过我们的！"

这个稀里糊涂是个什么样的凶神恶煞呢？

涂糊糊正要问个清楚，突然，脚下的云彩翻腾开了。天呀，酸葡萄城的末日降临了吧，涂糊糊吓得有点不知所措了。

"逃呀！王子稀里糊涂来了。"孩子们像逃避瘟疫似的，顿时一哄而散。

"砰，砰——"一阵山崩地裂的脚步声传了过来。涂糊糊扭头一看，妈妈呀，吓得他脑袋都转不过来了！一个黑铁塔似的怪物逼近了，最引人注目的是，他那两只合金钢铸成的大拳头，足有能装一万人的体育馆那么大，和身体的比例极其悬殊！原来他根本就不是一个地球人。

是的，这是一个死亡星的来客。

稀里糊涂曾经是死亡星上的王子，可在他统治星球的几百年中，却颁布了一道奇怪的法律：男子只能和男子说话，女子只能和女子说话，男子不能和女子说话。后来，老百姓发现了其中的秘密，原来他不靠粮食维持生命，而是把人的说话声当做能源。尤为离奇的是，男人的说话声是他左半身的能源，女人的说话声是他右半身的能源，一旦男人与女人互相说话，两股能源立即相互抵消，稀里糊涂就会瘫痪。

死亡星的人们再也忍受不了他的奴役，男男女女全都挺身而出，向稀里糊涂宣战了！没有能源，他只好慌忙逃出了死亡星，驾驶着宇宙飞船窜到酸葡萄城来称王称霸了。

酸葡萄城的孩子不知他的底细，否则只要互相说上半天话，就能叫他变成一个废物。

"哼，是你在和女孩子说话吧！"稀里糊涂的大拳头把涂糊糊给攥得紧紧的，气得直哼哼。别看涂湖湖只和女孩子说了几句话，可稀里糊涂已经有点能源危机了。

"说话又怎么样？偏说！"涂糊糊的倔劲又上来了。

稀里糊涂发怒了，他指着涂糊糊的鼻子尖嚷道："你违反了酸葡萄城法规，我宣布你是中间人，不是男的也不是女的。谁要和你说一句话，我就把酸葡萄城砸烂！"

不用说，这就是守门老头说的危机吧！

稀里糊涂的大拳头给锯掉了

这下可糟透了，涂糊糊连和男孩子说话的权利也被剥夺了。稀里糊涂这个外星人的神经末梢也太灵敏了，只要涂糊糊一说话，他的身体马上就有反应。涂糊糊可不敢拿酸葡萄城的安危开玩笑。

就在他一筹莫展的时候，男孩子们来找他了。

他们比比划划地打着手势，告诉他只要稀里糊涂一睡着，就可以放心大胆地说话，稀里糊涂丝毫也不会察觉。

等稀里糊涂那"呼噜噜"的鼾声一打响，涂糊糊马上蹦到了男孩子中间："不除掉稀里糊涂，酸葡萄城就完蛋了！"可男孩子们一脸愁云，他们无可奈何地说："稀里糊涂的大拳头太可怕了，我们打不过他呀！"

"别怕，我有主意！"涂糊糊使劲一想，一个大胆的计划形成了。

天黑了，涂糊糊领着男孩子朝稀里糊涂摸去。

他们决定把稀里糊涂的两个大拳头给锯掉！这可不像锯个木头片那么容易，要是这个庞然大物从睡梦中疼醒了，不要说偷袭行动失败，就连酸葡萄城也保不住！没关系，涂糊糊早就考虑到这步棋了，为了不让这个恶魔疼醒，他决定给稀里糊涂进行"针刺麻醉"！

前些日子，涂糊糊的一颗牙齿被虫蛀了，医生就是打麻针给他拔掉的。

"把钢钎递给我！"涂糊糊把钢钎对准稀里糊涂的穴位，挥起一把铁锤子，"噼里啪啦"就是一阵重锤！哈哈，涂糊糊真行，居然拿钢钎代替起银针来了。

"醒醒！醒醒！"

涂糊糊踢了稀里糊涂几脚，他连动也不动。嘿，针刺麻醉生效了！全城的男孩子全部冲了上来，锯的锯，凿的凿，整整苦干了二十四个小时，才把稀里糊涂的两个大拳头给锯了下来。

从直升机里踢出来的"糖球"

"我的拳头呢？谁把我的拳头给锯掉了？"稀里糊涂发现拳头给扔到了一边，胳膊上只剩下了两截光秃秃的小棒，伤心地号啕大哭了三天三夜。涂糊糊后来才知道，因为巧克力城正好在酸葡萄城的下头，所以也跟着下了七十二小时瓢泼大雨，差点没给淹掉！

"哈哈——"

男孩子们看见他这副惨样，全都开怀大笑了。

可万万没想到，虽然稀里糊涂的拳头没了，可他还照样横行霸道："我要把酸葡萄城给吃掉！"说完，只见他把脑袋一低，竟然张开血盆大口，啃起钢筋混凝土的建筑物来了！哇，这个外星人的牙齿真厉害，咬起房子来就像嚼几粒花生米一样，还津津有味呢！

"危险，照这个速度吃下去，他一会儿就把酸葡萄城给吃光了！"涂糊糊他们心急如焚，可一点儿办法也没有呀！

就在这千钧一发的危急时刻，一个女孩子跑了过来，悄悄地递给涂糊糊一个足球般大的圆球，他用舌头一舔，不由得愣住了，这不是一个特大的糖球吗？对呀，糖能蚀

牙，要是把这个"炸弹"塞进稀里糊涂的嘴巴里，他不就啃不动酸葡萄城了嘛！

拿定了主意，涂糊糊就捧着糖球，去找守门老头的直升机了。

乱七八糟的钢筋水泥，毕竟不那么容易消化，稀里糊涂刚刚直起腰，想喘几口气，突然一架直升机冲着他的嘴巴飞了过来，吓得他连嘴巴都合不拢了！

这下可叫涂糊糊钻了一个空子，他推开舱门，飞起一脚，把那个糖球踢了出去。真准，正好射进了"球门"——稀里糊涂的嘴里。糖的腐蚀力真大，一刹那间，像熟透的酸枣似的，稀里糊涂的牙齿哗哗啦啦全都落了下来！

裤带结成的长绳

"原来又是你在捣乱！"

见涂糊糊从直升机里钻了出来，稀里糊涂气得嗷嗷叫。他抬起巨脚，就恶狠狠地踩了下来："今天非要了你的小命不可！"

可就在这生死攸关的一刹那，所有的男孩子和女孩子都爆发出了一个声音："不许踩！不许踩！"

男孩子女孩子终于一起说话了！稀里糊涂的能源立即枯竭了，他那悬在空中的大脚，久久地僵住不动了！涂糊糊等了半天，发现自己还没有光荣牺牲，睁眼一看，马上醒悟过来了：怪不得他不许男女生互相说话，原来一说话就能要了他的命啊！

"别让他活过来！"涂糊糊冲着孩子们拼命叫嚷，"快说！他就怕你们互相说话！"

他们说呀，说呀，说个没完没了。酸葡萄城的男女孩子好多年不敢说一句话，心里憋死了！在他们的叫喊声中，稀里糊涂砰地一声栽倒了，再也爬不起来了！

酸葡萄城的孩子们高兴万分，可涂糊糊却犯愁了：怎么回到巧克力城呢？

还是守门老头主意多，他动员所有的男孩子解下裤带，结成一根长绳，从酸葡萄城一直垂到巧克力城。涂糊糊就顺着这根长绳，又爬回到了自己的城市。

最逗乐的是，涂糊糊那天从绳上爬下来的时候，我正好从他下面走过，结果，我的脑袋给砸了一下。直到今天，我的脑袋还嗡嗡直叫！不过，我却从他嘴里听到了上面这个有趣的故事。你看，我一点儿也不瞎编吧！

心声奏鸣曲

选拔赛迫在眉睫……

幸福城是世界上最快乐的城市，可那里的孩子们却整天愁眉苦脸，恐怕要算是世界上最不幸的孩子啦！

说来你或许不会相信，那里的孩子们没有一点儿玩乐的时间，他们全都被作业压得喘不过气来了。真的，孩子们的职业病就是"哮喘病"，他们每个人的书包里，都装着急救用的打气筒。

"丁零零——"放学的铃声一响，孩子们立刻发疯似的冲了出来。

他们怎么能不急啊，今天晚上就是熬一个通宵，写完一百本练习簿，也无法完成老师布置的作业呀。老师衡量一个学生的好坏，就靠检查作业簿的吨数，愈重愈好！每天早上，孩子们的爸爸、妈妈都要用大麻袋往学校送作业簿。后来，嘻嘻市长为了减轻家长的负担，专门从国外进口了一千辆载重大卡车，组成了一个"作业簿运输公司"，每天帮孩子们往学校里运作业簿。

"我、我喘不过气……气……气来了!"

没跑几步,一个叫嘟咪咪的女孩子叫了一声,便昏了过去。"快救人呀! 快救……"几个女孩子还没喊完,也不省人事了!

唉,她们心灵上的负担实在太重了!

"别怕,我涂糊糊来救你们了!"话音未落,一个虎头虎脑的男孩子已经旋风般地冲了过来。

涂糊糊和地球上所有的小小男子汉一样,最喜欢在叽叽喳喳的女孩子面前逞英雄了。可因为他每天都完成不了老师规定的作业簿吨数,是赫赫有名的落后生,所以女孩子们都爱冲他翻白眼! 没办法,他只好趁她们昏迷不醒的时候献献殷勤啦!

只见涂糊糊抽出打气筒,对准嘟咪咪的嘴巴拼命打了起来。嘿,不多不少,整整打了九九八十一下,才把嘟咪咪救活。紧接着,涂糊糊又抢救起别的女孩子来了。

"唉——"嘟咪咪有气无力地叹了口气,自言自语地说,"作业都来不及做,还要参加英语朗诵选拔赛,急死人了!"

这下涂糊糊才得知她喘不过气来的原因。

他记起来了,今天临放学时,眼镜校长把好学生和落后生全都召集到一起,神色严峻地宣布说:"马上就要举行世界小学生英语朗诵比赛了,咱们学校派五名学生参加幸福城选拔赛! 要是被选中了,就可以参加世界性的比赛啦!"

校长激动极了，连眼镜掉了也顾不上捡，简直是在大声疾呼。

这时，学校的大楼突然剧烈地抖动起来了。怎么了？地震了！涂糊糊刚要从窗户跳出去，却又在原地僵住不动了！他惊愕地发现，不是大地在颤动，而是那些好学生像筛糠似的在哆嗦。

他们怎么能不心惊肉跳啊！除了要完成山一样的作业，还要应付多如牛毛的各种考试和比赛，都快要累死了！就是好学生也受不了呀！

可最让涂糊糊感到稀里糊涂的是，除了嘟哝哝四名好学生以外，眼镜校长居然当众宣布："涂糊糊也参加选拔赛！"这可真是破天荒的一大奇闻，落后生们还以为校长在发高烧呢！

其实，涂糊糊哪里会知道，这是幸福城嘻嘻市长的决定，凡是参加选拔赛的学校，要像买好菜必须搭配坏菜一样，四个好学生必须搭一个落后生，这才能真实反映出一个学校的教学质量嘛！

"你别着急……"涂糊糊想安慰嘟哝哝几句。

"你当然不用着急啦！"没想到嘟哝哝却冲他粗声粗气地嚷了起来，"反正你这个落后生也选不上！我要是选不上，爸爸妈妈要骂死我的！"说完，她撒腿就朝家里跑去。

涂糊糊这个气呀，一口气没上来，连脸都憋紫了。他连忙不顾一切地拔出打气筒，拼命地给自己打起气来了。

爸爸们用救护车运送磁带……

嘟咪咪家里的气氛，比世界大战爆发前还要紧张。

这次英语朗诵选拔赛绝透了，也不知是哪一个考官出了一个比酸馒头还要馊十倍的主意，把课文录在磁带上，一个学校一盘，五个学生一人听一天，到时候谁背诵得最熟，谁就是第一名。

嘟咪咪爸爸、妈妈的耳朵特别好，他们早就知道了这个消息。

等嘟咪咪一进门，连气还没喘过来，就被爸爸按到录音机跟前。妈妈也在一旁急得手忙脚乱，不停地叫喊："快听！没有多少时间了，到了明天十二点，磁带就要被咪咪咪拿走了！"

嘟咪咪委屈得直哭，可有什么用呢？

爸爸、妈妈每天总是像铁面无私的督战队一样，逼着自己的亲生女儿趴在桌上不停地写呀算呀，天天如此。他们觉得，嘟咪咪只有写满了所有的练习簿，把书上的课文背得滚瓜烂熟，将来才会有出息。有时候嘟咪咪被逼急了，都有点怀疑自己是不是爸爸、妈妈的亲生女儿了。

嘟咪咪一遍遍地听呀背呀，累得头昏眼花。

"咚！咚！咚！"

楼下响起了一阵急促的敲门声，嘟咪咪的爸爸、妈妈冲下去一看，原来是咪咪咪的爸爸骑着摩托车来取磁带了!

十二点钟了吗？嘟咪咪的爸爸一看表，连十一点钟还不到呢！

他往大门口一站，像一座铁塔似的岿然不动："不行！早一分一秒也不能拿去！"嘟咪咪的妈妈也雄赳赳地站在丈夫身边，如临大敌一般。

时间一分一秒地过去了，大钟终于无情地敲响了。

"快把磁带给我！"咪咪咪的爸爸快要急疯了，要知道，他的女儿早一秒钟听到磁带，就增加了一分夺魁的希望！他像一头狮子似的冲了上来，嘟咪咪的爸爸躲闪不及，一屁股摔倒在地上。

妈妈还想上来阻拦，嘟咪咪却再也忍受不下去了！"给你——"她从录音机里拿出磁带，一下子甩了过去。

"突突突……"

咪咪咪的爸爸驾驶着摩托车，追过一辆又一辆汽车，简直快要飞起来了。哪个当爸爸的不喜欢自己的孩子，不希望自己的孩子成材呢！

到家了，摩托车还没停稳，咪咪咪的爸爸就跳了下来，飞也似的朝门口跑去。突然，他看到了一辆白色的救护车。天呀，莫非家里遭了什么大祸……他不敢再想下去了，急忙推门冲了进去。

"爸爸！"咪咪咪扑了上来，"磁带拿来了吗？"

爸爸惊魂未定地搂住了咪咪咪，气喘嘘嘘地问："外面的救护车来干吗？"

咪咪咪一边装磁带，一边回答说："是咪法法的爸爸等着取磁带呢！"

什么？咪咪咪的爸爸差一点儿把自己的耳朵给揪下来。从现在起，到明天晚上十二点，整整还有二十四个小时呢！再说，就是时间紧迫，也用不着喊一辆救护车来呀！

可法嗦嗦的爸爸却受到了启发，也用救护车给自己的孩子送磁带。铃声一鸣，司机们还以为救护车在送什么危重病人，纷纷躲避让路。他们做梦也不会想到救护车还有这番妙用呢。

最倒霉的大概要算是可怜的涂糊糊了。

他的爸爸妈妈因公出差，没人帮他取磁带不说，还因为他是一名落后生，法嗦嗦又拖了大半天，才满腹牢骚地把磁带扔给他。涂糊糊气得要命，还好，幸亏他带着打气筒。

涂糊糊一着急放倒了磁带……

大事不妙，涂糊糊一看表，只剩下最后七八个小时了。

别看涂糊糊是闻名遐迩的落后生，可他一点儿也不服气！像嘟咪咪这样的好学生，就知道死记硬背，拼命地填作业簿，涂糊糊才瞧不起她呢！

这次，涂糊糊决心好好露一手。

他把舅舅从聪明国寄来的录音机拿了出来，看也没看，就手忙脚乱地把磁带一放，揿下了开关。

好半天，连一丝声音也没有。

奇怪，涂糊糊定睛一看，不由自主地拍了拍自己的后脑勺！"嘿嘿，太慌乱了，连磁带都装倒了，怎么会响？"他笑了几声，摇了摇脑袋，把手伸了过去，准备把磁带翻过来。

就在这一刹那间，一件意想不到的事情发生了！

从放倒了的磁带上传来了人的说话声！

涂糊糊愣住了。放倒了的磁带怎会传来声音？而且，这声音不是洋腔洋调的英语课文，是汉语，一个女孩子说的中国话！

"呜呜……"一阵哭泣声过后，时断时续的话声又响了起来，"一个多星期没睡过觉了，讨厌的英语朗诵选拔赛，害得我又要背一个晚上了！怎么办呢……"

"我的天呀，这不是好学生嘟咪咪的声音吗？"涂糊糊在心底里惊呼了一声。他恍然大悟了，这里录下的声音是嘟咪咪的内心独白！一定是她在背英语的时候，太痛苦了，在心中嘀咕，没想到却被录在了磁带的背面，真逗！想不到舅舅送给自己的这台录音机有特异功能，能把一般录音机放不出来的声音放出来，聪明国的人真是让人佩服。

嘟咪咪那沉重的心声还在响着：

"我真怕，老师说年级愈高，作业愈多。现在我快要被作业累死了！难道人活着就是为了写作业？我真不想活了……

听听，当好学生是什么滋味！

涂糊糊心里好像压上了一块石头。自己以前还觉得好学生喜欢写作业呢，看来他们也是无可奈何。

嘟咪咪讨厌作业和比赛，那么法嗦嗦呢？法嗦嗦是一个男同胞，他在背英语课文的时候会想些什么呢？涂糊糊想到这里，按了一下开关，让录着咪咪咪和咪法法诉苦声的磁带转了过去。

录音机里，一个粗声粗气的声音响了起来。

没错，这个声音就是法嗦嗦。咦，怎么有哇哇的哭声？涂糊糊知道，在学校里，法嗦嗦可是一个从不流泪的硬汉子，他哭得好伤心呀！涂糊糊奇怪极了。

"哎哟，真疼，爸爸的大巴掌真厉害，半个多小时了，屁股还麻酥酥的，吃了六片止痛药都不顶用！"

噢，原来法嗦嗦挨揍了！难怪他哭得这么伤心。

"可恨的选拔赛，干吗偏偏让我去呢？像落后生涂糊糊那样多好，自由自在！可我呢？只要有一道题做错了，一篇课文背不出来，爸爸的大巴掌就会噼里啪啦地落下来，屁股都起茧子了……"

哟，像法嗦嗦这样全校闻名的好学生，还会羡慕涂糊糊，这可真让涂糊糊大大地吃了一惊。

唉，涂糊糊实在不明白，为什么要用作业、比赛、考试把大家压得喘不过气来呢？像这种填鸭似的教学方法，不知扼杀了多少学生的智慧火花，根本就培养不出具有丰富想象力的作家和具有创造性的科学家。

涂糊糊真想放开喉咙，振臂高呼：把学生们解放出来吧！可他是一个落后生，有谁会听他的呢？

孩子们谁也不敢大声抗议……

马上就要开始登台比赛了。嘟咪咪他们急得直跺脚，因为时间实在太短促了，一盘磁带听一天，哪里能全部背下来。法嗦嗦好像已经看到爸爸满脸怒气，又气冲冲地举起了大巴掌，竟吓得"呜呜"地抽搭起来了。

"我知道，你们这些好学生也不愿意参加这种比赛，不愿意每天写那么多的作业，咱们干吗不趁这个机会，大声抗议一下！"涂糊糊想让整个幸福城的老师和爸爸都震动一下。

"你瞎说！"嘟咪咪捋了一下头发，气呼呼地说，"我们什么时候不想参加比赛了？这是我们的光荣！"

"就是！"法嗦嗦他们也一哄而上，"别的孩子想参加比赛还不够资格呢！"说完，他们还不约而同地朝涂糊糊撇了一下嘴。

哼，他们表里不一。明明被作业、比赛压得透不过气来，还偏要打肿了脸充胖子，说喜欢！本来，涂糊糊还挺钦佩他们的毅力，可现在真有点瞧不起他们了。

"我听到你们的心声了！"涂糊糊大声说道。

"哈……"几个孩子放声大笑，连满脸泪痕的法嚓嚓也咧开了大嘴巴。笑够了，他们七嘴八舌地叫嚷起来，"你又没有特异功能，我们心里想什么，你的耳朵怎么能听见？"

涂糊糊一指书包里的录音机，得意扬扬地说："我没本领，我的录音机却有一个特殊的功效，它能把你们的叫苦声全录在磁带背面放出来！不信，你们就伸长耳朵听听吧——"

"啪！"涂糊糊的手指在开关上压下去。

顿时，一个接一个的声音从录音机里传了出来。嘟咪咪他们几乎不敢相信自己的耳朵了，这不是自己的苦恼声又是谁的呢？孩子们全都变得哑口无言了。

"这下你们没话说了吧！"涂糊糊笑嘻嘻地喊了一声。

想不到，嘟咪咪他们还是那样软弱："反正我们不去抗议！"

他们真是一群小绵羊，没用！涂糊糊真气火了，要是落后生碰到这种场面，准会大刀阔斧地干上一番，绝不会这样畏畏缩缩！可涂糊糊又一转念，不行，光靠自己单枪匹马，一开口就会被人轰下场，只有嘟咪咪他们这些好学生说话才有人听。

涂糊糊一摸到录音机，马上灵机一动，来了主意。

刚才，他在家里听完嘟咪咪他们的内心独白以后，又把磁带翻了过来，背起英语课文来了。可这几天他太累了，听着听着，竟"呼噜，呼噜"地打起鼾来了。谁想到，一觉醒来，课文他已经倒背如流了。一看录音机说明书，他才发现这台录音机还有一个功能，能让人在睡梦中记住课文！

他把磁带倒装在录音机上，轻轻一按，然后又故意大声地打了一个哈欠，然后就趴在桌子上打起呼噜来了。

也许是连锁反应的关系，一看涂糊糊躺倒大睡，嘟唻唻他们也打起瞌睡来了。

一听四周鼾声大作，涂糊糊马上翻身而起，先捧着录音机凑到嘟唻唻的耳朵上，让她把自己的心声听了一遍。接着，又让唻唻唻他们各自听了一遍自己的内心独白。

比赛的铃声响了。

等涂糊糊把他们一个个摇醒，他们脑子里背的英语课文早忘得一干二净，相反，自己叫苦连天的心声倒记得滚瓜烂熟，就等着一吐为快了！

涂糊糊笑了，当然是偷偷地笑。他知道一场好戏开场了！

所有的观众都被嘟唻唻他们感动了……

乖乖，盛况空前，幸福城的人们几乎倾城出动了！

是呀，谁不想看看这场精彩的比赛！好学生和落后生的爸爸、妈妈们都来了，他们有的骄傲，有的内疚，但都有一个心照不宣的秘密，就是要看看这些出类拔萃的选手们究竟好在哪里。

嗬，连电视台的摄像记者也闻讯而来了。

"这场选拔赛，关系到我们幸福城在世界上的荣誉！"嘻嘻市长大声地命令电视台的台长，"立即租用十二个国际通讯卫星，向全世界免费转播比赛实况。"

比赛开始了。

第一个登台的，就是脸色苍白的嘟咪咪。可怜的嘟咪咪每天在沉重的作业的压迫下，背上了重重的精神包袱，小小年龄就失去了朝气，像一个满脸皱纹的小老太婆。

遗憾的是，嘟咪咪的爸爸、妈妈并没有察觉到女儿的变化；他们光顾自己高兴了——在全城抛头露面，不正说明他们教子有方吗？

嘟咪咪终于发出声音了。然而，就像晴天霹雳，全场的观众都被惊呆了。

真的，好多人的嘴巴都闭不上了。就是到现在最少也有一半的人嘴巴没有恢复原状。他们实在是太吃惊了。

嘟咪咪没有朗诵规定的英语课文，说的却是每一个人都熟悉的汉语。她那悲伤的语调震动了人们的心弦，这是一个少女的内心独白啊！

"一个多星期没睡过觉了……我真怕，老师说年级愈高，作业愈多，现在我就要被作业累死了！难道人活着就是为了写作业，参加比赛？我真不想活了……"

这可是一个孩子心灵深处的呼救啊！全场的观众都呆住了。

咪咪咪他们一个接一个走上台来，不是在诉说，而是在恳求了。听着他们那幼小心灵发出的呐喊，爸爸、妈妈、校长和老师们沉默了。

几个感情脆弱的妈妈嘤嘤地哭泣起来。接着，所有的爸爸、妈妈都号啕大哭起来。他们终于悔悟了！

妈妈们哭着说："孩子们都快要被作业、比赛逼疯了，我们当妈妈的还拼命地要他们写呀，算呀，他们要是真的累死了，我们还有什么脸活在世上！呜呜！"

爸爸们哭得格外响亮："孩子们的作业簿不够吨数，我们就靠巴掌解决问题！不让他们享受孩子们的欢乐，再这样下去，他们都快变成一群写作业、应付比赛考试的机器人了！哇哇！"

校长老师哭得更沉痛："我们以前为啥要用题海包围孩子们呢！不光伤害了孩子们的身体，也培养不出合格的人才啊！哗哗！"

人们哭得太伤心了，泪水都淌成了河。

"别哭啦！"涂糊糊从台下蹿了上来，"只要你们大人给我们欢乐，给我们自由，我们会好好学习，成为一个有创造力的好学生的！"

涂糊糊说得多好啊！好学生、落后生以及所有的人都鼓起掌来了，掌声太响了，如果不是房顶有一百台吊车吊住的话，早就给掀掉啦！

四脚蛇足球队

大总统皮皮球发火了

真惨，国家足球队又输了个十三比零！

完了，这下子彻底没有希望参加世界杯大赛了，一气之下，球迷国大大小小的球迷们联合行动，把所有的电视机都砸得粉碎！自从一群窝囊废组成的国家足球队出国比赛以来，从电视机里就没传出过好消息！

一连几天，大大小小的球迷们聚集在街头上，哇哇大哭。因为他们的泪水流得太多了，把邻近的一个小国都淹没了。

他们的大总统皮皮球也是一个老球迷，一听说国家足球队又输了球，气得一屁股坐到了草地上，又伸胳膊又蹬腿，呜呜地干嚎起来！

哭够了，皮皮球一把抓住体育部长跳跳的脖领子，腰一叉，叽里哇啦地训开了。

皮皮球警告他：要是明年再参加不了世界杯大赛，就撤掉他的体育部长，让他去卖豆腐脑！

唷，这可怎么办？跳跳急得直挠头皮。

嘿，真怪了，一下、二下，等跳跳挠到第三下的时候，脑袋里面突然蹦出一个灵感：国家足球队不行，干脆，在全国挑选十一个最最勇敢的小嘎巴豆，组成一个新的足球队！

跳跳来劲了！他本想到电视台发表一通演讲，可全国的电视机都被球迷们砸烂了，人们没法子收看。他无可奈何，只好让人升起一个大气球，下面悬吊着一条大标语："全国勇敢的小嘎巴豆们，都来报名参加足球队吧！"

敢抓四脚蛇的好汉们

报名那一天，全国的小男孩们几乎都来了！嗬哟，黑压压的一大片，一眼都望不到尽头。说句心里话，谁不想当一名勇敢的小嘎巴豆！

人来得太多了，讲话听不见，没办法，跳跳只好吊在一架直升机垂下的绳子上，在空中大叫大嚷："小小男子汉们，咱们的足球队只要好汉，不要孬种……"

他的话被孩子们的声音打断了："我们全是好汉！"

"光说不行呀！"跳跳急了，手一松，一下子从半空中落了下来。好险，幸亏落到了小男孩们的脑袋上，否则他非摔个稀巴烂不可！他踩着一个个小脑袋，跳到了一幢破房子上头。

"小嘎巴豆们，"跳跳指着墙头上的一只四脚蛇，大声叫道，"谁敢抓四脚蛇，谁就是足球队的队员！"

天呀，太吓人啦！跳跳这一嚷，一下子就吓走了一大半男孩子。当然，天不怕、地不怕的男子汉大丈夫还是有的，绝不能让花裙子们再撇嘴了！"哗啦啦——"东东、西西、南南、北北他们挺身而出了！嘿，十个小嘎巴豆勇敢极了，连眼睛都不眨一下，就从墙头上抓下来十条四脚蛇！

可一个足球队需要十一个人，还缺少一条好汉啊！

跳跳急得嗓子都喊哑了，还是没有一个小男孩肯站出来。忽然，从人缝中钻出一个穿开裆裤的小鼻涕泡来。乖乖，他可真勇敢，"嗖"地一跳，就抓住了一条四脚蛇的小尾巴！

可惜的是，小鼻涕泡一下没站稳，摔了一个重重的大屁股墩，"哇——"四脚蛇逃了，他捏着半截四脚蛇的尾巴，哭开了！

"太棒了，你就是我们的第十一条好汉！"跳跳却高兴了。

连世界明星联队也输了

"咱们的足球队叫什么名字？"小鼻涕泡提出了这个谁都没想到的问题。

跳跳歪着脑袋想了半个小时，郑重其事地说："勇敢的小嘎巴豆们，现在我宣布，咱们的足球队就叫'四脚蛇'足球队！目标是参加明年的世界杯大赛！"说到最后一句话时，跳跳还使劲地挥了一下胳膊。不过，他用的力气太大了，只听叭的一声，胳膊骨折了。

四脚蛇足球队的训练苦极了，不要说女孩子，就连五六尺高的大球迷都不敢看一眼。

比方说，为了练头球，跳跳率领着十一个小嘎巴豆们整天"咚、咚"地朝墙上撞，脑袋顶上都结了一层厚厚的茧子。再比方说，为了锻炼脚尖上的力量，他们天天踢铅球！嘿，嘭的一脚，就能把八九斤重的铅球踢出老远！

你看，这些小嘎巴豆们多么勇敢啊！

半年以后，四脚蛇足球队开始在比赛场上露面了！一开始，球迷们还对他们嗤之以鼻，可几场比赛一过，就刮目相待了！真不得了，这支勇敢的足球队所向披靡，竟然战胜了由一大群"国脚"组成的国家队！

这一爆炸性的特大新闻，立刻就传遍了整个世界。

什么？一群小男孩能战胜一个国家队，纯粹是危言耸听！世界各国的球星们气坏了，马上成立了一个世界明星联队，在成千上万的球迷护送下，浩浩荡荡地开到了球迷国，同四脚蛇足球队决战来了。

他们万万没有料到，开场不到十分钟，他们就输了五十个球。只要球一落到小嘎巴豆的脑袋或脚上，皮球就像长了眼睛似的，准进！最让球迷们吃惊的是，没有一米高的小鼻涕泡，一球居然能打倒对方的十一个球员，直入球门！

被女孩子赶出球场

四脚蛇足球队声名大振，马上就要去参加世界杯大赛了！

球迷国举国上下一片欢腾。全国最高兴的人恐怕要算是电视机大王了。嘿嘿，没有几天的工夫，仓库里积压了整整一年的电视机就被球迷们一抢而空了。谁不想看看小嘎巴豆们大获全胜的情景啊！球迷们扬眉吐气的一天就要来到了！

为了表示誓死夺魁的决心，跳跳还别出心裁，带领十一个小嘎巴豆们爬上烟囱宣誓！只有这样，才能显示出队员们的勇敢嘛！

勇敢归勇敢，可因为这十一个小嘎巴豆平时光顾踢球，学习吊儿郎当，散散漫漫，一点组织纪律性都没有，在国外惹出了一系列意想不到的笑话！

世界杯大赛，定于明天下午在西半球的爪哇国举行。

四脚蛇足球队马上就要出发了！

兴高采烈的球迷们响应大总统皮皮球的命令，从城里一直排到城外的飞机场，像举行接力赛跑似的，把跳跳和十一个小嘎巴豆高高地举过头顶，一个传一个，硬是传了五十千米。不要说别人了，这种礼遇连皮皮球都没尝过！

飞机还没停稳，跳跳他们就跳了下来，朝足球场冲去了！跑了很远，还能听到跳跳的叫喊声："勇敢的男子汉们，快跑，时间来不及了！"

怎么了？飞机误点了吗？

没有。其实完全是一场虚惊。球迷国在东半球，爪哇国位于西半球，它们之间有好几个小时的时差。就是说，爪哇国的时间要比球迷国晚好几个小时！可跳跳、东东、西西他们哪里懂得这些道理呀，还以为耽误了比赛时间呢！

等他们气喘吁吁地冲到球场大门外的时候，按照跳跳手腕上的电子表指示的时间，入场式刚刚开始！

勇敢的小嘎巴豆们什么都不管了，一窝蜂似的朝运动场里冲去！一看各国运动员正在入场，他们也在跳跳的引导下，迈着整齐的步伐，雄赳赳、气昂昂地走进了运动场。

突然，从四周爆发出一阵阵哄笑声。

跳跳他们抬头一看，不由得愣住了：真糟，原来这里举行的是世界女子足球比赛，场里全都是清一色的女孩子。想逃，可是已经迟了，愤怒的女孩子们潮水般地冲了过来，把他们一个个扔出了场外。

这时，他们才恍然大悟：世界杯大赛的时间还没到呢！

小嘎巴豆们成了溜冰健将

"呼噜噜，呼噜噜……"世界杯大赛的入场式已经结束，球迷国对东道国的足球比赛就要开始了，可勇敢的小嘎巴豆们还躺在旅店的床上睡大觉。

"不好啦，比赛要开始了！"要不是跳跳从梦中跳了起来，就是世界杯大赛全部结束了，他们也不会醒过来。

来接他们的专车等得不耐烦了，早就开走啦！怎么办，还是跳跳急中生智，指着大旅店游乐场里的一排溜冰鞋，冲着目瞪口呆的小嘎巴豆们叫道："还愣着干吗，快穿上溜冰鞋，溜——"

还好，亏得爪哇国到处都是笔直的高速公路，比旱冰场的场地还要光滑，这群举世无双的小小男子汉溜得飞快！他们把交通民警都吓糊涂了，一路上，统统绿灯放行！司机们的脖子伸得老长，他们还以为外星人来了呢！

"嗖——"东东他们冲进了足球场，嘿，一看时间已经过了七十多分钟，只剩下十多分钟了，不能再拖啦！

"呼啦——"勇敢的四脚蛇足球队队员们连溜冰鞋也没脱，就摆开了架势，同气势汹汹的爪哇队踢开了！

哎哟，穿溜冰鞋还能踢好球吗？

你看，东东好不容易冲过对方的三个后卫，把球带到了球门的前方，正要起脚射门，人却失去了控制，一直滑到了观众席上。西西也出足了洋相，抢球的力气太大了，一下子冲出了球场，在球场外圈的跑道上整整滑了三圈半！

"嘟——"终场的哨声响了。

比赛的结果惨极了，创造了世界足球史上的纪录：一

四脚蛇足球队

百八十比零。自然，四脚蛇足球队是零了！

唉，球迷国的球迷们又一次失望啦！

跳跳没有去卖豆腐脑

为了找出失败的原因，在大总统皮皮球的主持下，国会辩论了九九八十一天。全国所有的科学家绞尽脑汁，想了整整三个月。真的，不瞒你说，连每秒钟运行八亿次的电子计算机都启动了！

答案终于找到了。

你听，跳跳在体育部举行的记者招待会上这样告诉记者们："光靠勇敢，是踢不好足球的！要想当一名出色的足球运动员，还要学习好、守纪律……"

得，说这些过去的事情太没劲了，我还是告诉你一下跳跳和他的四脚蛇足球队最近的情况吧！跳跳的官是给撤了，可没让他去卖豆腐脑。因为他的文化知识太差了，现在进了文化补习班。东东他们呢？他们半天练球，半天上课，现在足球踢得比以前还棒哪。

听说他们又要去参加世界杯大赛了，等我知道了比赛结果，再讲给你听吧！

茄子木偶的红心和黑心

男孩子们拔鼻子……

一辆运茄子的汽车飞快地奔驰。忽然，汽车的轮胎压在了一粒石子上，车身一颠，一个茄子从车上滚了下来。

"骨碌碌"，茄子一直滚到了小男孩涂糊糊的脚底下，把他吓了一大跳。他气火了，一把抓住茄子，像扔手榴弹似的甩了出去："去你的吧，烂茄子！"

这么一折腾，可把倒霉的茄子气坏了！他不是一个普通的茄子，说来你也许不相信，他是一个有脑子的茄子！遗憾的是他没有嘴巴，叫不出声，只好把肚子里的怒气都充到了脸上。瞧，好端端的绿茄子变成了紫茄子。

"哐！"好重的声音啊！

这是茄子着陆的落地声吗？当然不是了，如果他滚到了什么旮旯里，也就不会有一番惊险的奇遇了。茄子一生气，就在空中改变了方向，找涂糊糊报仇来啦！

涂糊糊玩得正开心，蓦地，一个黑不溜秋的东西飞了过来，正中靶心！真惨，把他的鼻子给砸了进去。

"别着急，我们帮你把鼻子拉出来！"

男孩子们立刻撸胳膊、挽袖子，一个抱住一个，就像幼儿园里玩的拔萝卜游戏一样，只不过最前头的男孩子拔的不是萝卜，而是涂糊糊的鼻头！一百多个男孩子一使劲，一下子就把涂糊糊的鼻子给揪了出来。

可涂糊糊只高兴了一会儿，又变得气呼呼了。他从地上抓起那个紫茄子，狠狠一捏，要往远处扔去，紫茄子忽然"吱吱"怪叫起来！

咦，紫茄子不是没有嘴巴吗？怎么能叫出声？一点都不奇怪，物理学上不是有一个作用力和反作用力的定律吗？你想，茄子把涂糊糊的鼻子都撞进去了，自己能一点没伤着？涂糊糊的鼻子把紫茄子顶出了一个大口子，紫茄子就是用这个大口子说话的！

涂糊糊当爸爸……

这可真是一个怪茄子！

回到家里，涂糊糊替紫茄子刻了一双大眼睛，又画了一个大鼻头。他正要欣赏欣赏自己的杰作，没想到紫茄子又提出了一个要求："你能帮我装一个身子吗？光有脑袋，不能跑来跑去呀！"

涂糊糊从玩具堆里找来一个木偶身子，一看，胳膊齐全，也能活动，就把紫茄子给插了上去。"爸爸——"茄子木偶迈了两步，竟一头扑到了涂糊糊的怀里，甜蜜蜜地说，"你给了我眼睛、鼻子、身子，还用鼻子给我撞了一个嘴巴，我不叫你爸爸，还管谁叫爸爸？"

"好哇，我就认了你这个儿子！"涂糊糊乐呵呵地答应了。

等涂糊糊一走，玩具们马上就把茄子木偶给围了起来，问长问短，他们挺喜欢这个活泼可爱的新伙伴。

可他们没说上几句话，涂糊糊又冲了回来。哟，出了什么事？涂糊糊都急哭了，把手中的一个本子一举："你们看，我的作业簿又被贝贝咬破啦！"

贝贝是一只专干坏事的小老鼠，他有一个怪癖，特别喜欢咬涂糊糊的作业簿。一瞧见涂糊糊急成这副样子，玩具们都"哇——"地哭出了声。完了，今天小主人又不能和他们玩了，又要重做一遍作业啦！

涂糊糊早就走了，可玩具们还在哭哭啼啼。

有啥好哭的呢，茄子木偶不明白。玩具们这下可生气了，七嘴八舌地批评他："瞧你，还是涂糊糊的儿子呢，也不知道替主人伤心！""一点同情心也没有！"

茄子木偶也着急了："不是我不伤心，我没心呀！"

玩具们听罢，觉得茄子木偶说得也对，他是没有心。还是布娃娃心眼多，大声嚷嚷："他没有心，咱们就给他画上一颗心。"

好主意！小绒毛猴立即把尾巴伸进桌上的红墨水瓶里，沾了点红墨水，认认真真地在茄子木偶的左胸上画了一颗红心。说来也真怪，小绒毛猴刚收回尾巴，茄子木偶

的心就"怦、怦"跳动了。

有了心，茄子木偶当然懂得伤心了。因为他这颗心是新的，所以他格外伤心，哭得像个泪人。

哨兵严重失职……

"别哭了！"一直呆在屋角的铁皮将军站了起来，对大伙说，"干脆，咱们晚上轮流值班，给主人看守作业簿，看贝贝还敢不敢出来捣乱！"

下半夜，还没到换岗的时间，茄子木偶就来催电动老鼠了："你快去睡觉吧，反正我的心太激动了，睡不着！"电动老鼠刚要走，又不放心地问："你见过贝贝吗？"见茄子木偶摇摇头，电动老鼠急了，指手画脚地说："贝贝和我长得一模一样，只不过我是玩具，肚子里有电池！"

夜深了，静悄悄的，茄子木偶警惕地巡逻着。

忽然，墙角里传来了一声响动。茄子木偶睁大眼睛一看，嗬，不由得叫出了声，心跳得都快要蹦出来了：一个和电动老鼠一模一样的家伙溜了出来，准是贝贝！

"贝贝，你又要干坏事吗？"茄子木偶冲了过去。

"我才不是贝贝哪！你瞧——"贝贝把一节电池举过了头顶。刚才电动老鼠的话，贝贝全都窃听到了，他从老鼠洞里拖出一节废电池，想试试能否混过去。

"那你是谁？"茄子木偶没忘记自己的职责。

贝贝又开始胡扯了："我是电动老鼠的舅舅，是卫生检查官，专门检查玩具的身上干净不干净！"说到这里，贝贝冲茄子木偶摆摆手，一本正经地说："你站过来，让我看看你的卫生合不合格？"

他装模作样地拍拍茄子木偶的身子，大惊小怪地叫道："太脏了，你是我见到的最脏的玩具！"

"那怎么办？"茄子木偶给蒙住了。

"只有一个办法——"贝贝朝屋角的一个脸盆一歪嘴，"去彻底洗个澡！"

茄子木偶信以为真了，真的跳进了盛水的脸盆里，认认真真地洗起澡来。这下坏事了，他胸口用红墨水画的红心被水一冲，全都洗掉了。

唉，茄子木偶又成了一个没心的玩具了。

一见阴谋得逞，贝贝哼着流行小调，嗖的一声蹿到了书桌上，把涂糊糊的作业簿又给咬个稀巴烂！

玩具不理茄子木偶……

第二天早上，玩具们起床后一看，作业簿又被可恨的贝贝咬坏了！

哨兵呢？大伙儿的眼睛在房间里搜寻着。

噢，在那儿！茄子木偶还在水盆里洗澡哪！电动老鼠第一个冲了过去："喂，你是怎么值班的，又让贝贝把小主人的本子啃坏了？"

"咬坏一个本子，有什么关系？"茄子木偶不紧不慢地说。

"你不替小主人伤心?"玩具们奇怪了。

"我不知道什么叫伤心!"茄子木偶的回答,把玩具们气得直冒火。就因为他们太生气了,谁也没发现,茄子木偶的心已经没有了。

"往后我们再也不理睬你了!"这是玩具们开会做出的决定。

真的没人理睬茄子木偶了吗?

才不是哪!玩具们不理,贝贝却要理。他从洞里钻了出来。

"老朋友!"贝贝装出一副亲热的模样,"你过来,我帮你画一个心,好吗?"贝贝又要动坏脑筋了。

茄子木偶低头一看,真的,自己的心没了,就走到贝贝跟前,听凭贝贝给他画了一颗新的心。贝贝真够坏的了,他没用红墨水画,而是用黑墨水给茄子木偶画了一颗黑心!

"吱吱,这下可有热闹好瞧啦!"贝贝干完了坏事,尖声冷笑了一阵,就钻回老鼠洞睡大觉去了。

红心,能让人产生温暖,懂得伤心,富有同情心。而一颗黑心,正好相反,只能给人带来自私,冷酷,无情。

看吧,茄子木偶好像变成另外一个人了。

"哼哼,你们竟敢不理睬我,今天要叫你们看看我这双木脚的力量!"茄子木偶大步流星地冲进玩具中间,横冲直撞,不停地叫喊,"我和你们宣战!"

"叛徒!"小绒毛猴骂了他一句。

茄子木偶飞起一脚,把小绒毛猴踢飞了。

"咱们和他拼了!"一只布缝的哈巴狗跳了出来,自告奋勇地说,"我来指挥战斗!"

"不行,不行!"电动老鼠连连摇头。

"让铁皮将军来指挥!"小泥熊最佩服铁皮将军的指挥才能了。

于是,玩具们在铁皮将军的调遣下,从海陆空三路,向气势汹汹的茄子木偶发起了全面进攻。

在所有的玩具中,要数电动老鼠最勇敢了。只见他驾驶着直升机,"忽"的一下从茄子木偶的脚下钻了过去,然后一掉头,对准茄子木偶的木头屁股就撞了上去。

"哐当!"

这一下撞得可太厉害了!茄子木偶哪里经得起直升机这么一撞,他"哇"的一声,就跪在地上爬不起来了!见他那副模样,直升机里的电动老鼠高兴得"嘿嘿"直笑。

"把他绑起来!"铁皮将军在坦克车里命令说。

"先别绑——"

布娃娃佳佳忽然发现,茄子木偶的红心换成了黑心。她大声地说:"你们看呀,他的心变黑了!"

怪事,大家都呆住了。

一颗红漆漆成的心……

"准是贝贝干的!"布娃娃马上就怀疑贝贝了。

"没错。"小绒毛猴补充说，"我说茄子木偶怎么变得这么快，原来是他变了心！"

铁皮将军大声说："还愣着干啥？把水盆拿来，快把他的黑心洗掉，换上一颗红心！"

茄子木偶的红心换好了，又开始"怦怦"跳动了，他浑身顿时充满了力量，从地上站了起来！

"是贝贝给你画的黑心吧？"布娃娃佳佳问。

"我上了这个小偷的当了！"茄子木偶说了自己上当的经过。

玩具们气愤地说："贝贝真坏！咱们总不能老让他欺负！"

"我有一个抓住贝贝的办法！"

听铁皮将军一说，玩具们立刻来了劲头。

又到了晚上，玩具们假装都被茄子木偶给打败了，七倒八歪地躺在地上，一动也不动。

看看茄子木偶吧，他大模大样地站在玩具中间，好像一个常胜将军。

贝贝睡够了，又从老鼠洞里钻了出来。

他一看到玩具们都倒了，高兴得大声叫嚷起来："茄子木偶，你真厉害！这下世界上就只剩我们俩啦！"

贝贝平时最恨电动老鼠，明明和自己长得一模一样，可涂糊糊却对他格外优待，贝贝都嫉妒死了！他找到了电动老鼠，往电动老鼠的脑袋上一坐："嘻嘻，这个沙发太舒服了……"

他的话还没说完，就"吱吱吱"叫了起来。

怎么了，贝贝的尾巴被电动老鼠咬住了，疼得贝贝直跳高！

就在这一刹那，玩具们都站了起来。

贝贝还以为自己的眼睛花了，再仔细一瞧，知道自己上了当，一下子瘫倒了。

"把贝贝押走，明天召开公审大会！"铁皮将军下了命令！

涂糊糊知道了这件事，可高兴了。他实在憋不住了，就把茄子木偶的事情告诉给了小伙伴们。

鳄鱼国历险记

头戴袜子……

小皮猴是谁呀？

是浑身长满金黄色细绒毛的小猴子吗？嘻嘻，你猜错了。

小皮猴是一个挺惹人喜欢的小男孩。别看他剃了一个小平头，一对大眼睛水汪汪的，挺机灵，却整天毛毛躁躁、马马虎虎，像个蹦蹦跳跳的小猴子。

每当奶奶唠叨他的时候，他总是头一仰，理直气壮地说："粗心大意怎么的，粗心大意不得小心眼儿病！"听听，多气人，奶奶气得直瞪眼。

这不，太阳爬得老高，他才从被窝里钻出来，睡眼惺忪地抓起一只袜子，瞧也没有瞧上一眼，就朝脑袋上套了下去。

小皮猴套了好半天也套不下去，只套上了短短的一截，好像杂技团小丑头上戴的小缨头帽。他用手一摸，反倒咧开嘴巴乐开了：嘿嘿，正好！昨天帽子不知甩到什么地方去了，今天就拿这只破袜子代替吧！

他急忙穿上剩下的一只袜子，又穿好运动鞋，等到他伸着另外一只光脚丫要穿鞋子时，却发现另外一只鞋子不翼而飞了。

他一骨碌钻到床下，摸来摸去，一下摸到了妈妈的一只高跟鞋。他这么一穿呀，你猜怎么样？嘿，不大不小，正合适。

就这样，咱们的小皮猴一瘸一拐地朝门外跑去了。

一边跑，他还一边埋怨：讨厌，昨晚地震了还是怎么的？大地变得坑坑洼洼啦！瞧，小皮猴有多么粗心，他就没有低头看看自己脚上穿的是什么鞋子，穿上这一高一矮的鞋子，走起路来怎么能不一瘸一拐？

小皮猴摇摇晃晃地走到外面，冷风一吹，不禁浑身上下一阵哆嗦，打了一个寒战。

他这么一看，不由得恍然大悟了：噢，怪不得汗毛孔都冻得闭不拢了，原来自己光着身子，忘记穿衬衫了。

万般无奈，他只好又一瘸一拐地跑了回去。

他从被子下面抽出一件皱得像一块咸菜疙瘩的衬衫，双臂一伸，穿上了衬衫。可是，等他用手扣纽扣的时候，却发现扣子都不见了。

小皮猴歪着脑袋想了整整一个小时，才找到了扣子的下落。原来衬衫穿反了，有扣子的一面穿到背后了！管他呢，反穿就反穿吧！他把手伸到背后，胡乱地扣上两个纽扣，又像旋风似的跑了出去。

小皮猴跑过一片树林，突然又停住了脚步。他把手攥成一个拳头，狠狠地打了自己脑袋几拳。

奇怪，他为啥要自己打自己呢？

因为小皮猴忘记自己跑出来干什么啦！平时，小皮猴要是忘记了什么事情，自己揍上几拳，准灵，忘记的事情一下就会蹦出来！可今天却不灵了，小皮猴左一拳、右一拳，一口气打了七八拳，还是没有想起来。

唉，没办法，小皮猴只好又怏怏地走了回来。

小皮猴在邮局里错填了邮寄包裹的单子……

小皮猴懊恼不堪，一边用手捂着被自己拳头打肿的额头，一边一瘸一拐地往回走。

"喳喳！喳喳！"

枝头上响起了喜鹊的叫声，好像在奚落粗心大意的小皮猴。

小皮猴气坏了，弯腰捡起一块小石头，正要朝树上的喜鹊打去，没留神，踩到一块滑溜溜的青苔上，"啪"地一下摔了个仰面朝天。好家伙，脑袋后面顿时就肿起了一个鸭蛋大小的包。

好疼呀！

小皮猴正打算痛痛快快地号啕大哭一场，可手一摸到那个圆溜溜的大包，立即想起了另一个圆溜溜的大包——那是爸爸叫他寄的一个大包裹！

他取了包裹，一溜烟似的跑进邮局，把大包裹朝柜台上一放，手一伸，从一个机器人手中接过一张包裹单，"刷刷"地填起来了！真快，只打一个喷嚏的工夫，小皮猴已经把那张单子填好了。

机器人接过单子，飞快地瞥了小皮猴一眼，然后正颜厉色地冲他嚷道："小皮猴，你知道邮寄规则吗？"

"什么邮寄规则呀？"小皮猴有点懵懵懂懂。

"听着！"机器人一本正经地说道，"你作为一件邮寄物品，在整个邮寄过程中不得大小便，以免污染其他邮件！你知道了吗？"

"机器人！"小皮猴有点火了，冲着机器人大声嚷道，"你的电脑坏了吗？我是人，不是大包裹！"

机器人根本不理睬小皮猴的大喊大叫，还是一副冷若冰霜的样子，不紧不慢地说："对不起，在设计我们这种型号的机器人时，就没有装上区别人和大包裹的程序！我只知道照章办事，按照单子寄邮件！"

什么乱七八糟的，小皮猴如坠五里雾中。

机器人看到小皮猴一声不吭，就嚓的一声把机械手伸得老长，一下抓住了小皮猴，像扔个大包裹似的把他扔到了电子秤上。

"毛重 60.98765421 斤。"电子秤的屏幕上显示出一长串的数字。

机器人把小皮猴手里寄包裹的钱拿了过去，又拿过一个蘸满红色印泥的大图章，不由分说，对准小皮猴那胖乎乎的腮帮子就盖了下去。天哪，小皮猴的腮帮上印上了一个红色的大邮戳！

小皮猴委屈地哭了起来，边哭边嚷："你欺负人……"

机器人仰起铁脑袋，把小皮猴填的单子往他眼前一扬，说："我欺负人？你自己看看嘛！"

小皮猴一看，顿时就傻了眼。原来小皮猴刚才在填写单子的时候，又犯了粗心大意的毛病，把单子全都给填错了！在"邮寄物品"一栏中，小皮猴竟填上了自己的名字，而在"邮寄人"一栏中，却写上了"大包裹"三个字！

这样一来，事情就完全给弄颠倒了，不是小皮猴给爸爸寄一个大包裹，倒变成了大包裹把小皮猴寄给他的爸爸了！

小皮猴还没来得及逃跑，就被机器人装到了一个写着邮件的帆布口袋里，只留出脑袋和那只破袜子露在外面。因为小皮猴是一个活着的小孩，而活着的小孩是需要呼吸新鲜空气的呀！

小皮猴抓住粗粗的裤腰带……

"哐当！"

装着小皮猴的邮袋被扔到了一架直升机旁边。

他一看，四周堆满了各种大包裹和大大小小的信件，顿时明白了：自己要被航空寄走啦！

"唉，今天算倒透了霉！"小皮猴长长地叹了一口气。

"你怎么啦？"他的话正好被搬邮件的驾驶员粗粗听到了，粗粗关心地问，"是不是要撒尿了？"

小皮猴本来没有尿，被粗粗这么一问，还真有点憋不住了，他点了点头。

"哎呀！"粗粗有点犯难了，"不行呀，有尿也得憋着！别看这附近没什么人监视着，我也不能把你从邮袋里给放出来！私拆邮件是要犯法的！"

嗬，粗粗倒是一个遵守纪律的模范！

"你也太死板了，一点灵活性都没有！"小皮猴的眼珠转了几圈，灵机一动，就来了主意，"你先把我从邮袋里放出来，等我撒完尿，再把我装进去，不就等于没犯法吗？"

对呀，粗粗乐得拍起手掌来了，这可真是一个两全其美的好办法。

粗粗把小皮猴从邮袋里放了出来，又递给他一个塑料油箱："你顺便再到加油站灌一箱汽油来。"

小皮猴很快就回来了，他把盛得满满的油箱拎上直升机，然后一纵身，也跳进了机舱里。不等粗粗说话，小皮猴就钻进了邮袋里，冲着粗粗眨眨眼睛："怎么样，没犯法吧？"

"没犯，一点儿也没犯！"粗粗高兴极了，有了这么一个小伙伴，这次飞行就不会寂寞了。他又问："你叫什么名字？"

　　"小皮猴！你呢？"小皮猴早就把刚才的不快忘到九霄云外去了，他也对粗粗发生了兴趣。

　　"我叫粗粗！"粗粗说完，就驾驶着直升机飞上了蓝天。

　　不知飞了多少时候，粗粗突然发现油表的指针不动了，糟糕，直升机没油了，只好空中加油了！

　　他冲着缩在邮袋里面打瞌睡的小皮猴喊道："快，把油箱给我拿来！"他的话音未落，直升机就变成了哑巴，熄火了！

　　"油来啦！"

　　情况紧急，小皮猴也顾不得什么犯法不犯法了，一使劲，从邮袋里蹦了出来，拎起油箱就跑了过去。可粗粗拧开油箱的盖子一看，连脸都吓白了："你怎么装了一箱子水？"

　　水？！

　　小皮猴不相信地用舌头舔了一下。可不，一点油味也没有，满满一箱子水。不用说了，准是刚才在加油站灌汽油时，拧错了龙头，把水当成了油。

　　这下全都完蛋了，直升机在空中不停地翻着跟头，像片树叶似的，朝地上飞快地坠了下去。

　　"咱们快跳伞吧！"小皮猴吓得都要哭鼻子了！

　　粗粗愁眉苦脸地说："伞我忘记带了，咱们今天算没命了！"

　　忽然，小皮猴看到了一只打气筒，他灵机一动，兴奋地叫出声来了："瞧我的吧！"他把打气筒的气嘴塞到了粗粗的嘴巴里，拼命地打起气来了。不一会儿，粗粗的肚皮就胀得鼓鼓的，连飞行服都撑破了，像一只充足了气的大气球！

"粗粗，千万别张嘴说话！一张嘴，气就全跑光啦！"说罢，小皮猴就打开舱门，把粗粗推了出去。

嗬唷，粗粗真像一只大气球。不但没有往下掉，反而朝天上飘去了！

不行，照这个速度，一眨眼工夫，粗粗就要飘到云彩里了。云彩里冷得要命，粗粗的飞行服都碎成了破布条，怎么经受得住！

"不好！"小皮猴不敢多想，用尽了全身的力气，"嗖"的一下从直升机里跳了出来，一把抓住了粗粗的裤腰带。小皮猴虽然只有六十多斤，可这点重量也足够了，粗粗开始不再往天上飘了，慢慢地降了下来。

"轰隆隆——"

直升机像一个醉汉似的，掉进了一个大湖里。

"你看，直——"粗粗的嘴巴实在憋不住了，他本想告诉身子下面的小皮猴，直升机报销了，可他忘记了自己肚子里装满了气，一张嘴，气就跑得精光，成了一个"瘪气球"，一点浮力也没有了。

粗粗和小皮猴像两块小石头，飞快地从天上掉了下来，掉进了湖里。

小皮猴和粗粗成了鳄鱼总督的俘虏……

等粗粗和小皮猴累得半死不活，好不容易爬上岸时，他们早就成了落汤鸡了。

他们拧干了衣服，抬头一看，发现不远处有一座城堡，小皮猴指着城堡说："粗粗，没法子了，咱们只好到城堡里去求人帮忙了！"

唉，也只有这一条路了！

他们刚走进城门，一大群全副武装的蚂蚁卫兵就冲了上来，为首的一个冲他们喝道："此路是我开，此树是我栽，要想从此过，留下买路钱——"

"我们一点钱也没有！"小皮猴和粗粗连忙解释道，"我们的飞机掉到湖里去了，我们是来求你们……"

"哼哼，没钱，没钱就把你们送到我们鳄鱼国的总督那里去，叫你们尝尝他的厉害！"大蚂蚁卫队长打断了他们的话，挥挥手，一大群蚂蚁就把粗粗和小皮猴给扛了起来，浩浩荡荡地往城里走去。

到了总督府，小皮猴和粗粗抬头朝上面一看，不禁吓得倒吸了一口凉气。

原来，在富丽堂皇的大殿之上，高高地仰卧着一只青面獠牙的大鳄鱼。恐怕他就是蚂蚁们说的鳄鱼总督了。

"总督大人，我们抓到了两个小密探，他们要刺探我们的军事秘密！"大蚂蚁卫队长报告说。

鳄鱼总督正在低头玩魔方，转得正来劲，听卫队长这一喊，连忙挥挥手："统统杀头！"

"总督，慢着——"

在这危急关头，从旁边走过来一个打扮得妖里妖气的雌鸵鸟，她是鳄鱼总督的太太。只见她围着小皮猴整整转了二十八圈，眼睛笑成了一条细缝。"总督，"她指了指自己的秃头，"你看，毛掉得一根也不剩了，想烫个头都烫不成！听老狐狸教授说，要是找个小男孩给我搔一搔，活活血，兴许能长出几根毛来。"

鳄鱼总督龇牙咧嘴地笑了："好，好，我的太太！这个小东西就送给你吧！"

他一声令下，蚂蚁们就把小皮猴送到了鸵鸟太太的卧室里。

"那这个小孩呢？"大蚂蚁卫队长指着粗粗问。

没等鳄鱼总督回答，炮兵司令就嚷了起来："把他杀了怪可惜的，我正好缺一个炮手，就把他给我吧！"

鳄鱼总督手中的魔方差一面就全转完了，但被炮兵司令一阵乱叫，脑袋又给弄糊涂了。他气得暴跳如雷："全都给我滚蛋！"

晚上到了。

鸵鸟太太一摇三晃地走了回来，她见小皮猴"呼呼"地睡着了，就一把揪住了他那毛茸茸的短发，拼命摇晃："懒鬼！赶快起来给我搔秃……"她发现这个"秃"字很刺耳，又急忙改口道："快爬起来，给我搔搔头顶上那块

没毛的地方，好叫它长毛！"

小皮猴糊里糊涂地爬了起来，站在一个高高的小板凳上，给鸵鸟太太搔起秃头来了！

谁知道，小皮猴才搔了几下，鸵鸟太太像被耗子咬了一口似的，尖声叫了起来："哎哟，你在搓面团哪，用这么大的劲！那是头，头，是秃头！哦，不不！是块没长毛的地方……"

她自己愈讲愈糊涂了！

"恶心！"小皮猴见鸵鸟太太这副怪里怪气的模样，恨不能唾她一口。

"搔！继续搔！"

她命令小皮猴不停地搔，从晚上搔到早上，又从早上搔到晚上，这样昼夜不停地搔了七七四十九天。在第四十九天的晚上，鸵鸟太太用手一摸，脑袋上还是滑溜溜的。她立刻勃然大怒，冲着小皮猴恶狠狠地扑了过来。小皮猴一看不好，头一低，对准鸵鸟太太的胸口窝撞了过去！只听得"咚"的一声，鸵鸟太太就再也爬不起来了。

趁着一片混乱，小皮猴悄悄地摸出了总督府。

鳄鱼总督被牢牢地吸在磁铁上了……

"什么?! 凶手逃跑了？快给我抓回来！"

鳄鱼总督气生得太大了，一下子从椅子上跳了起来，把楼顶都戳出了一个大窟窿。他的叫喊声，把整个鳄鱼国都震动了!

很快,通缉令贴满了大街小巷。

通缉令

凶犯小皮猴杀死了尊敬的鸵鸟太太,畏罪潜逃,如有报告该犯动向者,一律赏冰糖葫芦二百根。

鳄鱼国总督大鳄鱼

猴年马月

大街上到处都是密探,他们像一个个可恨的小尾巴似的,跟踪每一个可疑的小孩!

鳄鱼总督也没有心思玩魔方了,刚给鸵鸟太太举行完葬礼,就穿着一身几十公斤重的铠甲,杀气腾腾地冲到了城中央,冲着四周大叫大喊:"小皮猴,你跑不了啦!"

小皮猴哪里去了呢?

小皮猴并没有溜出城去,城门把守得水泄不通,他根本就冲不出去。

其实,小皮猴就藏在城墙的一个墙缝里。他个头小,加上墙上又爬满了青藤野草,从外面一点也看不出来。

鳄鱼总督喊累回宫了,城墙四周的高音喇叭又"哇里哇啦"地叫开了:"抓住小皮猴,赏冰糖葫芦二百串……"

烦死人啦!震得小皮猴的耳朵都快要聋了,他再也忍受不下去了,爬上墙头,用大石头砸起高音喇叭来了!

忽然,从被砸破的高音喇叭里滚出一块黑石头。他一看,是块磁铁,每个喇叭里都有这么一块磁铁的。

小皮猴小时候最喜欢玩磁铁了。"哎,对了,鳄鱼总督穿一身铁做的铠甲，要是用磁铁一吸……"小皮猴有了一个对付鳄鱼总督的好主意！

可一个喇叭里的磁铁吸力不够呀！

没关系，趁着天黑得伸手不见五指，小皮猴把墙头上几百个高音喇叭里的磁铁全掏了出来，装在一张大渔网里，悬吊在一个钢筋水泥的大碉堡顶上，然后自己也躲了进去。

天亮了，密探们马上就发现了大碉堡顶上的变化。

接到报告，鳄鱼总督带着大队人马，气势汹汹地杀了过来。

一看到气红了眼的鳄鱼总督，小皮猴反倒高兴了。他从大碉堡顶上的洞口钻了出来，冲着鳄鱼总督大叫大喊："鳄鱼头，有胆量的过来试一试，我才不怕你哪！"

鳄鱼总督的肺都要气炸了，他才不把小皮猴这么一个毛孩子放在眼里呢。他大喊一声，冲着大碉堡扑了过去。可是没等他靠近，一股巨大的吸力使得他的身体飘飘悠悠起来。紧接着啪的一声巨响，鳄鱼总督一下子拔地而起，被牢牢地吸在了大碉堡上面的磁铁上，挣都挣不脱！

"哈哈，鳄鱼头，你怎么和磁铁亲起嘴来了！"听小皮猴这么一说，鳄鱼总督才知道上了小皮猴的当，自己这身铁铠甲被一大堆磁铁吸住了。

小皮猴正高兴得哈哈大笑，一大群蚂蚁在大蚂蚁卫队长的率领下，忽然冲进了大碉堡。

小皮猴又一次成了他们的俘虏。

蚂蚁们全都被"糨糊导弹"打倒了……

都怪小皮猴自己太粗心了，光顾高兴，忘记把大碉堡的后门堵上啦。

"救命——"鳄鱼总督急得乱喊乱叫。

大蚂蚁卫队长最聪明，找来一根粗麻绳，在鳄鱼总督的腰上系了一个死结，命令蚂蚁们一起使劲把他拉下来。可绳子拔断了好几次，鳄鱼总督还是纹丝不动。

"我动弹不了，也不能叫小皮猴舒服！"鳄鱼总督恶狠狠地下达了命令，"用糨糊导弹轰他的脑袋！"

这种糨糊导弹可不是一种普通的导弹，它的弹膛里面装的全是黏糊糊的糨糊，可厉害了！只要它命中谁的脑袋，谁的脑子就会变成一摊糨糊！变成一个傻瓜！

一听说要用糨糊导弹，炮兵司令马上就让炮手把糨糊导弹扛了过来。

嘿，你猜这个炮手是谁？不是别人，就是小皮猴的患难兄弟粗粗！

小皮猴一眼就认出了粗粗，可粗粗却假装没有看见他，连瞅也不瞅他一眼，怎么，粗粗难道叛变了吗？小皮猴脸都气白了，他昂起头，挺起胸膛，对准了粗粗的炮口。

"快开炮！"鳄鱼总督不耐烦了。

"5、4、3、2、1——"炮兵司令手中的小旗一挥，

"开炮！"

粗粗的炮声响了。可是糨糊导弹没有击中小皮猴的脑袋，却在炮兵司令、卫队长和蚂蚁兵的头上爆炸了。原来粗粗还是粗粗！

好家伙，一阵硝烟散后，这些往日胡作非为的坏蛋们，全都变成了一群傻头傻脑的呆子。

"气死我啦！"

鳄鱼总督心中的气呀，愈积愈多，终于憋不住了，以极快的速度从喉咙里喷了出来——哈哈，他打了一个空前绝后的大喷嚏！这个喷嚏的力量大极了，把整个大碉堡都震塌了，鳄鱼总督也被一股反作用力冲得无影无踪了。

后来从青藏高原传来了消息，说有人看到鳄鱼总督摔死在喜马拉雅山的山脚下了。

那小皮猴和粗粗呢？

小皮猴和粗粗在鳄鱼国老百姓的帮助下，很快就回到了自己的城市。

说来也真有意思，小皮猴一进家门就看见妈妈正在床下找那只高跟鞋呢，他连忙扑到了妈妈怀里，像表决心似的说："妈妈，我往后再也不粗心大意啦！"

涂糊糊在"没头脑共和国"

涂糊糊一口气吃了四粒止痛片

别看涂糊糊长得虎头虎脑，一副挺机灵的聪明相，可他就是不喜欢动脑子，一上课就打瞌睡，每次考试都吃大零蛋，简直快成了一个"零蛋收藏家"啦！

这不，涂糊糊又愁眉苦脸地回家来了。不用说，又一个大零蛋背回来啦。

就在他唉声叹气的时候，外面的楼梯上响起了"乒乒乓乓"的脚步声。糟糕，爸爸回来了！涂糊糊连忙朝桌子上扑了过去，一把抓起装止痛片的药瓶，一仰脖子，四粒止痛片就骨碌碌地滚下肚去了！

这是他在长期的实践中总结出的一条经验：为了对付爸爸的大巴掌，必须先下手为强，提前吞下几粒止痛片，预防在先。

可惜的是，吃晚了一步，药片还没有来得及发挥效力，爸爸的大巴掌已经落了下来！他一边捱，还一边叫："让你不用功！让你不用功！让你……"

"哇——"

涂糊糊疼得哇哇大哭，一直哭到半夜十二点。不说别的，就说那眼泪吧，淌了满满一屋子，把涂糊糊都快给淹没了。慌乱之中，他的手一下碰到了电视机的开关，只听咔嗒一声响，奇迹发生了！

屏幕里飞出了一只大白鹅

荧光屏亮了。

涂糊糊仰头一看，惊得目瞪口呆。屏幕上居然出现了尼尔斯的形象。对，就是前几年电视上播放的系列动画片《尼尔斯骑鹅旅行记》中的那个小淘气。

"你好，涂糊糊！"尼尔斯冲着他打招呼。

"你怎么认识我？"涂糊糊简直不敢相信自己的耳朵了。

"告诉你吧，"尼尔斯压低了嗓音，神秘地说，"我现在是贝贝电视台的大记者啦！贝贝电视台是儿童的贴心人，谁每天挨几下大巴掌，我都知道！你每次挨揍，我都悄悄地躲在屏幕后面，可你就是不开电视机！"

一说到挨揍，涂糊糊的屁股就火辣辣地疼开了。他鼻子一酸，眼泪又哗哗地流了下来！

尼尔斯一看泪水又要泛滥成灾，马上拿起一根魔棒一挥，涂糊糊一下子飞了起来，只听到"嗖"的一声，涂糊糊就以超音速飞进了电视机的屏幕里。

涂糊糊在"没头脑共和国"

一飞进屏幕，尼尔斯连忙拉住了他，关心地问道："你怎么老挨大巴掌呀？"

"我考试总得大零蛋！"涂糊糊不好意思地说。

"世界上得大零蛋的孩子可不少啊！"尼尔斯眨眨眼睛，"你考试得零蛋，是因为你不喜欢动脑子。要想不挨揍，只有把你自己的脑子给冻起来。你想呀，谁会逼迫一个没脑子的孩子学习呢？"

"太好啦！"涂糊糊叫了一声。可立刻又变得愁眉苦脸了。脑子冻起来好是好，可咋个冻法呢？

"我告诉你个秘诀……"

尼尔斯的秘诀还没开头，外面就响起了一阵脚步声。不好，爸爸过来了！涂糊糊吓得心惊肉跳，使劲往屏幕外头跳！哪曾想，只听到砰的一声，涂糊糊的脑袋撞到了玻璃上，一下子就给弹了回来！好疼呀，额头上肿起了一个大包！

"别急！"尼尔斯一招手，从身后钻出一只大白鹅来，正是他骑着周游世界的那只大白鹅！

涂糊糊学着尼尔斯以前的模样，一纵身，就跳到了大白鹅的脖子上。"呼——"大白鹅飞了起来，带着涂糊糊朝屏幕外面射去。

就在他们着地的一瞬间，爸爸推门进来了。

瞧见一只大白鹅在房间乱窜，他立即扑了过来！大白鹅一闪，叫他扑了一个空。等他从地上爬起来，大白鹅早就跑回到电视机里面去了。

来自外星球的妖精

"我不是在做梦吧?"爸爸有点糊涂了。

电视机上的图像消失了,躲在屋角的涂糊糊也悄悄爬回到了自己的小床上。

在冰箱里冻掉了脑子

怎么冻脑子呢?涂糊糊想再打开电视机问一问尼尔斯,就一个鲤鱼打挺翻下了床。这时,窗外的太阳已经升得老高了,爸爸也上班去了。

"冰棍!来买冰棍呀!"屋外传来了一阵吆喝声。

"哎哟,有门儿!"涂糊糊乐得一跳三尺高,一下子就来了灵感!世界上还有什么东西比冰棍更凉的呢!用凉飕飕、硬邦邦的冰棍冻脑子,准成!

"哗啦——"涂糊糊把储蓄盒里的硬币往口袋里一倒,撒腿就朝屋外跑。

"冰棍我全都包了!"涂糊糊这一句话,把卖冰棍的驼背小老头的腰都给乐直了。

涂糊糊把两百根冰棍抱回家,往大洗衣盆里一放,就把脑袋插到了冰棍中间!天哪,好凉!冻得涂糊糊上牙碰下牙,身子哆嗦个不停!等冰棍全部融化了,涂糊糊才把冻得乌青的脑袋从一盆冰水中拔了出来。

他"啊嚏啊嚏"地一连打了二十四个大喷嚏,有点感冒了!

脑子究竟冻没冻掉呢?涂糊糊铺开一张白纸,写上了

"8＋4＝?"这个算式。他想对自己的成果来一次试验。

出乎意料的是,他连想都没想,提笔就在等号后面添上了"12"。唉,太令人失望了,他伤心得一屁股跌坐到了地上。还用说嘛,脑子根本就没有冻上!

这时,妈妈拎着一篮菜走了进来,拉开电冰箱的门,把菜放了进去。

涂糊糊一看,顿时又来劲了。他狠狠地捶了自己的脑袋一拳,骂了自己一句:"真笨!电冰箱里多冷呀,冻个脑子没问题!"说完,他就拉开电冰箱的柜门,钻了进去。

涂糊糊只穿了一条小短裤,一钻进冷气逼人的电冰箱,就好像掉进了一个冰窟窿里。

涂糊糊冻得受不了啦!他现在开始有点后悔了,拼命地推柜门,可柜门纹丝不动!涂糊糊没招了,他只好把身子尽量往小缩,听天由命吧!

"嗦——嗦——嗦!"

涂糊糊冻得缩成了一团,几乎成了一个大冰球。

眼看涂糊糊就要完蛋的时候,爸爸中午下班,来取放在电冰箱里的啤酒了。他刚把柜门拉开,就从里面滚出一个大冰球来。爸爸吓了一个大屁股墩,定睛一看,不由得倒吸了一口凉气:我的妈呀,这不是我儿子嘛!

乘坐大炮弹去"没头脑共和国"

涂糊糊没死,眼珠还在滴溜溜地转动。

"我的小宝贝呀,你钻到电冰箱里去干什么呀?"妈妈闻声赶了过来,急得直跺脚,连忙把儿子抱到床上,又在他身上压上了厚厚的大棉被。

这个办法可顶用啦!不一会儿,涂糊糊的身子就慢慢地暖了过来,他用力掀翻了压在身上的棉被,从床上跳了下来。

只见他拿笔写了"2-1=?"的算式,然后横看竖看,足足看了半个多小时,也没有想出个答案来。他高兴了,一下子搂住了妈妈的脖子,高声叫道:"我的脑子给冻上了。"

爸爸、妈妈以为涂糊糊在说梦话,连忙把涂糊糊抱到床上,就忙着给他熬姜汤去啦!

就在这时,邮递员叔叔在门外吆喝道:"涂糊糊,你的信!"

"什么,我的信?"涂糊糊开门一看,真的是自己的信!里面还装着一张奇怪的请柬,上面这样写道——

欢迎光临"没头脑共和国"

在这个稀奇古怪的国土里,你可以尽情地领略没头脑人的种种壮举:用雪糕建造总统府、拆墙脚大奖赛……

每天有旅游炮弹前往,团体包租,票价八折。个人前往,一律免费。每天九点在牛皮路牛牛里皮皮号集合。

没头脑共和国旅游部长混混

涂糊糊在"没头脑共和国"

涂糊糊一看闹钟，快九点了！机不可失，他来不及告诉爸爸妈妈了，一溜烟地朝牛皮街跑去。

远远望过去，一门高高的大炮直指蓝天，炮筒比一口大缸还要粗十倍！涂糊糊凑近一看，不得了，排队的人已经好多了，因为他个头小，一下子就挤到了队伍的最前端。旅客们一个接一个地钻到了巨大的炮弹里，紧接着，一架大吊车就把炮弹吊了起来，装到了炮膛里。

随着一声惊天动地的巨响，炮筒里腾起一股火焰，大炮弹脱膛而出了！涂糊糊他们虽然系紧了安全带，可还是都挤到了一块儿，加上摇晃得太厉害，全都头晕目眩了。

"咚——"大炮弹掉在了一张凌空架起的渔网上。

涂糊糊挤到出口往下一瞧，大吃一惊，渔网离地面少说也有二百米高，怎么下去呢？突然，涂糊糊发现下头有人竖起了一根长竹竿，一直伸到了大炮弹的出口。他连忙像小猴子似的，抱住竹竿滑了下来。

脚刚一着地，他就惊异地发现：这是一个什么样的世界啊！

没头脑人创造的奇迹

嘿嘿，真是前所未有的奇迹！这里的大树都是大头朝下，倒着长的！最让涂糊糊惊奇不已的，就是没头脑人造的房子全是一块块雪糕堆成的！太阳一出来，大楼就开始滴滴答答地融化了。

在导游的引导下，涂糊糊他们来到了一家超级市场。

突然，涂糊糊发现前头有一个矮个子，鬼鬼祟祟的，趁一个老妇人不注意的空隙，一把抓住她搁在旁边的钱包，撒腿就跑。

"抓小偷——"涂糊糊气坏了，奋不顾身地冲了上去，和一大群顾客一起，把小偷给送到了糊里糊涂大法院。

大法官一拍桌子，冲小偷喝道："是你偷东西吗？"

小偷根本就不在乎，只见他摇摇头，大声叫嚷道："不是！我是最最没头脑的公民！"他一转身，朝涂糊糊一指："他是真小偷！"

"抓起来，把他送到精神病院去！"大法官发怒了，一龇牙，一大群全副武装的士兵就冲了上来，把涂糊糊给押走了！涂糊糊拼命喊叫，可是有谁来理睬他呢？

就这样，涂糊糊被扔进了一家精神病院。

这家医院说是叫精神病院，实际上里面一个精神病人也没有，相反倒是住满了肚子疼的病人、牙齿痛的小孩。给他们治病的，是钢铁学院毕业的不学无术先生。

不学无术对治病一窍不通，连普通的止痛片都不认识。他给病人治病，一律平等对待，每人每天服用三十六串糖葫芦！

"我没病！"涂糊糊大喊大叫。

"你有病！"不学无术打断了涂糊糊的话，"你身上的铁锈太多了，我给你开三十六串糖葫芦，吃了保准见效！"

涂糊糊听得脑袋都快要爆炸了。忽然，他看见医院门口没人站岗，就一闪身，从医院里溜了出来。

没走几步，涂糊糊发现一辆卡车着火了。

"着火啦！着火啦！"人们呼喊着，从四面八方冲了出来，拎着水桶往卡车的方向冲去。"嘟——"一辆救火车也急驶而来，朝卡车不停地喷水。

可奇怪的是，大卡车的火反而愈烧愈旺了。这时涂糊糊才发现，没头脑人不是在浇水，而是在浇油。油助火势，卡车很快烧成一堆灰烬了。

涂糊糊害怕了，这个没头脑共和国太可怕了，一团糟！人没了脑子，简直像一群大傻瓜！于是，他急忙逃出了这个乱七八糟的地方。

找尼尔斯算账

半夜了，爸爸妈妈早就睡着了。

啪的一声，涂糊糊又拧开了电视机的开关。一看到尼尔斯出现在屏幕上，涂糊糊就冲着他嚷开了："尼尔斯，你真坏！害得我好苦呀！"

"嘻嘻！"尼尔斯笑了起来。

"你还笑？"涂糊糊更生气了。

"你怎么能说我坏呢？你不是说不愿意动脑子，考试次次得零蛋，总挨爸爸的大巴掌嘛！我是告诉你不挨揍的好办法啊！"尼尔斯说。

涂糊糊连连摇头："我宁可挨爸爸的大巴掌，也要脑子！人没了脑子，世界就会变成乱糟糟的一片！"

"我小时候和你一样，也不喜欢动脑子，就喜欢欺负小动物，结果让小狐仙给教训了一顿。你在电视里不都看见了吗？"

"别说了，快告诉我怎么把脑子治好吧？"

尼尔斯又乐了："你的脑子根本就没冻坏！要不你就不会动脑筋了！"

"对呀！"涂糊糊恍然大悟了。

尼尔斯告诉他："你以后要认真学习，多动脑子！假如你改正了以前的缺点，你爸爸还揍你小屁股的话，你就来找我，我会想办法教训他的！"

说完，尼尔斯就从屏幕上消失了。

后来涂糊糊学习肯用脑子了吗？尼尔斯教训涂糊糊的爸爸了吗？这都是以后的事情了，等我有机会再告诉你们吧！

判处声音死刑的小镇

失眠患者强烈抗议……

失眠像一股黑色瘟疫，横扫小镇。

它来得是那样突然，以致小镇上百分之百的人措手不及，没有记住这可怕的时刻。倒霉的小镇顷刻就笼罩在它的黑翼当中了。所有的人都染上了失眠症，一个月睡不着觉，小镇居民个个神情恍惚、四肢无力。可怜的小镇奄奄一息了！

接到告急电报，联合国卫生总署的医生立即吞下一千粒安眠药，乘直升机火速赶到灾情蔓延的小镇。

如果是在地球上的其他角落，别说服用一千粒安眠药了，就是吃一粒，也够你呼噜呼噜睡上一个晚上的。可在小镇，一千粒还顶不上一粒的作用，只能够医生打一下瞌睡。不过这一下瞌睡对于医生来说就绰绰有余了，脑细胞得到了一瞬间的休息，就可以精神百倍地抢救失眠患者去啦！

一个星期之后，医生公布了一个令人吃惊的诊断结果：失眠是由于城市刺耳的噪音引起的。

全城的失眠患者都喧哗了！

难道不是这样吗？这个已经达到现代化极限的小镇，到处都充满了刺耳的噪音。汽车喇叭的尖啸、酒吧间里的狂呼乱喊、超音速飞机起落的轰鸣……这一切不早就在折磨着人们的神经，摧残着人们的耳膜了吗？可人们偏偏忽略了这股可怖的潜流。

晚了，终于病入膏肓了！

哀求医生已经无济于事了！愤怒的失眠者冲进镇长家里，强烈抗议，一致要求惩罚现代化的产物而又反过来吞噬现代化的恶魔——噪音。镇长同样也是噪音的受害者，于是他当机立断，命令警察局长枪毙噪音。

奇异的消音帽……

警察局长慌了手脚，马上命令行刑队执行枪决命令。可这群士兵又不是原始社会的傻瓜，噪音无形，听得见却看不见摸不着，冲谁射子弹？总不见得对着天空乱扫一气吧！

毫无疑问，这是一项无法执行的死刑命令。

可也不能眼睁睁地看着噪音把人们驱向死亡的坟墓呀！

"我们来执行对噪音的裁决吧！"终于，科学家们按捺不住心底的怒火了，他们决心代替束手无策的警察，伸张正义，给予噪音这个无形的凶手以致命的打击。

在科学家的进攻面前，噪音溃不成军。

毫无倦意的科学家昼夜奋战，发明了一种类似宇航员头盔的装置。小镇里的居民只要戴上这个消音帽，所有的噪音都会被吸入帽内一个蜂窝状的吸音石里。当内部充满噪音时，只要重新更换一个消音石就行。

消音帽虽然能够隔绝一切噪音，但也不是完美无缺。全镇居民戴上消音帽的第三天，表示不满的电话就蜂拥而来。小镇的噪音实在是太多了，戴上消音帽不出十分钟，吸音石就被噪音塞满了，人们只好手忙脚乱地进行更换！

唉，人们累得胳膊都抬不起来了。

科学家们毫不气馁，协同作战，不出二十四小时就研制出了一种更新换代的产品——二代消音帽。

这种消音帽进行了一项重要的改革，取消了吸音石，用一种吸音管代替。

这种吸音管能伸能缩，从消音帽后头垂下来，一直伸到小镇中央的噪音处理总站。只要噪音一钻进消音帽，马上就被吸入吸音管，源源不断地输送到总站处理掉。

恼人的声音……

小镇居民高兴了没几天，就对这种新玩意失去了兴趣。

虽然没有噪音蹂躏脆弱的神经了，可脑袋上整天套着

来自外星球的妖精

判处声音死刑的小镇

一个几十斤重的消音帽，毕竟不是长远之计！不光重，帽子后面拖着的吸音管太难看，犹如拴狗的一条绳索。

而且最重要的是，消灭了噪音，按理来说人们应该舒舒服服地蒙头酣睡一场了，可结果恰恰相反。

失眠患者的病情不但没有好转，反而开始严重恶化。非常奇怪，往常不被当做噪音的正常声音，不知什么缘故，现在听起来竟是这样的刺耳难听、难以忍受！

人们变得更加脆弱了！

消音帽只隔绝噪音，对于这些正常的声音却无法吸收消化。现在，不要说划火柴、走路的脚步声、人们的高谈阔论，就是心脏怦怦的跳动声，也叫小镇居民们震耳欲聋，坐立不安。甚至有人宣称，被遥远星星上传来的声音折磨得痛不欲生。失眠简直要把小镇变成一片废墟了。

"声音也要枪毙！"小镇回荡着失眠患者的肺腑之言。

镇长果断地下达了第二道死刑命令，警察局长像传接力棒似的把命令传给了科学家：立即枪毙声音。

枪毙声音要比枪毙噪音难上加难。

噪音可以控制，可人生活在这个地球上，不可能不发出声音。为了挽救千百万失眠患者的性命，科学家仍然知难而进，终于获得了成功。

他们研究出一种声音隔绝剂。这种像肉松一样的粉末，一旦播洒在空气当中，人世间所有的声音立刻奇迹般的消失了。

小镇成了世界上第一个消除了声音的城市。

第二个月球……

一个多么安宁静谧的世界。

宛如月球一样。挣脱了喧嚣的束缚,人们生活在一个没有声响的地方,连心灵都觉得安静。

镇长做出了一个神圣而庄严的决定:为了挽回因为失眠带来的损失,全镇居民一律停止工作,大睡特睡三十天。

没有声音的吵闹,人们能够安安稳稳地进入梦乡了吧?可出乎意料的是,人们只熟睡了几个小时,就又翻来覆去地睡不着了。他们感到好像缺少点什么。

不久之后,失眠的阴云又压上了小镇居民的心头。

他们变得烦躁不安,这没有声音、死一般寂静的世界,比充满噪音的世界更可怕、更难受。前所未有的寂静,简直快要把小镇上的人给逼疯了。

此时此刻,他们是多么渴望能够听到一点声音!即使是最刺耳的火车尖啸声,在他们听来,也宛如夜莺婉转鸣叫一样动听。可惜,连这个愿望也无法实现。

镇长再也忍耐不下去了,冲着茫然不知所措的科学家命令:"立即释放声音、噪音,宣布它们无罪!"

科学家立即行动,收回了空气当中的声音隔绝剂,把声音重新解放出来。

人们纷纷伸长了耳朵,来聆听那熟悉却陌生的声音。

来自外星球的妖精

判处声音死刑的小镇

可是，一个奇怪的现象出现了，尽管仪器上明明显示出了对各种声响的记录，但小镇的居民却没有一个人听得到。

原来，根据生物进化的原理，器官用进废退，小镇居民们的耳朵已经变聋了。

轰动宇宙的作文大奖赛

唉，三年级小学生小丁当最讨厌上作文课了！

比吃最苦的药还难过！每星期三下午的作文课，对他来说真好像一道鬼门关，糟透了！只要听见上课的铃声一响，他的脑袋就"嗡嗡"地叫个不停，比几百亿只蚊子联合起来叫还要响亮。

这不，可恨的作文课又到了。

最可气的是，老师还偏偏出了一个让人气愤的题目，叫什么《我的爸爸》。哼，爸爸除了会揍屁股，还有什么好的？

真快，一转眼的工夫，已经到了下课的时间。可怜的小丁当连吃奶的劲都使出来了，还是一个字也没写出来，完蛋啦，又要背一个大零蛋回家了！

爸爸回来又要揍屁股了，小丁当正呆在家里发愁。随着一阵敲门声，走进来一个矮胖子："小丁当，作文课又头疼了吧？"

"你是谁？"小丁当不认识这个陌生人。

"我是作文机公司的推销员！"矮胖子热情地说，"我知道你害怕作文，专门给你送作文机来了！"

作文机很小，像个小巧的耳塞。矮胖子把作文机塞到小丁当的耳朵里，满脸堆笑地说："有了作文机，什么样的作文都难不倒你了！"

小丁当半信半疑，问矮胖子："我想写一篇关于我爸爸的作文，它能写出来吗？"没等矮胖子答话，耳孔里的作文机就"嗡嗡"地鸣叫开了："题目，我的爸爸。以下另起一行，开头空两格。好，开始……"

"太棒了！"小丁当乐得眉飞色舞。

"以后作文课你再也不会吃鸭蛋了！说不定你还会参加作文大奖赛哪！"说到这，矮胖子冲他神秘地眨巴了一下眼睛，悄悄地说，"我送给你的秘密礼物，千万别让老师给搜去啦！"说完，他就消失在黑暗之中。

星期三下午的作文课又开始了。

小丁当一反常态，第一个满面春风地跑进了教室。老师刚刚在黑板上写完作文题目，他耳朵里的作文机就吱吱地响开了。几分钟以后，一篇呱呱叫的作文就写好了。

"人才，人才——"老师从头至尾读了一遍，激动得尖叫起来，震得大楼噼里啪啦地抖动了好几分钟。

"立即派小丁当参加全市作文比赛！"校长当机立断。

全市作文比赛正在紧张地进行，不光题目古里古怪，而且还规定要用多少个副词，多少个形容词……别的孩子还在冥思苦想的时候，小丁当已经在作文机的秘密指导下，刷刷地写开了。

比赛结果，小丁当力挫群雄，获得了第一名！发奖仪式上，傻乎乎市长激动得哇哇大哭，昏迷了好几次。只听他泣不成声地说："马上……送他……参加全球作文大奖赛……"

一个星期之后，全球作文大奖赛拉开了序幕。

这项大奖赛，不光有小孩参加，还有获得过"阿里巴巴"文学奖和"四十大盗"文学奖的老作家参加。最奇特的是，这次大奖赛采取单循环式的比赛方式，要想取得最后决赛的资格，就必须战胜所有对手，所向披靡！

开始，小丁当还是一名默默无闻的小卒，可十几场比赛一过，人们就对他刮目相待了！

在同呼噜呼噜国的总统夫人比赛时，作文题目一出来，总统夫人还一笔未动，小丁当的一篇传世佳作已经写好了！这下可轰动了全球，记者们竞相报道！

请看，这是《胡说八道》报登的快讯——

作文新星拔地而起

总统夫人一败涂地

《牛皮日报》的消息更是危言耸听——

不是牛皮，

小丁当脑细胞比八亿人总和还多，

绝非瞎话，

小丁当必登作文大奖赛冠军宝座。

嘿嘿，《牛皮日报》的记者还真猜对了，小丁当果然获得了冠军！最后这场决定性的比赛，是在他和曾经获得过二十项文学奖、夺魁呼声最高的大作家皮皮牛之间展开的!

比赛那天，面对满头银丝的皮皮牛，小丁当从容不迫，有作文机暗中帮忙，他还有什么好提心吊胆的! 这场比赛的题目难极了，叫什么《论雪糕、巧克力和现代微积分及苍蝇的关系》。皮皮牛糊涂了，这算什么题目呢? 可小丁当却来劲了，几个小时一过，一篇洋洋万言的作文就呈现在主考官面前。

现代的通讯技术真是威力无比，不知怎么搞的，连远在银河系之外的呜哩哇啦星球上的外星人都知道小丁当的大名啦!

这不，他们驾驶着飞船，来找小丁当比赛作文。

这还得了，就像发生了九百九十九级大地震一样，全球都沸腾起来啦! 人们停止了工作，连饭都顾不得吃，全都围坐在电视机旁边，凝神屏息地等待着比赛时间的到来!

嘀，比赛场地竖起了一块比摩天大楼还高的牌子——

千载难逢惊心动魄

地球人小丁当和外星人比赛作文!

心脏病、高血压患者免进! 死了不管!

人们盼望已久的时刻终于来到了。

小丁当一进赛场，一眼就看到了和他比赛的那个外星人。外星人长了一个袋鼠似的小脑袋，大眼睛炯炯有神。突然，小丁当觉得有个凉冰冰的东西搭在他手上，低头一看，哈，外星人在用触手跟他握手哪。

比赛开始，题目叫《在幽灵星球的背后》。

要是在平常，这种题目根本就难不倒小丁当。可现在却发生了意外情况，耳孔里的作文机一声不吭，好像哑了一样。坏事！一定是外星人施展了什么魔法，不让作文机说话！

"你怎么不写啦？"外星人已写好了作文，问小丁当。

"我、我……"小丁当急得大汗淋漓，简直不知如何是好。

"不舒服吗？"外星人关心地问。

"我，我根本就不会写作文！"小丁当咬咬牙狠狠心，全部坦白出来，"我每次比赛获胜，都靠塞在耳孔里的作文机帮忙。其实，我是一个作文课专吃鸭蛋的差学生！"他一边说，一边把作文机用力摔到地上。

外星人紧紧地搂住小丁当："你一进赛场，我就发现你耳朵里装着一台作文机。是我发出了一股激光束，把它给击毁了！"

他告诉地球上的小朋友："写作文和做别的事情一样，没有捷径好走，只有勤学苦练，才能成功！"

从那天以后，小丁当上作文课可认真了，不光作文写得比以前好，而且头也不疼了。

隐身大盗

一个会说话的魔匣

新村前面的空地上要造高楼了。

小丁当和蓓蓓一放学，就把书包往家里一甩，蹦蹦跳跳地跑到建筑工地去玩啦。

推土机高高地昂起头，轰鸣着把土推成一个个小山丘。忽然，小丁当和蓓蓓惊呼了一声，他们看见从小山丘上滚下来一个小盒子，五颜六色的，可好看哪！

兄妹俩像赛跑似的冲了过去。

小丁当腿长，一下子就把"战利品"抢到了手。他兴高采烈地叫道："这个宝贝是我先拾到的，归我！"

蓓蓓累得肚子都疼了，却啥也没捞到。她把小嘴巴翘得高高的："给我！给我！是我第一个看见它的！"哼，蓓蓓反正横下一条心了，哥哥再不把小盒子交出来，就哇哇大哭。

这时，那个神秘的小盒子竟然发出了声音："别争了！别争了……"

谁在说话?

小丁当和蓓蓓吓了一大跳,抬头瞧瞧,旁边连一个人影也没有,只有推土机爬上爬下,不停地推着土。没人说话,准是耳朵听错了!

"是我在说话呀!"天呀,这下小丁当他们可听清楚了,原来是那个小盒子在说话。

乖乖,真怪!小丁当和蓓蓓吓得连大气也不敢喘,心跳个不停,紧张极了!小丁当把小盒子扔到一堆砖头上,拉着妹妹扭头就逃,躲得远远的,好像这个小盒子里装着一颗定时炸弹似的。

"别害怕,我又不会吃了你俩!"小盒子里又响起了那个奇怪的声音,"我叫魔匣,在地底下沉睡了好几千年了!我的本领可大了,你俩想要什么东西,我就能变出什么东西!"

魔匣,这只在童话里才听到过呀!

小丁当和蓓蓓不害怕了,顿时就来了劲头,箭一般地朝魔匣冲去。

飞来的蛋糕和糖果

"魔匣,你不会骗我们吧?"小丁当兄妹不敢相信。

"我是神圣无比的魔匣呀,怎么能扯谎?"听得出,魔匣里的声音显得不大高兴了,它气呼呼地说,"不信,你们就给我下个命令,试一试我的能耐嘛!"

"我先说！"小丁当大着胆子对魔匣说，"我要一个大蛋糕！"

想不到，话音刚落，他的面前就飞来了一个奶油大蛋糕。唷，金灿灿、香喷喷的，可馋人了！小丁当激动得直哆嗦，嘴巴一张，就大口大口地吃了起来。

见哥哥吃得满嘴都是奶油，蓓蓓也着急了。她不停地跺着小脚，尖着嗓子叫道："我要吃糖！"

突然，天空中下起"暴雨"来了！蓓蓓再仔细一看，哟，哪是什么雨唷，天上掉下来的全是糖，多得几乎把蓓蓓都给淹掉了，幸亏小丁当把她给拉了出来！

"魔匣一点也没骗人！"兄妹俩乐得在地上翻跟斗。

不过，只高兴了短短的一会儿，蓓蓓又愁起来了。她问小丁当："哥哥，魔匣是咱俩捡来的，要交公吗？"

被妹妹一提醒，小丁当一个劲儿地拍脑门："哎哟，我都给忘记了，魔匣是推土机从地底下挖出来的珍宝，当然应该献给国家了！"

蓓蓓有点舍不得："不交不行吗？又没人看见！"

"不行不行！老师不是说过，拾金不昧才是好孩子！走，把这个古代文物交给历史博物馆去。"说完，小丁当就一手捧着魔匣，一手牵着蓓蓓，朝历史博物馆跑去。

才跑出几步路，一个黑影突然拦住了他俩的去路。

魔匣被大盗给抢走了

小丁当和蓓蓓仰脸一看，原来面前站着一个瘦高个，黑不溜秋的，难看极了。

瘦高个故意装出一副笑脸，低头问他俩："小朋友，你们捡到一个能变财宝的魔匣吧?"

"你怎么知道?"蓓蓓把头从哥哥背后伸了出来。

"快把魔匣交给我!"瘦高个没理睬蓓蓓，把两只大手往小丁当面前一伸，"那是我昨天丢掉的。"

小丁当和蓓蓓这下识破了瘦高个的真相，一齐嚷了起来："你骗人!我们亲眼看见推土机把魔匣推出来的，它原来是埋在地底下的!"

这下子，那个瘦高个发脾气了，伸手来抢小丁当怀里的魔匣。小丁当紧紧地护住不放，可瘦高个毕竟身强力壮，一下就把魔匣夺了过去!

蓓蓓瞧见哥哥摔了一个大屁股蹲儿，魔匣也被瘦高个给抢跑了，本想坐在地上大哭一场，可又一想，哭有啥用?就大声地喊了起来："抓强盗呀!抓强盗呀!"

工地上的工人叔叔一听，纷纷从远处赶了过来。

那个瘦高个一看不妙，四周都被人给包围了，无路可逃，就连忙从裤袋里摸出一个小瓶，一仰脖，咕噜咕噜地喝了好几口，身子顿时就看不见了。

原来他是一个隐身大盗!

说真的，小丁当、蓓蓓几乎都不敢相信自己的眼睛了。

"强盗在哪里?"工人叔叔们找了半天，也没有发现隐身大盗的踪影。他们见工地上只有小丁当兄妹俩，还以为他们在开玩笑哪！不光放跑了坏蛋，还被大人批评了一顿，小丁当和蓓蓓委屈得直淌眼泪。

奇怪，大盗逃到哪里去了呢？

金币把屋顶给胀破了

"哐当——"小丁当惊奇地发现，工地废仓库的大门自动打开以后，又奇迹般地关上了。

怪事，眼下连一丝风也没有呀，大门怎么会自己打开关上呢？忽然，小丁当恍然大悟：是隐身大盗钻进去了呀！

他摆摆手，和蓓蓓一前一后地爬了过去。

从墙壁的一个窟窿里，他们俩看到大盗已经现了原形，搂着那个魔匣乱蹦乱跳，乐得都快要发疯了！只听这个坏蛋高兴地叫道："我要发财了，我要变成百万富翁啦！"

说完，他就用嘴巴使劲亲了魔匣一口，然后吩咐道："听着，魔匣！你给我变一屋子金币！"

小丁当和蓓蓓是多么盼望魔匣不听大盗的命令呀，可是没有用，现在大盗已经是魔匣的主人了！

只听哗啦啦一阵响，成千上万的金币从空中流了下来！大盗抓起一把金币，得意忘形地高声叫喊："流吧，流吧，我现在是世界上最富的富人啦！"

金币愈来愈多，把屋顶都给胀破了！

看见大盗那副模样，蓓蓓的肺都要气炸了！她把嘴巴贴在哥哥的耳朵上，轻声地问："我们把他抓起来吧？"

小丁当摇摇头，悄悄地告诉蓓蓓："他个头太大，不要说我们俩了，就是有十个八个小孩也抓不住！"

"那怎么办？"蓓蓓急得眼睛都冒火了。

歪着脑袋想了半分钟，小丁当胸有成竹地说："你在这儿盯着大盗，别让他溜了，我去公安局报告警察！"说罢，他就一溜烟地跑开了。

小丁当的计划失败了

头一次见到这么多的金币，大盗都快乐昏了。

他躺在金币堆上，一口气滚了九十九个滚儿。就在他准备滚第一百个滚儿时，身子忽然僵住不动了，他发现小丁当影子一晃跑开了。

大盗慌了，一个倒栽葱从金币堆上摔了下来。

他像无头的苍蝇，乱窜乱叫："不好！老窝被这小子发现了，警察马上就要来抓我啦！"

可他刚要逃跑，却又站住不动了，原来他舍不得扔下这一屋子金币。怎么办呢？屋子外头的蓓蓓惊讶地看见，这个贪财的大盗竟一屁股坐到了地上，大嘴一张，往肚子里吞起一枚枚金币来了。他的肚子是橡皮肚子，愈胀愈大，最后把满屋子的金币都装了进去。好家伙，大盗的肚子圆溜溜的，比节日里最大的气球还要大一千倍！

来自外星球的妖精

隐身大盗

蓓蓓的眼睛都盯酸了，可她把眼睛闭了两秒钟，再睁开看时，大盗已经从屋子里面消失了！

不用说，这个坏蛋准是又喝了药水，把身子给隐掉了，真狡猾！他逃到什么地方去了？"哗——"蓓蓓的汗都流了下来。被哥哥骂一顿倒是小事，重要的是，大盗要窜到别处干坏事就糟了！

找呀，找呀，忽然她眼前一亮。

嗬唷，看呀，前面的沙地上，留下了两行深深的脚印。而且，像变魔术似的，那两行脚印还在不断地朝前移动。蓓蓓松了一口气，狐狸的尾巴终于露出来了。

一点不错，大盗就在前头呀！

不好，出了工地，穿过一个小菜场，大盗就要走上柏油马路了！柏油马路和沙地不一样，一个脚印也留不下！

这可怎么办呀？

一个臭鸡蛋爆炸了

眼瞅着大盗就要绕上柏油马路了！

"不行，这次绝不能让他再溜掉了！"蓓蓓暗暗下定了决心。

要想盯住大盗不放，只有在他身上涂一个标记！可到了这关键的时刻，上哪儿去找油漆呢？真巧，蓓蓓在菜场边上找到了一个臭鸡蛋。对，用它给大盗作个记号！

瞄准那双不断移动的脚印上方，蓓蓓把鸡蛋狠狠地甩

了过去。

"啪!"听到清脆的一声炸响,蓓蓓知道臭鸡蛋击中了大盗。再一看,黄色的蛋液粘在大盗身上了,哈哈,这回大盗可没办法逃跑了!只要盯牢这半空中的"蛋液",就能抓住大盗,夺回魔匣。

可惜的是,没等蓓蓓高兴多久,那"蛋液"突然停住不动了。紧接着,它就直冲蓓蓓奔了过来。

危险,大盗发现蓓蓓了!

蓓蓓还没反应过来,已经被大盗给抓住了:"小尾巴,这次你可逃不走了!"他一边说,一边把蓓蓓朝胳膊下一夹,没命地逃了。

"放开我!"蓓蓓狠狠地咬了大盗膀子一口,可大盗是橡皮身体,一点也不怕疼。相反,这个家伙还笑呵呵地说:"真舒服,小东西!你再咬几口吧!"

叫了几声,蓓蓓想起了小丁当。

糟糕,等一会儿哥哥领着警察追过来,上哪儿去找我们呀?蓓蓓正犯愁,忽然,手指摸到了口袋里的糖果,立刻就来了主意。对呀,这一粒粒糖果,不就是一个个路标嘛!

隔一段路,蓓蓓就扔一粒糖果。

警察全部变成了"木头人"

小丁当和警察在废仓库扑了一个空,就顺着大盗踩出的脚印，一直追到了柏油马路上。

"哟，脚印消失了！"警察们叹了一口气。

小丁当急得像热锅上的蚂蚁团团转。要知道，这下可不得了，不光大盗逃得无影无踪，连蓓蓓也被他抓走了！

柏油马路上的一粒糖吸引了小丁当！往前一瞧，前面还有一粒。嘿，准是蓓蓓留下的"路标"！小丁当招呼了一声，就和警察追了下去。

没多久，一个警察大声喊道："看，一个女孩在半空中飞哪！"

小丁当一看，那就是蓓蓓呀！果然不出所料，大盗真是夹住蓓蓓逃跑的！他慌忙对警察说："隐身大盗就在前头，我妹妹被他夹在胳肢窝里啦！"

"站住——"警察冲了过去。

大盗知道被警察发现了，拼命地逃跑，但是他肚子里的金币装得太多了，沉甸甸的，怎么也跑不动。蓓蓓乐得直拍手："哈哈，你马上就要被抓住了！"

"没那么容易！他们不敢开枪，我还有你这个小人质哪！"大盗不认输，还想溜掉，可这里他从来没来过，三转两转，竟钻到一条死胡同里来了！

警察在胡同口排成了十道人墙。

大盗马上就要落网了，谁知道，他又想起了魔匣，连忙对着魔匣求救："快救救我吧，把那些警察都变成木头人！"

这下可乱了套！蓓蓓眼睁睁地看见，一刹那，那些警察全像中了魔法似的，不会动弹了。大盗推开这些呆头呆脑的"木头人"，扛着蓓蓓，大摇大摆地从人墙中穿了出去。

蓓蓓没有在人群中看见小丁当。难道小丁当也变成木头人了吗？

蓓蓓不要假爸爸、假妈妈

大盗逃到了他的第二个黑窝，这是一个旧防空洞。

他把蓓蓓往地上一扔，嘴里嘟哝了一套秘诀，显了原形。接着，他又长长地舒了一口气："好险呀，差一点就被抓住！"

"放我出去！我要找哥哥去！"蓓蓓朝铁门方向跑去。可那扇铁门关得死死的，怎么也拉不开，气得蓓蓓直擂门。

她的背后传来了大盗的一阵冷笑声："嘿，别白费劲了，你逃不出去！"他换了一副面孔，装出一副亲亲热热的样子，说："别走了，就在这里当我的勤务兵吧！再说，有了魔匣，咱们想要什么还不就有什么！"说到这里，他还得意地把魔匣晃了晃。

蓓蓓眨眨眼，天真地问："我要一样东西，魔匣要是变不出来，你就放我走吗？"

大盗点点头，满不在乎地说："魔匣是万能的，要啥它都能变出来！"他还以为蓓蓓想要什么好吃的东西呢。

蓓蓓把手一伸，"你让魔匣给我变个爸爸妈妈！"

"这算什么！"大盗摇摇魔匣，说，"好魔匣，给我的勤务兵变个爸爸妈妈出来。"他一点也不怀疑魔匣的魔力。

眼前的空地上，真的冒出来一男一女。

蓓蓓仔细一看，那不是自己的爸爸妈妈又是谁呢？瞧，他俩还在冲着自己招手。蓓蓓再也忍不住了，叫了一声，就一头朝爸爸妈妈的怀里扑去。

然而，爸爸妈妈一点反应也没有，只是一个劲地傻笑。蓓蓓明白了，上了魔匣的当，这是一对假爸爸假妈妈！她冲着大盗喊道："我不要假爸爸假妈妈，让我回家！"

大盗生气了，拎起蓓蓓，往草堆上用力一摔，就让魔匣给他变金银财宝去了。

就在这时，蓓蓓看见一个药瓶摆在桌子上，这就是大盗那个装隐身液的药瓶。她连忙揉了揉屁股，从地上爬了起来，把手朝药瓶伸了过去。

一双大手掐住了蓓蓓的脖子

蓓蓓把药瓶抓住，刚要往口袋里面藏，突然又想到：不好！等一会儿大盗发现药瓶没了，一搜身，不就给翻出来了吗？

她用目光在门边一扫，看见了一个装橘子水的小瓶，和手里的这个小瓶一模一样，顿时就来了主意。

蓓蓓把那个小瓶拾起来，放到桌上，这才把装隐身液的药瓶藏起来。太好了，大盗这次隐不了身了！

"变！变！给我变！"

屋角上，大盗不停地叫唤。魔匣变出的金银财宝，堆了好几座小山丘，可大盗还嫌不够，还催着魔匣不停地变。饿了，他叫魔匣给他变酒菜；渴了，他叫魔匣给他变雪糕。最后，他又让魔匣给他变了一个弹簧床，躺在上头，"呼呼"地睡起大觉来了。

"砰、砰……"防空洞顶上响起了脚步声。

蓓蓓听到了，大盗也从睡梦中惊醒了。"有人来了！"他吓得把弹簧床给压塌了。

他从地上爬起来，又像上次一样，大嘴一张，就"稀里哗啦"地往肚子里吞起金银财宝来了。他肚皮的弹性真好，胀得就剩下透明的一层皮了，连金币什么的都能看见了，可就是不破！

"你还等什么？快准备跟我一起逃！"他冲蓓蓓喊了一嗓子，就朝桌子滚了过去。他肚子太大了，走不动啦。

可大盗拿起小瓶喝了一口，一连皱了十八下眉头。他愣住了，唔，不对味呀，隐身液怎么变成橘子水了？左等右等，大盗的身子就是隐不掉，这下他急得头发都竖了起来。

见他这副狼狈相，蓓蓓实在是憋不住了，"扑哧"一下笑出了声。大盗明白自己被蓓蓓骗了，冲了过来，揪住了蓓蓓的耳朵："快说，你把药瓶藏在哪里了？"

"摔碎啦！"这时蓓蓓一点也不害怕。

大盗气得脸都变颜色了，伸出双手，紧紧地卡住了蓓蓓的脖子。

大盗成了坦克兵

大盗的手愈掐愈紧，蓓蓓已经被掐得透不过气来了。眼看蓓蓓就要不行了，这时，一块大石头飞了过来，砸到了大盗的脑袋上。他疼得叫了一声，把手松开了。

蓓蓓一看，原来小丁当正站在大盗的身后。

刚才大盗让魔匣把警察变成木头人时，把小丁当给漏下了，所以他就一直跟在大盗的屁股后面，追到了这里。好不容易，他才从防空洞的一个气窗里钻了进来。

"今天我非要了你们俩的命不可！"大盗像饿狼似的扑了过来。

小丁当身子一闪，躲开了，叫大盗摔了一个狗啃屎！他乐得直拍手："大盗，你跑不了啦！我已经打电话给警察叔叔了，他们马上就要来抓你了！"

什么？大盗的魂都吓飞了！

他也顾不得收拾小丁当兄妹了，拔腿就往门口跑。可他肚子撑得太大了，根本就出不了门。

没办法，大盗只好又求魔匣帮忙了。

"魔匣魔匣，"大盗一个劲地叫，"快变出来一架起重机，把我这个大肚子给吊出防空洞！"

"轰隆"一声响，起重机真的变了出来。它又高又大，把防空洞的顶壁都给撞个大洞。只见它长臂一挥，就把抓住吊钩的大盗给吊到了洞外。

"到了外头他也跑不动！"蓓蓓告诉小丁当。

小丁当和蓓蓓急忙钻出防空洞，见这个大盗竟让魔匣给他变了一辆坦克，坐在炮塔上逃跑啦！

"哥哥，你看！大盗逃掉了！"蓓蓓恨得直咬牙！

小丁当说："他跑不了啦，警察叔叔已经把这儿都封锁了！"

他俩跟在坦克车后头跑了过去。

隐身小勇士

大盗的坦克车没开出多远，就停住不动了。

这个坏蛋惊奇地发现，路口全被持枪的警察给堵死了。"快让开！"大盗神气活现地喊道，"我数一百个数，你们要是还不把道路让出来，我就让魔匣把你们变成木头人。"

警察没理他，把枪口对准了他的脑袋。

可大盗连看也不看他们一眼，冲着魔匣嘀咕了一句，警察手里的枪就都飞到天上去了。他开始数起数来："1、2、3、4、……"

看到这里，小丁当兄妹真着急了。

"哥哥，"蓓蓓拉了一下小丁当的衣角，"咱俩要是能把魔匣抢回来就好了，大盗准得乖乖投降。"

小丁当叹了口气："我要是也能变成一个隐身人，偷偷地爬到坦克车上，把魔匣抢回来就好啦！"

哥哥这么一说，倒让蓓蓓想起一件事来。

她从口袋里把药瓶掏了出来，递给小丁当："瞧！这就是大盗的隐身液！让我给偷来了！"

"真的吗？"小丁当试着喝了一小口，真灵。药液开始起作用了，不知不觉，小丁当的腿看不见了，手看不见了，最后连脑袋也看不见了。哈哈，小丁当变成了一个隐身人。

"哥哥，你在哪儿？"蓓蓓有点慌了神。

"别喊！"原来哥哥就在她旁边，"我开始行动啦！"小丁当像个大英雄，朝坦克车冲了过去。

"98、99、100——"

大盗数到了"100"，见警察还没把路让开，就对着魔匣说："魔匣，魔匣，快把警察都变成……"话只说了一半，他手中的魔匣突然飞掉了，吓得他连话都说不出来了！

成了，小丁当终于把魔匣抢了回来。

博物馆里的陈列品

"把手举起来！"警察看见大盗的魔匣飞走了，就从四面八方冲了出来，把他的坦克车给团团围住了。

"我投降！我投降！"魔匣没了，大盗只好当了俘虏。

他实在是太重了，足有好几吨！警察先是用吊车把他从坦克上吊下来，又装到一辆十轮运货大卡车上。这么古怪的罪犯，公安局还是第一次抓到。

蓓蓓没心思看这些，她一心想找哥哥。

正找着，她的耳朵被谁掐了一下，回头一看，没人！不过蓓蓓马上就明白了，朝空气中一扑，一下就搂住了哥哥的腰："哥哥，你快变回来呀！"

"我不知道怎么显形呀！"小丁当毫无办法。

正要被运到公安局的大盗，听到了这些话，马上就明白发生了什么事情。他乐得拍手又跺脚："嘿嘿，小丁当！显形的秘诀只有我一个人知道，我死也不告诉你，叫你一辈子也变不回来！"

"呜呜！"蓓蓓哭了，可她没让大盗瞧见自己哭。

警察给小丁当出了一个主意："你不是把魔匣抢回来了吗？跟它说一声，叫它把你变回来嘛！"

"哎呀，现在魔匣已经在我们手里了，怎么把它给忘到脑袋后面去了，真笨！"小丁当和蓓蓓直吐舌头。

一声令下，小丁当立刻恢复了原形。

蓓蓓看到哥哥又变了出来，乐得搂住哥哥的脖子亲了好几下。那个大盗呢？像一只泄了气的皮球，一下就昏迷不醒了。

现在，这只魔匣就保存在历史博物馆的大厅里。你要是有时间，可以让爸爸妈妈领你去参观参观，说不定魔匣还会亲自把这个童话讲给你听哪！

阿塔肚子里的硬币

阿塔摔了个嘴啃泥

放暑假了，婷婷到老远老远的外婆家去了。

她这一走不要紧，摆在桌子上的塑料老鼠阿塔可倒透了霉。其实，阿塔和灰不溜秋的真老鼠没有一点血缘关系，他只不过是一个硬塑料做的储蓄盒。可就因为他长得像真老鼠，玩具们全都讨厌他！

特别是那只傻乎乎的小泥猪，好像和阿塔有什么仇似的，又开始攻击阿塔了。"鬼头鬼脑地看什么？小偷！"他摇了摇两片大耳朵，"唉，婷婷干吗要喜欢这个小老鼠！"

"我不是小老鼠！"阿塔可不愿意替小老鼠们背黑锅，他大声地抗议道，"我和你一样，也是玩具！"

阿塔知道，小泥猪原来也是一个储蓄盒，胖乎乎的，可讨人喜欢哩！只是自己来了以后，婷婷才开始慢慢地把他给忘记了！不要说喜欢了，连摸也懒得摸他一下。为这事儿，小泥猪憋了整整一肚子的火！可这能怪阿塔吗？

"你才不配当玩具呢！"桌上的绒毛狗、小布熊、瓷猴全都哄起来了，"我们早就把你给开除啦！"

"不算！不算！你们的话不算数！"阿塔虽然只有孤零零的一个人，可他一点也不怕，理直气壮地说，"你们不喜欢我，婷婷喜欢我，她是主人！哼哼！"

这下玩具们可气坏了。

阿塔真厉害，一句话就刺到了他们的痛处。

"喜欢你又怎么样？反正你永远是一只小老鼠！小眼睛，尖嘴巴，还有两个圆耳朵，你不是小老鼠是什么？"小泥猪干脆跳到了阿塔的面前，指着他的鼻子尖大声地问。

"不是！我不是！"阿塔气得声音都有点抖了。

"就是！就是！"玩具们喊得震天响。当然，其中小泥猪喊得最响了。

喊够了，小泥猪又冲瓷猴他们使了一个眼色，叫道："一、二、三！"玩具们齐声叫了起来："阿塔过街，人人喊打！阿塔过街，人人喊打……"听听，多气人！他们把"老鼠过街，人人喊打"中的"老鼠"，给换成"阿塔"了。

"呜呜，"阿塔气得实在憋不住了，哭了，"你们大伙欺负我一个，呜呜，不算能耐……"

阿塔正哭得伤心，忽然听到床底下有人喊他的名字："阿塔！阿塔！"谁呢？一看，原来是小老鼠贝利。阿塔认得他，这个少了半截尾巴的家伙是小老鼠们的首领！阿塔连忙把头扭了过来，连看也不看他一眼。

"阿塔老弟，"贝利亲热地招呼道，"到我们老鼠洞里来吧！咱们是一家人，谁也不会欺负你！谁要是敢碰你一根汗毛，我贝利饶不了他！"贝利一边说，一边钻了出来。

"去去去！谁跟你是一家人，我是玩具！"阿塔头也不回。

"哼哼，别假装正经了，我早就知道你和贝利他们串通一气了！"小泥猪不但不帮阿塔说话，反而又乘机奚落起阿塔来了。他耸了耸鼻子，一口咬定地说，"我敢肯定，阿塔是贝利他们一伙的！"

"你，你胡说！"

阿塔气得胡子一翘一翘的，他再也咽不下这口窝囊气了，眼睛一闭，像一颗炮弹似的，"嗖"的一声，就朝小泥猪的身上撞了过来！别看小泥猪样子傻乎乎的，脑袋一点也不笨，他一闪，就躲到一边去了。

"啪！"阿塔摔了个嘴啃泥！

玩具们发出了一阵叫好声。

"打仗啦！打仗啦！"贝利吓得尖叫了一声，一头钻到了床底下。

阿塔从肚子里倒出来十枚硬币

阿塔用的力气真大，把桌子都给撞出了一个小坑，好险呀，要不是刚才小泥猪动作快，他的肚子不被顶个窟窿才怪呢！小泥猪没想到阿塔会发这么大的火！

阿塔好半天才从桌子上爬起来，他瞅准了目标，头一低，又准备向小泥猪发动第二次攻击！

"停战！停战！"

小泥猪这下真的有点害怕了，他藏在小布熊的身子后面，抖个不停。"别打了，阿塔！咱们讲和好吗？"见阿塔还不答应，小泥猪又连连恳求道，"我叫你一声阿塔哥，行了吧？"

阿塔想了想，把脑袋抬了起来："你要使劲地喊一声！"

"行！多大声都行！"小泥猪不抖了，他吸了一口气，用尽全身力气喊了起来，"阿——塔——哥！"只要阿塔不朝自己的肚子上撞，别说喊一声"哥哥"了，就是叫他喊一声"爸爸"，他都肯喊。

"这还差不多！"阿塔的火气消了，不管怎么说，小泥猪总算是向自己投降了。阿塔跳到一本厚厚的大字典上，冲着小泥猪问道，"你说说，我到底是老鼠还是玩具？"

"玩具！玩具！当然是玩具啦！"瞧小泥猪那副神态，好像谁敢说阿塔一声"小老鼠"，他就会和谁拼命似的！

玩具们也都来了一个一百八十度的大转弯："别生气，我们是和你闹着玩的，谁不知道你阿塔哥是一个好玩具！"多甜，刚才他们还"小老鼠"、"小老鼠"地乱叫呢！

知道阿塔不会撞自己了，小泥猪大着胆子从小布熊的背后走了出来。他给阿塔揉了揉嘴巴，讨好地说："阿塔哥，你还疼吗？"

"不疼，一点也不疼！"

阿塔是硬塑料做的，别说摔这么一下了，就是从桌子上摔到地上，也不会皱一下眉头，他根本就不知道疼！他刚想说什么，忽然好像听到了什么，连忙竖起了圆耳朵。

"呜呜……"从窗外传来了一阵哭声。

谁呢？哭得这么伤心。

好像谁下了一道命令似的，阿塔、小泥猪、瓷猴他们一个不漏，小脑袋全都凑到窗台前来了。"哟，这不是小绢绢嘛！"玩具们全都叫出声音来了！

玩具们当然认识小绢绢了，她是婷婷最要好的好朋友了。不过，玩具们知道，绢绢可没有婷婷那么幸福，她的后妈对她一点也不好，不是打就是骂，绢绢常躲在婷婷家里偷偷地哭！真的，阿塔他们每个玩具都跟着掉过眼泪！

"你妈妈又欺负你了吗？"小泥猪忍不住问了一声。

"呜呜，呜……"绢绢抬头找了好半天，才在婷婷家的窗台上看到了一大堆玩具。她眨了眨一双大眼睛，不相信地问道，"是你们在和我说话吗？"绢绢连一个玩具也没有，她从来没和玩具们说过话。

"是我们呀，绢绢姐！"小泥猪点点头，"你不认识我了吗？我叫小泥猪！你到婷婷家来玩，还摸过我的大耳朵呢？"说完，小泥猪又使劲扇了扇耳朵。

"我想起来了，你还是婷婷过生日时，她妈妈送给她的礼物哪！"绢绢跑了过来。

这时，瓷猴拉了拉小泥猪的短尾巴："喂，猪兄！你倒是问问她为啥哭呀?"瓷猴最同情绢绢了,这不,还不知道绢绢为啥哭,他自己的眼圈已经开始发潮了!

"你怎么哭啦?"不等小泥猪开口,阿塔倒先问了。

"呜呜,"绢绢哭得更加伤心了,快成了一个泪人,"今天一放学,她就让我洗衣服,好不容易洗完了,呜呜,她又让我去买酱油,呜呜,可我没当心,把她给我的一毛钱弄丢啦!呜呜,我回家又要挨打了,呜呜……"绢绢说不下去了。

不用说,绢绢说的这个"她",一定指的就是她的后妈了。唉,多么可怜的小姑娘啊!连从不落泪的小布熊、绒毛狗都哭了,动不动就动感情的小泥猪、阿塔就更不用说了。

"呜呜,呜——"窗内窗外一片哭泣声。

突然,小泥猪不哭了,他万分懊恼地扇动了一下大耳朵,自言自语地说:"唉,要是我肚子里有钱就好了,我就可以借给绢绢一毛钱了!想当初,我满满一肚子硬币……"

小泥猪说的这番话,阿塔当然明白啦!

小泥猪原先也是一个储蓄盒嘛,他的背上也有一个小洞,那是专门用来往里投硬币用的!可眼下,他分文没有,变成了穷光蛋,他的钱早就被婷婷给转移到阿塔的肚子里去啦!想到这,阿塔大声地叫了起来:"我有钱,我肚子里有钱!"

可绢绢和小泥猪他们光顾哭了,没听见。

阿塔顾不得多想，身子使劲往后一仰，就仰面朝天地躺倒在桌面上了。一下，两下，阿塔用力摇晃着肚子，"哗啦啦"，肚子里的硬币响个不停！和小泥猪一样，阿塔的背上也有一个小洞，阿塔是想让硬币从里面掉出来！

见阿塔捧着肚子滚个不停，把绢绢和小泥猪他们都给吓坏了，"呼啦"一声围了过来！

"阿塔哥，你肚子疼吗？"这是小泥猪的声音。

"哎哟！"绢绢显得非常着急，"该不会得了阑尾炎吧！"绢绢得过阑尾炎，她知道这种病来得快，疼得厉害！

"怪事！"瓷猴奇怪了，他使劲拍了拍窄脑门，"阿塔肚子里没啥东西，不会疼的呀！"就是，阿塔是一只硬塑料做的老鼠呀，哪有什么阑尾呀！

"嗨，你们瞎起什么哄啊！"阿塔四脚朝天地晃得更起劲了，"我在往外倒钱哪！"他拍拍哗哗响的肚子说。

一枚，二枚，阿塔整整倒出了十枚一分的硬币。

小泥猪他们这才明白过来。

阿塔探出身子，把钱递了过去："绢绢姐，给你钱，拿去买酱油吧！"

"拿去吧！"玩具们也热情地说。

"不，我不要老鼠的钱！"绢绢摇摇头，不肯要，"老鼠的手脚最不老实了，说不定这钱也不干净……"老鼠的名声太不好了，绢绢有点害怕。

"哎呀，我是玩具，不是真老鼠！"阿塔急了，"不信你问他们！"阿塔朝小泥猪他们一指。阿塔相信，小泥猪他们现在绝不会骂自己是小老鼠了。

果然，小泥猪、瓷猴他们也都拍拍胸脯，七嘴八舌地说："撒谎是小狗！阿塔是一个玩具储蓄盒，里面的钱都是婷婷的！"只有那只绒毛狗没吭声，他不高兴地撇了撇嘴巴："不撒谎就不撒谎呗，干吗要把我给扯上？好像我们小狗专门撒谎似的，汪汪！"幸好他说的比蚊子叫还轻，绢绢他们根本就没听见！

阿塔见绢绢还不大相信，就上上下下跳了几下，让肚子里的硬币发出一阵"哗啦啦"的响声："你听，我肚子里全是钱！小老鼠肚子里哪来的钱呀？"他又蹦了好几下，累得呼呼喘。

绢绢笑了："阿塔你真好，我错怪你了，别生气，啊？"

"不生气，谁让我生来就长得像小老鼠呢！"阿塔又把钱递了过去，"绢绢，给你！"他知道绢绢不再怀疑他了。

绢绢接过十枚硬币，高兴地说："谢谢你，阿塔！等我有了钱，马上就还给你！"说完，她一把把阿塔抱了过去，在他的尖嘴巴上亲了一口！

"哟，真不好意思！"阿塔长这么大，还从来没尝过这种滋味，羞得连脸都红啦！

"我成了一个百分富翁"

等绢绢一蹦一跳地跑远了，玩具们马上就把阿塔给抬了起来，他们你一言我一语地说："阿塔，你真行！""可不，要不绢绢肯定要挨打！"

一看大伙把自己给抬了起来，阿塔乐得都闭不拢尖嘴巴了："哎呀，别抬！别抬！"别看他这样说，其实他巴不得玩具们多抬他一会儿呢！

"阿塔万岁！"不知谁喊了一声，好像是小瓷猴的声音。

"万岁！"大伙应了一声，一使劲，就把阿塔给抛了起来。谁知道，他们用的力气太大了，就听到砰的一声，阿塔的尖脑袋一下子撞到了高高的天花板上，好响！俗话说，飞得高，摔得重！阿塔因为飞得实在是太高了，落下来的时候玩具们又没有接住，摔得这个惨呀，连动都不会动弹了！

"我没事！"阿塔尽管摔得小脑袋"轰轰"直叫，还想装英雄充好汉，从桌子上爬了起来。

"没摔出个脑震荡吧？"小布熊关心地问。以前婷婷生病住院的时候，小布熊一直呆在她的身边，所以也知道好多病名。

"啥，脑震荡？我好着哪……"可话刚说到一半，阿塔又一屁股坐到了桌子上，他的头有点昏。

玩具们一看自己惹出了大祸，连忙过来抱住了阿塔。当然，这次他们不敢再把阿塔往上头抛了。

瓷猴吓得最厉害，因为他是刚才这起"严重事件"的主谋，所以最担心阿塔的生命安全。嘿，他都快缩成一团了，用手不住地摸着阿塔的后背："阿塔哥，阿塔哥，你不会死吧?"瓷猴就这么点本领，起哄闹事一个顶俩，碰到真格的就慌神了!

"你乱说些啥呀!"小泥猪说了他一句。

摸着、摸着，瓷猴忽然叫了起来："不好啦，阿塔哥!"他这一叫，阿塔吓了一跳，把眼睛睁得大大的，只听瓷猴大惊小怪地叫道："不得了，你后背摔了一个洞!"

"洞?"阿塔紧张得都说不出话来了。

小泥猪凑上去一看，冲着瓷猴生气地说："你仔细看看，这是摔的吗? 这不是往里投硬币的小洞眼嘛! 你就瞎起哄能耐!"玩具们一听，"轰"的一声笑开了。

"噢，是投硬币的洞呀，我说怎么一点也不疼呢?"原来虚惊了一场，阿塔这才松了一口气。

瓷猴还不大相信，把尖脑袋贴上去一看，哑巴了。好半天，才从他的嘴巴里冒出了一句话："阿塔哥，你真的一点也不疼吗?"他觉得，不管是不是这次摔的，反正背上有一个窟窿总不好受。

"不疼! 我一生下来，背上就有这个小洞眼了!"阿塔满不在乎地说，"我们储蓄盒都有一个小洞，要不怎么往里扔钱?"

"钱?"一说到钱，瓷猴又来劲了，"让我看看你肚子里到底有多少钱!"

瓷猴把手缩得紧紧的，从阿塔背上的洞眼里伸了进去。哈，钱真多! 瓷猴一下就抓住了一枚硬币："抓住啦!

我抓住啦!"可等瓷猴连手带钱往外拔的时候,不论他使多大劲儿,也拔不出来啦!

这下可把瓷猴给吓坏了,他叽里哇啦地叫唤个不停:"我的手,我的手卡住啦!呜呜……"瓷猴干哭起来了,刚才的调皮劲全都不见了。

小泥猪见瓷猴吓成了这副模样,反倒幸灾乐祸,在一旁气瓷猴:"猴哥,你的手被妖怪给咬住了,叫我这笨头笨脑的老猪有啥办法?"婷婷常在桌边看孙悟空、猪八戒的连环画,玩具们当然也不肯放过这个机会了,他们都知道有个聪明的猴哥,还有一个傻乎乎的老猪。

小泥猪这么一说,把玩具们都给逗乐了。

真的,连瓷猴都咧开嘴巴"嘿嘿"地笑了。可笑了没几声,瓷猴又忽然想起来自己的手还卡在阿塔的肚子里哪!他气得哭了起来,抽抽搭搭地说:"还乐!人家的手都疼死了!"瓷猴想挤出几滴眼泪水,让玩具们充分认识到问题的严重性,可挤了半天也没有挤出来!

真急死人啦!

"唉,也只有这最后一个办法了!"小泥猪凑上去看了一眼,叹了一口气。

"啥办法?"瓷猴急得不得了,可怜巴巴地问了一声。

瓷猴急,小泥猪却偏偏不着急。他一边扇动着两片大耳朵,一边装模作样地在桌上兜圈子。眼瞅着瓷猴急得都快淌眼泪了,他才一本正经地说:"除非把瓷猴的手给锯断,要不,哼,瓷猴就得一辈子吊在阿塔的屁股后面了!"

"我不！我不要锯……"瓷猴吓得都要跳起来了！

"小泥猪，"一直没说话的阿塔开腔了，"你们别吓唬他了，他本来胆子就小！快想个法子把他的手给拔出来吧！"他怕瓷猴急出病来，再说，后背总吊着这么个重家伙，也真不是滋味。

瓷猴的样子怪可怜的，玩具们不再和他闹着玩了。

"真笨，连孙悟空的一根头发都不如！"小泥猪说，"你把攥在手上的硬币放开，手指并拢，不就一点点地从洞里退出来了吗？"

按小泥猪说的，瓷猴的手一下子就抽了出来。他看了看，高兴得乱蹦乱跳，嚷了起来："我的手没断，好好的！"忽然，他好像想起了什么似的，一把搂住了阿塔的脖子，问："阿塔哥，你肚子里一共有多少钱啊？"

"我吗？"阿塔用力晃了晃肚子，硬币碰在塑料肚皮上，发出一阵稀里哗啦的撞击声，然后挺得意地说，"不算给绢绢的，不多不少，正好一百枚一分的硬币！"阿塔的记性可好了，婷婷每往他肚子里面扔一次钱，他都记得牢牢的。

"天哪，这么多钱呀！一百枚一分的，这到底是多少呀？"瓷猴不愧为是属猴的，最喜欢大惊小怪。这不，他又惊叫了一声。

"咱们的阿塔成了一个百万富翁啦！"绒毛狗、小布熊他们也都欢呼起来。

"不对，"小泥猪给更正道，"不是百万富翁！百万富翁要有一百万个一分的硬币！那么多钱，别说阿塔的一个小肚子了，就是这一个大房间也装不下！"他响亮地说，"应该是百分富翁！"小泥猪为婷婷储过好几个月的零钱，见多识广，知道的可多哩！

"百分富翁就百分富翁，反正是一个大富翁！"玩具们说。

"嘻嘻，"阿塔也乐了，"我成了一个百分富翁！"

"吱吱——"

这时候，从屋角的老鼠洞里也传来了一阵尖笑声，这是贝利他们发出的得意的尖笑声。没说的，这帮小偷又在商量什么秘密行动呢！可惜的是，阿塔他们太高兴了，谁也没听到。

要偷硬币的贼

白天玩了一天，太累了，玩具们全都睡着了。

阿塔睡得正香甜，忽然觉得有只小爪子在自己的肚子上抓呀、抓呀，哎哟，要命，搔得真痒痒！

"谁呀？真烦人！嘿嘿，嘿嘿嘿……"阿塔被搔醒了，平时他最怕别人搔他了。阿塔被搔得连心都痒痒起来了，他抱住肚子，在桌子上滚来滚去，"嘿嘿"地笑个不停。

不用说，准是淘气的瓷猴！

阿塔强憋住笑，大声叫道："瓷猴，你……我！今天我饶不了你！"

"嘘——"

一个声音打断了阿塔的话。

不是瓷猴。谁呢？

"是你！"这下子阿塔看清楚了，自己面前趴着一个黑糊糊的家伙，和自己的模样长得差不多，只不过比自己多了一身毛。哈哈，不是别人，正是贝利这只坏老鼠！

"你要干什么？"阿塔警惕起来了！

"塔兄，小点声，别给外人听到！"贝利把手从阿塔肚子底下抽了出来。其实，他不是搔阿塔的痒痒，而是在摸那个投硬币的小洞，想从里面偷点钱。贝利压低了声音，说："你瞧瞧咱们俩长的样子，多像……"

"像又怎么样？"阿搭打断了贝利的话。

嘻嘻，有门！贝利摇头晃脑地说："像，就说明咱们是亲兄弟呗！"贝利先是套了一阵子近乎，然后才拐弯抹角地说出了自己的来意："咱们有福同享，你发了大财，不能把我给忘了呀？"

这下阿塔彻底明白了！

原来贝利这个坏蛋在动硬币的坏脑筋，哼，别做梦了！阿塔气得吼了起来："我肚子里的硬币都是婷婷一分一分攒起来的，你一枚也拿不到！没羞，就想偷别人的东西！"

阿塔这一声大喊，把贝利给吓了一个大跟头。他贼眉鼠眼地朝四下看了一眼，见玩具们还在呼呼大睡，就又大着胆子对阿塔说："瞧你这小气样，真不够意思！给我点硬币，别人又不知道，怕什么？"贝利很想当一个小小的富翁。

"甭想！"

"吱吱，亏你还长着一副我们老鼠的模样，一点义气也不讲，六亲不认！"贝利把小尖脑袋一歪，气哼哼地说。

"去你的吧！"阿塔不愿意再同贝利多费口舌了，没劲！他把贝利往边上一推，警告说，"你要再不走，我可要把玩具们给喊醒啦！"

"喊吧！"贝利看了一眼小泥猪，满不在乎地说，"我才不怕呢！"他知道，小泥猪一躺下，就呼噜呼噜地打呼噜，根本就喊不醒。

没想到，阿塔没有喊，而是使劲一拉小泥猪的大耳朵，一下子就把他给疼醒了。他嗖的一声跳了起来："怎么啦？"这时，其他的玩具也都惊醒了。

"抓贼！"阿塔一指贝利，"他要偷我肚子里的钱！"

"揍他！"小泥猪他们叫道。

贝利也不示弱，他跑到桌子边上，冲着下面一挥手："上！"嚯，顺着四根桌子腿，冲上来四只大老鼠。

在贝利的率领下，老鼠们杀气腾腾地朝阿塔他们扑了过来。阿塔他们一点也没害怕。"冲啊！"不知谁喊了一声，玩具们就迎头朝五只大老鼠撞了过去！玩具们的脑袋特硬，老鼠们哪里经得起这重重的一撞啊，就听到咚咚几声响，大老鼠一个不剩，全都摔到桌子下面去啦！

贝利摔得最惨，都不会动弹了。没法子，老鼠们只好把他往背上一扛，喊着号子，把这个大坏蛋给拉回到老鼠洞里去了。

"哈哈！哈哈！"

瞧着贝利这副狼狈相，阿塔他们笑弯了腰。

富翁被绑架了

贝利他们哪肯甘心失败，第二天晚上，他们又一个接一个地溜出了老鼠洞。

贝利整整睡了一个白天，脑袋一点儿也不疼了，他远远地朝桌子上的玩具瞥了一眼，见他们呼噜呼噜地睡得正香，就回头对跟在屁股后面的小老鼠说："往后传，谁也别出声！"

"往后传，谁也别出声……"老鼠们一个对一个说。

贝利领着他们摸到桌子跟前，先在地上磨磨牙，然后就一拥而上，抱住四条桌腿使劲地啃了起来。一会儿工夫，桌子腿就被啃得比火柴杆还要细了，马上就要断了。

"弟兄们，赶快撤退！"贝利现在也不怕吵醒玩具们了，他大声地催促老鼠们从桌子底下逃走。

见老鼠们逃光了，贝利使足了劲，冲着桌上的玩具们大叫大嚷："地震啦！地震啦！"

"地震了！不逃就没命啦！"老鼠们也跟着乱起哄。

瓷猴他们睡得糊里糊涂，一听有人喊"地震"，吓得在桌子上乱窜！他们这一折腾不要紧，桌子摇晃得更加厉害了。晃了没有几下，"啪"的一声，桌腿全都断了，桌面一歪，阿塔、小泥猪他们一股脑地摔到了地上。

嗬哟，玩具们摔得都不会动弹了。

"就是这小子！"贝利神气极了，指着躺在地上的阿塔，"一肚子都是钱！"

老鼠们的小眼睛都放光了，他们挤到阿塔的后背上往洞里一看，全都惊叫起来："真的，满满一肚子！这回咱们可发大财啦！"他们乐得在地上直磨牙。

"抬走！"贝利下达了命令。

玩具们摔得实在是太重了，想爬都爬不起来！没法子，只好眼睁睁地看着阿塔被老鼠们拖走。

一进老鼠洞，贝利就笑嘻嘻地问阿塔："阿塔，你是要来软的，还是要硬的？"

阿塔这两天摔了好几次，虽然不大疼，但脑袋却有点沉甸甸的。他气哼哼地反问了一句："什么叫软的、硬的？"

"别装糊涂了！"贝利有点不耐烦了，"要软的，你就乖乖地把钱从肚子里倒出来，我们立刻就放你走！要不，我们就把你的肚子给砸开！哼哼，这就是硬的！"说到"硬的"，贝利明显地提高了声调。

"你别想从我的肚子里拿到一分钱！"阿塔的声音比贝利还要大。

这下贝利彻底发火了。"来呀，弟兄们——"贝利咬牙切齿地说，"摔！摔！摔！给我使劲地摔！"

老鼠们抓住阿塔的手和脚，贝利拎住尾巴，一用力，就把阿塔扔了起来。"砰！"阿塔的脑袋撞到了洞顶。"砰！"阿塔又重重地摔到了地上。

"砰！""砰！"……

连阿塔自己都记不住被摔过多少次了，但阿塔的肚子上连条裂缝也没有！贝利他们怎么会知道，制造阿塔用的这种硬塑料比钢铁还要硬，就是摔上一年，也摔不破！

"摔不破，用牙咬！咱们老鼠的牙齿所向无敌！"贝利眼瞅着阿塔肚子里的钱拿不出来，都急红了眼。

"看我的！"一只老鼠自告奋勇地冲了上去。

可他一口咬下去，就听到两声清脆的啪啪声，他的两颗门牙给崩飞了！贝利他们冲过去一看，天哪，真硬，阿塔背上连个牙印也没有！

阿塔反倒乐了："贝利，你倒是来硬的呀！"如果阿塔不是被摔得头昏眼花，他真想从地上爬起来，用硬邦邦的尖脑袋把贝利他们统统结果掉！

贝利毕竟是贝利，有的是坏主意！他气呼呼地嚷道："你不用高兴，我贝利今天要制服不了你，我就不是老鼠！"他一摆手，老鼠们马上就围了过来："把这小子给扔到火炉里，非把他的肚子烧化不可！"

贝利的这招真损！

就在老鼠们拖着阿塔往洞外走的时候，走在最前面的老鼠突然哇的一声叫了起来。紧接着，一只大猫冲了进来！不好，他后面又钻进来一只更大的大猫！

"完了，今天算没命啦！"

贝利吓得缩到了洞的最里头。他实在是不明白，婷婷家没养猫，这两只大猫是从什么地方钻出来的呢？

"轰——"老鼠们吓得乱躲乱藏，可就这么一个小小的老鼠洞，他们哪里躲得了呀！结果，他们都被两只大猫给打趴下了。贝利呢，他当然也逃不了这倒霉的下场啦。

等阿塔被两只大猫救出老鼠洞，才明白了是怎么一回事。

原来，玩具们看到阿塔给拖进了老鼠洞，想救又救不了，全都急哭了。说来也真巧，正好绢绢来找阿塔还那一毛钱，一问，马上就跑回家抱来两只大猫，杀死了贝利一伙老鼠，把阿塔给救了出来！

听小泥猪、瓷猴他们绘声绘色地一说，阿塔激动了："绢绢姐，谢谢你救了我！"

"有什么好谢的，这是我应该做的！你不是也帮助过我嘛！"绢绢又关心地问阿塔，"头还昏吗？"

"不昏，一点也不昏了！"阿塔说。

玩具们都恢复过来了，他们在地上又蹦又跳，庆祝胜利。

这时，绢绢把阿塔从地上抱了起来，从兜里掏出十枚一分的硬币，一个一个地扔到了阿塔的肚子里。阿塔抬起脑袋，问绢绢说："绢绢姐，你又不挣钱，哪来的钱呀？"

绢绢用手指点了阿塔的鼻子一下，说："什么都想知道！告诉你吧，星期天，就是昨天，我外婆来看我，给了我好几毛钱哪!"

"噢!"阿塔这才放心地点了点头。

阿塔是一个……

暑假快要结束了,婷婷从外婆家回来了。

从绢绢嘴里,她知道了家里发生的这件事。她不光亲了阿塔十下,还把每个玩具都亲了十下。真的,她用的劲可大了。

后来,她还让妈妈新买了一个桌子,和绢绢一起重新把阿塔、小泥猪、瓷猴、小布熊、绒毛狗给摆了上去,可带劲呢!最有意思的是,听说阿塔最近又变重了,嘿嘿,当然不是说的体重,因为阿塔这辈子根本就发不了福!对,是阿塔肚子里的硬币又增多了!

阿塔肚子里有多少钱了呢?

我不知道,阿塔也没告诉过我。反正,反正阿塔早就不是一个百分富翁,而是一个……唉,我也说不上来了。等以后我知道了,再讲给你们听吧!

星系载客飞舰明日抵达

芝麻小行星　星球即将四分五裂

在距离地球三万亿光年的冥冥太空中，有一片蜘蛛网状的星云，闪烁着昏暗的幽光，这就是著名的昏头昏脑星云。

在这片伟大星云的边缘，悬挂着一颗摇摇欲坠的小行星。它是那样的渺小黯淡，以致星云的所有公民早已把它的名字遗忘，而叫它芝麻小行星了！

一个普通的黄昏，小行星上年轻的科学家嗡嗡突然听到一个奇怪的声音，"咔咔、咔嚓咔嚓"，好像是从地层深处传来的断裂声。难道芝麻小行星已经走完了生命历程，就要寿终正寝了吗？

随着年轻科学家的一声呼唤，科学家们蜂拥而至，用灵敏得像狗鼻子一样的探测仪，刺进小行星的心脏。嗡嗡哭丧着脸，宣布了小行星的噩耗。

太不幸了，芝麻小行星毁灭的日子屈指可数了。它内核的裂纹正在向外急剧地扩散，纵横交错的断裂带侵蚀着星球的肌体。很快，它就会在一声响彻云霄的爆炸声中，炸得四分五裂。

霎时间，芝麻小行星的居民们惊讶得全部失去了知觉。等用理智克制住了感情，人们便集合起大队人马，像破闸而出的洪流，把电报大楼团团包围住了。

芝麻小行星星长连呼带吼："立即给西瓜大恒星发告急电报！"

眼下，唯一的出路就是在小行星毁灭的前夕，请求昏头昏脑星云上的西瓜大恒星火速增援，派遣一百艘星系载客飞舰，协助芝麻小行星把居民转移到安全的星球。

西瓜大恒星　警察奉命劫持院士

"不理睬他们！纯粹是杞人忧天！"

"哗啦——"西瓜大恒星最高元首漠不关心把电报撕得粉碎，朝空中抛去。

嘀嘀真是胆大妄为，他，一个羽毛未丰的毛孩子，竟敢预言一个星球的末日，真是口出狂言！漠不关心把脸都气歪了，哼，连自己这个昏头昏脑星云的主宰，还没有窥察到芝麻小行星即将崩溃的丝毫迹象，嘀嘀怎么能发现？

就在这时，从芝麻小行星又传来了呼救的电报！

"不，不！我不要看了。"漠不关心扭头便走，他长长地、舒舒服服地伸了一个懒腰，"等我打完一百个呼噜再看。"

可是，往常睡觉时漠不关心的呼噜声接连不断，这次却一反常态，他蒙头大睡了一个星期，连一个呼噜也没打过！三个星期以后，漠不关心总算打完了第一百个呼噜。然而，这时从芝麻小行星发来的告急电报，已经把他的办公大楼塞满了！

漠不关心拿起最后一封电报，匆匆瞥了一眼，吓得叫出了声："什么，已经开始地震了？"

这么说，嘁嘁还真预测对了！漠不关心立即通知星云元老院院长吹毛求疵，马上进行"芝麻小行星"议案大辩论。一旦议案通过，宇宙空军的飞舰就将全体出动。

十万火急，可星云元老院的院士们却偏偏姗姗来迟。

吹毛求疵急得上蹿下跳，圆形辩论大厅里的院士仍然寥寥无几，他们一个个赖在家里不肯来。有的要等到胡须长到一百尺才肯大驾光临；有的声明必须患流感一百次才能凯旋而归；有的干脆公开宣称，不活到一百岁，宁死也不参加辩论。

最后，西瓜大恒星的警察只好采取偷袭战术，把所有的院士劫持到圆形辩论大厅。

芝麻小行星　就要裂成两半的"西瓜"

种种迹象表明，芝麻小行星危在旦夕了！

一开始，芝麻小行星上的几个顽固分子也认为嘁嘁的结论是危言耸听。可几天一过，他们就迅速改变了态度，急忙投入了星球大搬家的准备。

现在，伴随着那一阵阵地层的断裂声，大地又开始剧烈地抽搐，颤抖不息！

"别担心，漠不关心元首不会见死不救的！星系载客飞舰马上就要到啦！"芝麻小行星的星长心急火燎，嘴唇上的大泡像透明的气球一般大小，可他还在竭尽全力地安慰心慌意乱的居民们。

"电报发了几千封，怎么还没回音？"

居民们愤怒了，脚下的大地马上就要毁灭了，前来营救的飞舰连影子也没有！

当一个黎明悄悄来临时，冲出家门的居民们简直惊呆了。在他们的眼前，大地变得伤痕累累，一道道裂缝像老人脸上的皱纹，密密麻麻。

死神正在悄然来临，它的寒气渐渐逼近了。

但生的渴望紧紧攫住每一个居民的灵魂，他们还在翘首等待，希冀天空中会出现一群银光闪烁的飞舰。

"轰隆隆——"

终于，可怕的事情发生了！芝麻小行星结束了自己的生命。好像为了可怜生活在它表面的智慧生物似的，虽然它已一命呜呼，可裂成两半的星球还连着一点，就宛如靠皮相连的两半西瓜！

芝麻小行星上的人们彻底绝望了。

西瓜大恒星　一场梦话大辩论

西瓜大恒星上的辩论才刚刚拉开序幕。

吹毛求疵院长正要登台宣布议案,突然从圆形辩论大厅里传来了一片呼噜声。他定睛一看,真是岂有此理。除了一个人没有酣然熟睡以外,所有的院士都已睡得东倒西歪了。唯一没睡的人就是自己!

简直把吹毛求疵气炸了肺!

他命令警察在圆形辩论大厅放一万挂鞭炮,用噼噼啪啪的爆炸声把这群睡梦中的院士给震醒了!

群情激昂的大辩论开始了。

瘦瘦院士激动得手舞足蹈:"我不相信芝麻小行星会自己毁灭。嗡嗡是在信口开河!我建议立即派出医生,去检查嗡嗡小时候是否得过耳膜炎!因为得过耳膜炎,耳朵听力就要受到严重影响,他不可能听到地层深处的声音!"

胖胖的肉拳头挥舞得好像在打拳击:"还要让侦探调查一下嗡嗡晚上睡觉是否打呼噜!如果不打呼噜,就说明他晚上没有睡觉,患有严重的失眠症!而患有失眠症的人,白天一定精神恍惚、神志不清!我敢断言,嗡嗡是在胡言乱语!"

"呼噜!呼噜呼噜呼噜⋯⋯"

吵嚷声终于停止了,代替它的是此起彼伏的呼噜声。吹毛求疵无可奈何地抬起头,宣布说:"休会——"说完,他也打起瞌睡来了!

芝麻小行星　连接星球的钢缆断了

孤立无援的居民们等待着死亡。

忽然，嗡嗡满头大汗地冲进人群，高声叫道："我有主意啦！"他的设想太离奇了，把一根几万米长的钢缆一头拴在芝麻小行星上，一头拴在导弹上。然后，把这颗导弹发射到邻近的西西里星上，在芝麻小行星和西西里星之间架起一条"救命索道"，人就顺着这根钢缆爬过去。

星长一按电钮，不会爆炸的导弹拖着钢缆呼啸而起，牢牢地钻进了西西里星的地核深处。开始大撤退了，人们顺着钢缆，朝漆黑的太空爬去。

然而，当所有的居民都攀上钢缆时，它经受不起这几十万人的重量，咣地断裂了！逃难的人一个不剩，全部跌入了深不见底的宇宙深渊。

芝麻小行星也好像结束了历史使命似的，顷刻间分崩离析，裂成了无数块碎片。

一颗星球不存在了。

西瓜大恒星　马拉松式的辩论

经过十年零九个月的辩论，在星球科学院的据理力争下，星云元老院总算批准了漠不关心元首的"芝麻小行星大转移"议案。

漠不关心命令宇宙空军司令立即电告芝麻小行星，营救行动即将开始。

芝麻小行星碎片　迟来的电报

　　一块在宇宙中游荡的芝麻小行星碎片上，还残留着电报大楼的废墟。这一天，一台完好无损的自动电报机的键盘突然跳动起来，打出了一行清晰的电文：

　　星系载客飞舰明日抵达。

五百个试管喜剧明星

试管猫问世……

哎哟，五百个试管被人偷走啦！

"有小偷，不不，有间谍！"植物研究所的幻想博士气得语无伦次，面对实验室里一排空荡荡的试管架，连吼带叫，"间谍要盗窃我的重大发明！"

然而，等警察局的刑警们闻讯赶来时，幻想博士却又像个疯子似的，把他们给轰了出去。

奇怪吗？一点也不奇怪。就在刑警们蜂拥而入的一刹那，幻想博士无意中朝作案现场一瞥，突然发现了两溜小脚印。嘿，他马上就猜出谁是盗窃试管的"间谍"了！不过，即使刑警们用铁棒撬开他的嘴巴，他也不能揭发，因为"间谍"就是他的孙子小丁当。

实验室里闹得天翻地覆，小丁当全不知道。他正扑在一大堆试管中，秘密地进行着一项荒谬透顶的试验。他决心像幻想博士用试管培育出试管苗一样，用试管制造出试管人！这真是个破天荒的设想！

试管苗，就是在试管里放上培养基，随便摘取植物的一片叶子或是一条根须，移植到试管里，进行无菌培养，就能长成一株株嫩绿的幼苗，而不用把种子埋入地下。

那么，要是把人的一根头发插到试管的培养基里，能不能长出一个活生生的人呢？

唯一的困难，就是制造培养基。用培育试管苗的培养基注定会失败，必须配制一种新型培养基！小丁当毫不气馁，试验了几百种配方，最后终于用牛奶、玫瑰腐乳、美加净药性发乳、地板蜡、煤灰和止咳糖浆混合搅拌在一起，制成了一种绝妙的培养基。

嘿嘿，创世纪的发明！一幕闹剧就要紧锣密鼓地开场了。掀起这场轩然大波的，就是异想天开的小丁当。

"人就要从试管里冒出来喽！"

小丁当比见到外星智慧生物还要激动，周身都有些战栗了。试想一下吧，前景该是多么荒诞离奇，只要有一缕缕头发，就能像工厂一样成批生产试管人！若干年后，"母亲"这个词汇恐怕就要消灭了。只要这个世界上的人没有全部变成秃顶，人类即使没有母亲，也照样不会灭绝！

"哎哟——"小丁当拔下一根头发。

可他刚把自己的头发插入试管，却又不安起来。不行，这培养基的效果还没鉴定过，万一出现偏差，从试管里钻出一个奇形怪状的怪胎，可就后悔莫及了！

"喵呜！"窗台上传来几声懒洋洋的猫叫。

一瞧见隔壁书法家的这只宠儿，小丁当急中生智，趁它不备，一把从尾巴上拽下一撮毛来，猫疼得满地打滚。小丁当可顾不上它了，立即把猫毛插到一百个试管里。

"咚！咚！咚！"书法家抱着瑟瑟发抖的小花猫，把小丁当家的门擂得震天响！他气势汹汹地破门而入，正要替小花猫报仇雪恨，突然吓得掉头就逃。因为他看见，从一百个试管里跳出一百只小花猫，直朝他扑来。最叫他惊愕不已的是，这一百只小花猫就像是自己的宠儿的复制品，连眼睛旁的一块黑斑都一模一样！

"赔！我赔你一百只试管猫！哈哈——"小丁当乐得哈哈大笑。

试验成功了！小丁当又从自己头上拔下一根头发，笑嘻嘻地自言自语："现在我要制造一个新的小丁当！"

他刚要把头发塞进试管，妹妹蓓蓓像旋风一样冲进屋来，把那根头发给抽了出来。

她已经从窗口窥见了哥哥的秘密，连声劝阻："我有一个淘气的哥哥就够了！再说，猫是猫，人是人，你能保证从试管里出来的不是怪物吗？"

对，还得再做一次试验。但究竟让哪个倒霉蛋做第一例试验呢？好人不行，只有让坏人来冒风险！

"抓小偷啊！"正在这时，窗外传来一片呐喊声！兄妹俩探头一望，一个小矮子从对面的超级市场里窜了出来。哟，这不是警察局在电视上通缉的逃犯"神偷"吗？

"神偷"无路可逃，竟然撞开了小丁当家的门！

"妈呀，有人！""神偷"扭头就逃。他的身子刚闪出门外，门就被小丁当从背后关死了。真是凑巧，别处没卡住，偏偏把小矮子的头发给夹住了。

"神偷"落入了法网，警察松了一口气。小丁当也乐得眉开眼笑——"神偷"的一撮头发捏在他的手里了。

蓓蓓这才恍然大悟，怪不得刚才警察给"神偷"戴手铐的时候，"神偷"乱嚎乱叫，原来哥哥在"趁火打劫"。

"神偷"的一根头发被投入了试管里。如果在电子显微镜下，就可以清楚地看出：一个头发细胞分裂成两个，两个分裂成四个，经过不断分化、增殖，形成细胞团；继而，又形成胎儿，变成婴儿。不知是试管里的哪种物质起的作用，婴儿才跳出试管时，只有一寸多长，可转瞬间就变成了一个大人。一个和"神偷"没有任何区别的试管人诞生了。

"他没穿衣服……"蓓蓓羞得扭过了身子。

"刚生下来的人，当然没穿衣服了！"小丁当翻箱倒柜，找出爸爸的一套旧西装，让"神偷第二"穿上了。

"神偷第二"美滋滋地照照镜子，又打量了一下周围这个神奇的世界，撒腿就往外跑去。

"'神偷第二'，你不许偷东西！"小丁当大声警告。

"神偷第二"一拳把小丁当打翻在地，扬长而去。不一会儿，警察局长就接到报案电话，他呆住了。"怎么，'神偷'越狱逃跑了吗？"一查，才喘过气来，"原来'神偷'还有一个孪生兄弟！"

笑哈哈供不应求……

"神偷第二"神出鬼没，竟然胆敢在光天化日之下，把前来追捕他的刑警们的手铐给偷走啦！

"太丢脸了！"警察局长气得暴跳如雷，一个劲地咆哮。刑警们倾巢出动，搜遍了城市的每一个角落，费了九牛二虎之力，好不容易才把"神偷第二"逮捕归案。

从电视上看到"神偷第二"落网的新闻，蓓蓓紧张的神经松弛下来了："都是我们惹的麻烦！"

是呀，幸亏当时多了个心眼儿，如果疏忽大意，把一撮头发全部装进试管，现在城里非被"神偷"搅得一团糟不可！"那我们复制谁呢？总不能把我的重大发明锁进抽屉吧！"小丁当犯愁了，他还想利用这项发明造福于全人类哪！

恰好，电视屏幕上出现了喜剧明星笑哈哈的形象。他还没张嘴，小丁当和蓓蓓就被他那滑稽的模样逗得捧腹大笑了！

有了，复制五百个笑哈哈！兄妹俩不约而同地想到了一块儿。看看四周吧，现代化的快节奏，令人感到窒息，人们的神经像绷紧了的钟表发条，紧张极了，眼看着就要扭曲断裂了！劳累了一天之后，人们多么盼望能够开怀畅笑一场。遗憾的是，整个城市只有笑哈哈一个喜剧明星，供不应求！

"拿什么复制笑哈哈呢？"蓓蓓有些担心。她怕这项计划落空，因为笑哈哈一定不肯慷慨解囊，贡献出五百根头发。对他这样的著名人物，又不能采取武力，强行拔一把头发。

"女孩子就是笨！"小丁当哼了一声，朝一家理发店冲去。

他知道，每个月的今天，笑哈哈都要来理发的。蓓蓓傻乎乎地跟在哥哥后头，直到脑袋撞上了理发店的转门，才猛然醒悟过来：噢，原来哥哥是想打"伏击战"！

嘘，笑哈哈一摇三晃地来了！

唉唉，这个满身喜剧细胞的大明星，哪里会想到有人对他的头发垂涎三尺？他舒舒服服地躺在理发椅上，在理发师飞舞的剃刀下，心甘情愿地贡献出一蓬蓬头发。

笑哈哈还没出门，小丁当就按捺不住了，冲过去从地上抓起几蓬头发，夺门就逃。

理发师气得连眼珠都旋转起来了："抓抢劫犯！抢劫犯抢头发啦……"可是没有人阻拦小丁当，因为头发又不是什么价值连城的宝贝，他的叫喊反而引起了一阵哄堂大笑。笑哈哈更是笑得东倒西歪："哈哈，已经有人收藏我的头发了！"

再过几个小时，笑哈哈就要笑不出声了！因为小丁当马上就要让他——笑哈哈——湮没在五百个笑哈哈的复制品中啦！

五百个试管里的头发开始了微妙的变化。收获的时刻

就要来临了！

"咕咚！"一个笑哈哈从试管里蹦了出来。别看他只有火柴杆高，可鼻子、眼睛却都酷似笑哈哈。小丁当兄妹俩还没来得及眨眼皮，小人已经奇迹般地变大了，发育成熟了。蓓蓓不好意思再看下去了，捂着脸钻进了厨房。

"咕咚！"又一个笑哈哈呱呱坠地了……

小丁当手忙脚乱，在胶布上写上阿拉伯数字，贴到新出生的笑哈哈身上，又按顺序注册登记，编好号码。要不然，就连他这个"制造商"，也分辨不出自己的"产品"了。

五百个笑哈哈，就要五百套衣服。小丁当急得团团转。他把爸爸的衣服全部贡献出来了也不够用。没办法，笑哈哈们有的穿上了小丁当妈妈的衣服，有的穿上了冬天的滑雪衫，还有的没抢到衣服，干脆就把床单披在身上。

"你们——"蓓蓓冲进来一看，连话也说不出来了。她说不出话，五百个笑哈哈却开始说笑话了，逗得兄妹俩每一个细胞都乐了起来。

他们光顾哈哈大笑，谁也没察觉到幻想博士悄悄地站到了门口。他目睹此情此景，险些从楼梯上摔下去，嘴里嘟哝道："神童！看来我要当孙子的研究生了。"

笑哈哈们鱼贯而入……

"呼啦啦"，五百个试管喜剧明星冲上了街头。

星系载客飞舰明日抵达

随之而来的，就是一连串意想不到的小插曲，妙趣横生，逗人发噱，好像平地刮起一股"笑哈哈旋风"。

一个笑哈哈被崇拜者灌得酩酊大醉，却非要逞能驾车，结果闯红灯被交通民警拦住罚款。谁知他酒兴发作，竟然借着夜雾的掩护逃跑了。

恰巧另一个笑哈哈在一群少女的陪伴下远远走来。交通民警不分青红皂白，立即宣布将笑哈哈拘留。这个笑哈哈被弄糊涂了：难道和女孩子说说话也违反交通规则了？冤枉，他成了肇事者的"替罪羊"！

倒霉的事情还在后面。半夜三更，一个笑哈哈肚子痛得喊爹叫娘，热心的过路人把他送进了医院。医生一检查，嗬哟，急性阑尾炎，必须马上开刀。可这位重病号害怕动手术，趁医生取麻药针的空隙，捂着肚子溜出了医院。

医生发现患者不翼而飞，急忙四处搜寻，追出医院大门，正好看见一个笑哈哈坐在咖啡馆里，津津有味地品尝着雀巢咖啡。医生一见，拽起他就往手术室跑。

"抓坏人！有人行凶抢劫！"笑哈哈拼命呼救。医生发脾气了："我要为你的生命负责！"说完，扬手就是一针。笑哈哈全身立刻就被麻醉了。唉，可怜他代别人在肚子上吃了一刀。

除了四处闯祸，笑哈哈们也充分发挥了集体的力量，向公众显示出了试管人的威力！

一个小偷知道邻居笑哈哈出国旅行去了，便乘虚而入，把他房间里的财物洗劫一空。可等他大模大样地走出房门，迎面却又碰到了笑哈哈。小偷吓得腿一软，一下子跪倒在笑哈哈面前，不打自招，乖乖供认了偷盗的经过。

最神奇的事件，要算笑哈哈们协助海关缉私队，一举抓获国际走私犯海洛因的壮举了！

声名狼藉的海洛因是一个亡命徒，诡计多端，每次都从海关缉私队的鼻子底下逃脱法网。笑哈哈们气不过了，决定联合采取行动，不逮住海洛因誓不收兵。

海洛因露面了。一个笑哈哈在公路上用石块撞翻了他的小车，可海洛因却死里逃生，纵身跃到一列飞驶的列车上。他正要钻进车厢喘口气，又一个笑哈哈突然出现在他面前。他穷途末路，竟跳到了桥下的波涛里。但没等他爬上岸，第三个笑哈哈已乘直升机追到了岸边，把海洛因拉了上来。

"我投降！"海洛因被笑哈哈给镇住了，跪倒在他的脚下。他还以为笑哈哈有分身术呢！

平地钻出来五百个笑哈哈，简直把笑哈哈原型给气昏了。你瞧，这好几百个笑哈哈不光模样没区别，而且个个都充满了喜剧色彩，谈吐幽默，反应机敏，面部表情变化多端，无论模仿谁都能做到惟妙惟肖。现在，就连真笑哈哈的妻子也认不出自己的丈夫了！

糟糕的是，世界喜剧明星联合会原准备授给笑哈哈喜剧大师奖杯，可发奖那天，一队笑哈哈鱼贯而入，总共来了五百零一个。主持人束手无策，只好再用卡车运来五百个奖杯。

这都是小丁当和蓓蓓干的"好事"。

出现了"笑哈哈厌倦综合征"……

笑哈哈们成了红极一时的大明星。邀请演出的合同像雪片一般飞来，电台、电视台、电影、露天剧场全部被笑哈哈们给霸占了。观众们欢声雷动，整个城市里笑声不绝。其他的演员只要一登台，立刻就被一片震耳的"嘘嘘"声给轰下台去了。

笑哈哈把全城的人逗得哈哈笑。小丁当和蓓蓓激动得发狂，是他俩给人们带来了欢乐！

然而，好景没持续几个星期，五百个试管喜剧明星的副作用逐渐暴露出来了。

笑哈哈们的表演千篇一律，一模一样，实在是太单调乏味了。从前，在众多的喜剧演员中，笑哈哈别出心裁，插科打诨，以高超独特的演技赢得了观众的喜爱。可现在，无论是电视还是电影，甚至商店摊头，到处都充斥着笑哈哈的身影和声音。渐渐地，人们开始感到厌倦了。

到后来，凡是观看笑哈哈演出的人，都出现了一系列奇怪的症状：食欲不振，体重下降，并伴有发热、出汗或腹泻，严重的还会使人的免疫系统遭到严重破坏，甚至导致脑细胞损害。专家们把这种病称为"笑哈哈厌倦综合征"。

星系载客飞舰明日抵达

笑哈哈们从此失去了观众，彻底地失败了！

这时，蓓蓓想埋怨哥哥了，可一看小丁当也正在后悔呢，就只好把话憋了回去。

唉，本想给城市带来欢乐，结果却让大家失去了欢乐。

"我要抗议！"笑哈哈原型忍无可忍，因为在这股"笑哈哈旋风"的侵袭中，他遭受的打击最惨重，不光丧失了喜剧明星的桂冠，还成为众矢之的，连名字也遭到了玷污！

笑哈哈原型正式向国家专利局提出：申请笑哈哈喜剧表演专利。

经过严格的审查鉴定，专家们公正判定：笑哈哈喜剧表演的专利非笑哈哈原型莫属。此项专利一公布，五百个笑哈哈马上像泄了气的皮球，没精打采了。

当舞台上只剩下唯一的笑哈哈时，人们又开始为他那令人耳目一新的演技拍手叫绝了！那些患"笑哈哈厌倦综合征"的病人们也都不治而愈。因为大伙儿是欢迎笑哈哈的，只是不欢迎一群笑哈哈而已。

发出试管喜剧明星征订通知……

为了五百个试管笑哈哈的前途，人们绞尽了脑汁，就连那对"罪魁祸首"也长吁短叹了。是呀，小丁当和蓓蓓能不愁吗，让这些喜剧明星今后如何生活呢？总不能再把他们变成五百根头发吧？

　　还是幻想博士想出一个妙招：向宇宙中的星球发出"试管喜剧明星笑哈哈"的征订通知，以便让他们在不受地球专利法约束的外星球上，充分发挥作用，给外星人送去欢乐。

　　订单纷至沓来。一时间，五百个试管笑哈哈成了外星球采购员的"热门抢手货"，被争购一空。不过，小丁当和蓓蓓还是劝告那些抢到几十个笑哈哈的外星球采购员：一个星球有一个笑哈哈足够了，否则人们就会厌倦！

金星蜘蛛人

被蜘蛛网缠住的灾星

哟，一颗金碧辉煌的星球！

当它那璀璨的光斑透过灰蒙蒙的宇宙尘埃，映入地球探矿飞船"卡西欧"号的舷窗时，宇航员们发出了震天动地的欢呼！

这艘宇宙飞船在迷宫一样的雅马哈星云中飘荡了无数个宇宙日，不知绕过了多少颗荒凉的星球，光洁的船壳被难以躲避的碎星雨撞击得千疮百孔。就在绝望之际，希望犹如一片玫瑰色的晨曦，唤醒了宇航员们那近乎死寂的心。一颗神秘而诱人的金色星球，出现在他们的视野里。它那耀眼的金子般的光辉，好似万杆金箭，射中了宇航员们渴求的心！

不言而喻，这是一颗铺满金子的星！

"我们终于如愿以偿了！"船长吉田垂下头，眼眶中噙满泪水，激动地攥紧了拳头。

宇航员迅速调整了飞船的航向，闪电般地朝猎物奔去！

　　硕大无朋的金星近在咫尺了！

　　就在吉田选择降落点准备降落时，一件意外的事情发生了！一个细长的黑影从那片土地上倏地腾空而起，直朝宇宙飞船扑来！莫非是金色星球上的智慧生物发射的防御导弹？陷入恐慌的宇航员们还没有来得及做出反应，黑漆漆的不明飞行物已经飞到了他们头上。

　　这时，吉田他们才猛然看清，恐怖的阴影竟是一艘摇摇晃晃的地球宇宙飞船！

　　突然，船舱里传来了对方的呼叫，时断时续，声音嘶哑得几乎难以分辨："请别靠近这颗灾星……危险……"

　　显然，那艘宇宙飞船出了故障。随着一声脆响，呼叫彻底中断了！任凭吉田喊破了喉咙，那艘飞船连头也不回，消失在无边无涯的黑暗里。

　　"我们，我们还降落在这颗灾星上吗？"驾驶员瞥了一眼愈来愈近的星球，提心吊胆地问。

　　"降落！"吉田从心底迸发出一串呐喊，"这不是一颗灾星，是一颗金星！让那些太空骗子的谎话见鬼去吧！"吉田默默地咒骂。他心想，那群家伙准是捞足了金子，溜回地球当富翁去了。哼，他们还想阻拦我们降落，叫我们两手空空逃回地球，做梦！

　　宇宙飞船划出一道弧线，开始降落。眼瞅着就要和大地接吻了，飞船突然猛烈一震，竟奇迹般地停在空中了！

　　吉田他们探头一看，不觉惊愕得浑身冰凉。也只有在这宇宙深处，才能有这种令人难以置信的事情。太可怕了，飞船居然被一片像蜘蛛网似的巨网给缠住了，无法脱身。

"开炮！"吉田下达了命令。

顿时，飞船上的激光炮一齐发射，好似一场星球大战！巨网被冲破了，宇宙飞船降落在金色星球上。

吉田举目四望，又一次惊呆了！

来势凶猛的大蜘蛛

哪有金光闪闪的金子？满目荒凉！

脚下这块铺满金黄色沙砾的大地，一望无际。在深陷的谷底，一丛丛酷似仙人掌的植物星罗棋布。十分奇怪，这个星球上的一切有生命或无生命的东西，全部都是金黄色的。

站在这令人目眩的不毛之地，使人恍惚地感觉时光在倒流，仿佛回到了地球上的洪荒时代。宇航员们的满腔热望破灭了。一瞬间，他们就从幻想的峰巅跌落到了失望的深渊！

"唉，一片沙漠。又白跑了一趟冤枉路！"人们后悔不已。

吉田困兽犹斗，唯恐被假象迷惑，命令宇航员搬下光子束钻机，用光的利剑刺破厚厚的地壳。他顽固地认为，这片他在最后的绝望中登上的土地，绝不会吝啬，一定会敞开宽阔的胸膛，给予他渴望已久的馈赠。

金子！他不愿那幻觉烟消云散，他要拥有金子！

地层深处的钻样是冷酷无情的。当宇航员取出第一批钻样后，包括吉田在内的所有人都心灰意冷了。地下没有金子，当富翁的梦想彻底化成了泡影。

突然，一个目光敏锐的宇航员失态地尖叫起来："快看，外星人来啦——"随着这声惊叫，在遥远苍凉的地平线尽头，大家看到了一幅摄魂夺魄的可怕景象：一群黑压压的异星生物，正蠕动着，向他们这几个孤零零的入侵者逼来。

万万没料到，在自然条件如此恶劣的星球上，还存在生物！

"快，全体撤回飞船！"

惊恐万状的宇航员们逃进了飞船。望着这群来势汹汹的怪物，他们吓得双腿颤抖。

吉田手持激光枪，从宇宙飞船椭圆形的舷窗里紧张地朝外监视着。毫无疑问，今天是凶多吉少了。

潮水般的异星生物滚滚而来。

宇宙飞船被这群金黄色的精灵包围得水泄不通。它们的外貌酷似地球上的大蜘蛛，八只脚上下挥舞，整个身躯足有三人多高，相貌丑陋可怖，好像一群张牙舞爪的魔鬼。

它们究竟是一群智慧生物，还是一群低等动物呢？

"你们好！"吉田利用宇宙语言翻译机，试探性地说道，"我们是蓝色地球的使者，到这颗金星来采金的。如果你们能听懂我的话，就请点头！"

他话音未落，大蜘蛛真的点起头来了。

嘿，想不到它们也是一种智慧生物！

大蜘蛛们聚拢在飞船的四周，大声怪叫，似乎想迫使飞船离开。过了好久，宇航员终于通过宇宙语言翻译机听懂了它们的意思。它们在警告远道而来的不速之客："别停留，快离开这颗灾星吧，褐色岩浆风暴会毁了你们！别停留……"

"嗨！"吉田绷紧的神经松弛下来了，"这群大蜘蛛没有恶意，不会伤害我们的！"

说完，他就壮着胆子，走出飞船，跳到了大蜘蛛群中。可他脚刚一着地，大蜘蛛们就毫不客气地把他轻轻抓起，又送进了船舱。完了，宇宙飞船的出口被大蜘蛛严密封锁了！

船长用激光枪杀出血路……

"船长，我们离开这个地狱般的地方吧！"

"绝不！"吉田用疯狂的声音制止了宇航员们的骚乱。一种贪婪的欲望，又在他那狭窄的心胸里恶性膨胀起来。他恶声恶气地断言："大蜘蛛拼命驱赶我们，肯定有不可告人的秘密！"

"它们说褐色岩浆风暴……"一个宇航员提醒说。

吉田蛮横地打断了他的话："它们的谎言只能吓唬住胆小鬼！"那艘仓皇逃离的宇宙飞船，又清晰地映现在他的脑际。

呸！一群怯懦的太空老鼠！吉田可不想临阵脱逃，他是名扬宇宙的太空英雄，不找到金子是不会罢休的！

一声令下，吉田率领宇航员们冲出宇宙飞船。

大蜘蛛一边重复着那句警告，一边龇牙咧嘴地扑了过来。它们轻而易举地抓起宇航员们，一个不剩地全部塞回到宇宙飞船里，最后连圆形的舱门也给牢牢顶住了！

"大蜘蛛，难道你们要尝尝激光枪的厉害吗？"吉田气得要发狂了！

然而，回答他的还是那一遍遍警告声。

"哐当！"吉田一使劲，猛地推开紧闭的舱门，对准一个迎面扑来的大蜘蛛就是一枪。只见蓝光一闪，像气焊枪切割钢板似的，那个大蜘蛛的一只脚顷刻之间就断成两截！

四周的大蜘蛛被激怒了，一步步地向他逼近。

"滚开！"吉田强作镇静，但握着激光枪的手却在不停地颤抖。就在这时，他抬头一看，吓得心脏几乎停止了跳动。妈呀，那个大蜘蛛又长出来一只新脚！

宇航员们全都倒吸了一口凉气。

"我和你们拼命啦！"吉田瞪圆了眼睛，心一横，操起了激光枪对准蜂拥而上的大蜘蛛便横扫一气。蓝光过后，宇宙飞船前尸横遍野，手无寸铁的大蜘蛛有的被拦腰截断，有的缺臂断腿，有的头躯分家，惨不忍睹。一个滚到吉田脚下的蜘蛛头，死也不肯闭上圆眼，嘴里还在嘟哝着那句话："别停留，快离开这颗灾星吧……"

太残酷了，几个宇航员不由得闭上了双眼。

"哈哈！这下没人敢阻拦我啦！"吉田兴奋异常，沿着他用罪恶的双手杀出的血路，向前冲去！他边跑边哇哇大叫，"大蜘蛛的老巢里准藏着黄金，我就要成为它们的主人啦！"

最后一个字刚吐出喉咙，他竟像死人一样地僵在原地，不会动弹了！

又是一幕惊人的奇景出现在眼前：那些残缺不全的大蜘蛛的肢体，竟像变戏法似的，一个个蠕动起来。它们慢慢地拔地而起，悬挂在半空中。紧接着，残缺部分又重新生长出来，成为一个新的大蜘蛛。

现在，也许该轮到大蜘蛛向地球人复仇了！

可宇航员们猜错了，大蜘蛛并没有下毒手，只是从嘴巴里吐出瓶口粗的蛛丝，把吉田的身子紧紧缠住，又把他给扔回到了宇宙飞船里。

真是一群怪物！

等宇航员们用刀子把蛛丝割断，吉田一骨碌从地上跳了起来："我就不信征服不了大蜘蛛！"

舷窗外，不知什么缘故，大蜘蛛脸上突然掠过了一丝惊恐。

顺着它们的视线，吉田看见缕缕烟雾从沙砾中冒了出来。这一点热气，也叫它们大惊小怪？吉田不由得嗤之以鼻。

"哗啦啦——"

大蜘蛛们一拥而上，猛烈地摇动着宇宙飞船。"别停留，快离开这颗灾星吧，褐色岩浆风暴会毁了你们！"它们的喊声震耳欲聋，好像什么灾难马上就要降临似的。

但没人理睬它们的恳求。

搬迁金色星球的宏伟计划

一股股暗绿色的液体，从宇宙飞船的微孔里喷射出来。

"哈哈，大蜘蛛马上就要变成一群沉默的哑巴了！"见液体在舱外迅速扩散，弥漫到金色星球的整个空间，吉田乐得眉飞色舞。这种强烈的麻醉剂，很快就会使大蜘蛛的脑细胞遭到破坏，变成一群麻木不仁的白痴。

果然，一个小时之后，大蜘蛛们全都跟跟跄跄地离开了宇宙飞船，退到了远处的岩石背后。那恼人的警告声也随之消失了，金色星球上一片宁静。

"走，去搜大蜘蛛的老窝！"还在做着黄金梦的吉田大吼一声，和宇航员们跳上轻巧的星球车，向地平线的尽头飞驰而去。

几天之后，当这群累得精疲力竭的宇航员们回到宇宙飞船脚下时，仍然是一无所获！他们几乎翻遍了金色星球的每一寸土地，看到的除了沙砾还是沙砾。

"算了，还是回地球去吧！"几个宇航员乱哄哄地嚷着。

就这样灰溜溜地返回地球？那太不光彩了！吉田可不愿意放弃一切机会。他冥思苦想了一整夜，在第二天早餐时宣布了一项计划："怎么样？把这个大蜘蛛生存的金色星球拖回太阳系去，拴在月亮上，开辟一个巨型游乐场！"

大概是这项计划太宏伟了，以至有的宇航员把饭碗都吞到了肚里还毫无察觉。

嘿，只要把这颗星球运回太阳系，吉田就是宇宙第一大富翁了！设想一下吧，一个近乎洪荒时代的星球和一群傻头傻脑的外星人，该是多么富有吸引力啊！到那时候，不光地球上的游客会蜂拥而至，就是其他星球的游客也会远道而来。

想到这些，吉田激动得有些飘飘然了。

但是，每个星球在宇宙中都有着特殊的位置。迫使它改变运行轨道，在另外一个星系安家落户，这不近乎荒唐吗？

飞船里的宇航员立刻启动电子计算机，经过半个小时的运算，答案是肯定的：只要用宇宙飞船牵引导航，同时在金色星球的底部安装多个大功率火箭推进器，就能够使这颗星球摆脱雅马哈星云的束缚，进入太阳系！

这项庞大的搬迁计划，燃起了宇航员们的希望之火。

吉田率领奴隶般的大蜘蛛，昼夜苦干，在金色星球的底部紧张施工。

可怜的大蜘蛛，它们完全丧失了思维能力，仅凭着生存的本能活在世上。此时此刻，它们既无法主宰自己的命运，更无力关心这群地球人的安危了。

宇宙飞船被拴在金色星球的上部，即将点火。

起航的前一天晚上，飞船里一片喧闹。"让我们开怀畅饮，共同庆祝胜利吧！"吉田和宇航员们举杯庆贺，喝得酩酊大醉。

等他们苏醒过来，却惊异地发现，偌大的星球表面上，竟然连一个大蜘蛛也看不见了。

它们逃跑了吗？

缩进蛋壳里的怪物

忽然，一阵干燥的热风拂过星球表面，吹得沙石飞扬，一个白点从沙砾中暴露出来。

望着这醒目而可疑的白点，吉田按捺不住内心的好奇，疾步扑上前去，用双手扒开沙砾。片刻之后，一个巨大的白颜色蛋状物呈现在眼前了。

咦，奇怪，何处飞来的白色怪蛋呢？

这时，四周到处传来了惊呼声："这里也有怪蛋！"一时间，无数个怪蛋被宇航员们发现了，沙砾中满目皆是白色巨蛋。怪事，大蜘蛛一眨眼不翼而飞，却又平地里冒出来一堆怪蛋！

来自外星球的妖精

金星蜘蛛人

吉田和宇航员们搬起一个巨蛋，小心翼翼地抬进宇宙飞船，一透视，他们简直目瞪口呆了。这蛋里不是别的东西，就是失踪的大蜘蛛。它蜷缩在蛋壳里，紧闭双眼，好像睡着了一样。

想不到在大蜘蛛的生命历程中，还有吐丝结茧这样一个阶段。

"哼，也好！等他们从壳里钻出来的时候，恐怕我们已经抵达太阳系了！"吉田满不在乎地说。

金色的光辉染黄了怪蛋，大地一片安详。

然而，就在这一片静寂里，灾难降临了。

正当吉田他们登上宇宙飞船的一刹那，大地裂开了一道道口子，一股股滚烫的褐色岩浆喷射出来，星球表面的温度骤然上升，金色星球竟变成了一个耀眼的火球。同时，燥热的风暴席卷全球，吞噬着一切。

这就是大蜘蛛们说的褐色岩浆风暴！

灾星，一个名副其实的灾星！

终于，一切又都恢复了平静。星球表面的沙砾变得更加金黄了。

当大地上的一切生命绝迹的时候，从沙砾深处，一个个幸免于难的白色巨蛋蹦了出来。它们漫山遍野，像滚动的乒乓球一样布满了星球表面。

一个巨蛋无声无息地裂开了，一个完好无损的大蜘蛛脱壳而出。很快，所有的巨蛋都变成了空壳。

原来，在这颗灾星上，像地球上的白天黑夜一样，褐

色岩浆风暴周而复始，每隔一段时间就要喷发一次。而这些大蜘蛛早已适应了灾星的环境，每当灾难发生之前，它们就用蛛丝织成白色蛋壳，保护自己。

大蜘蛛们在空旷的荒野上蹒跚而行，好像在寻找着什么。难道它们是在追索吉田他们的灵魂吗？

不远处火光一闪，又一艘宇宙飞船降落在这颗金黄色的星球上。大蜘蛛们沉默了许久，注视着一群渐渐走近的宇航员，呆头呆脑地傻笑了一阵，往沙砾上一躺，将八脚收拢，酣然熟睡了。

接下去又将发生什么事情呢？

来自外星球的妖精

本文并非虚构。不久前偶然的一个夜晚，某国情报局毁于一场莫名其妙的大火中。人们仅从废墟中挖出一个神秘的铁匣，里面装着一叠卷宗。于是，这个被隐匿了多年的惊心动魄的历史事件，昭然于世了。

来自外星球的妖精

这是银河系外的一颗怪石嶙峋的星球。

灰褐色的残阳即将坠落。在宇宙飞船投下的那道狭长的阴影下，宇航员们雕塑般地伫立着，悲戚肃穆，向这片墓地般荒凉的土地送去最后一瞥。再见吧，寸草不生的星球。

归航了，载着失望的宇宙飞船穿过幽冥的宇宙深渊。太让人寒心了，除了捡回一块蓝幽幽的异星石块以外，这项耗资亿万的超越星系飞行，竟然一无所获！

然而，他们并不知道，这块普普通通的蓝石，潜藏着一个神秘的精灵。一场史无前例的厄运将随着他们降临地球。

而首先遭殃的，就是他们自己。

稠密的大气层一闪即逝，蔚蓝色的海洋骤然敞开了宽广的胸怀，宇宙飞船开始向太平洋降落了！然而就在这时，不知是何缘故，宇宙飞船突然自动改变了方向，朝着海岸边密密匝匝的峰峦撞去！完了，宇航员们惊慌失措地闭上双眼，他们惧怕在瞳孔里留下船毁人亡的一刹那。可是好久，也没有响起那可怕的撞击声。等他们重新睁开眼睛，这才发现宇宙飞船停在了一块突兀的石头上。

天呀，宇宙飞船攥在了一双无形的魔手中。

谁在暗中作祟？

其实，这不祥之兆才刚刚露出苗头，怪事接踵而至。

几天之后，这轰动全球的宇宙飞船自杀未遂事件，就被湮没在耸人听闻的各种消息报道中，被人们遗忘到脑后去了！而那块看上去毫无光彩的蓝石，也作为这次失败飞行的耻辱，摆在了宇航纪念馆一个无人光顾的角落里。

但是，就在人们快要把这桩事从记忆中抹去的时刻，一件叫人心惊肉跳的怪事出现了。

夜静更深，从空荡荡的纪念馆大厅里响起了一阵凄惨的嚎叫声。不光守夜人听见了，连住在附近的居民也都听见了。闹鬼了！吓得魂不附体的守夜人喊来警察，可折腾了大半夜，也没有搜出根鬼毛来。

尽管第二天晚上守夜人又听到了那撕心裂肺的哀嚎，警察们却拒绝出动，理由是守夜人精神失常。

一个号称"世界第一大胆"的警察，甚至同守夜人打赌：如果晚上真的有鬼叫，就大头朝下围着赤道绕一圈！既然话已出口，当然要采取行动了。晚上，这个警察真的钻进纪念馆大厅。可他没睡多久，就从被他垫在脑袋底下当枕头的蓝石里传来了呻吟声，而且响声愈来愈大！他简直快要给吓死了，哇哇乱叫："有鬼！蓝石里头有鬼——"

霎时间，原来被视为废物的蓝石身价倍增——一块半夜会闹鬼的怪石——全世界都传得沸沸扬扬了。

蓝石被戒备森严的警车运到了科学研究中心。

出乎意料，运送蓝石的警车却遭到了全体科学家的共同抵制，他们携手并肩，紧紧封锁了科学研究中心的大门。真是岂有此理，神圣的科学殿堂，怎能容忍一块烂石头玷污！他们振臂高呼："我们不相信有——"

一个"鬼"字还没吐出喉咙，他们全都惊愕得哑口无言了。因为在场的每一个人，即使是患有轻度耳聋的人，都真真切切地听到了蓝石里发出的尖叫声！

这一刹那，空气紧张得似乎都牢牢地凝固了。

恐怖的气氛被打破了，科学家们一拥而上，把来自异星的蓝石捧进了实验室。他们决心揭开蓝石闹鬼之谜。

当着数千名闻讯赶来的记者的面，一名科学家用洗涤剂洗净了附着在蓝石表面的污秽，还其本来面目，这时全世界几十亿观众才从电视屏幕上看到，蓝石的蓝光消失了，变得晶莹透明，在这块水晶石般明亮的石头里面，蜷缩着一个小小的精灵！

毫无疑问，就是从它嘴里发出来的嚎叫声。

石块的硬度超出了限度，科学家们绞尽脑汁，使出浑身解数——用万吨水压机冲撞，放到玻璃熔化炉中冶炼，甚至用强硫酸腐蚀，还是敲不破看上去不堪一击的石块。看来，解放"鬼"的行动彻底失败了！

"无能——"愤怒的指责、埋怨，铺天盖地地朝科学家们卷来。就在他们近乎绝望，快要放弃这项计划的时候，突然柳暗花明，石块砰的一声自己裂开了。

事情完全出于偶然。

面对透明的石块，科学家愁得唉声叹气，一位白发苍苍的老博士难过得吭吭地咳嗽起来了。他连忙从衣袋里掏出一瓶止咳糖浆，咕咚咕咚地喝下去大半瓶。一不小心，几滴药水溅到了石块上，奇迹就此发生。

"嗞嗞嗞——"

药水似乎在和石块表面的某种物质发生着剧烈的化学反应，窜出一股股橘红色的袅袅烟雾。接着，在一阵刺耳的尖啸声中，石块上划出一道道裂痕。最后，石块四分五裂了。

在场的人，没有一个不以为自己是在恍惚的梦境之中。

那小小的精灵苏醒了，它像一缕青烟，袅袅上升。这时人们才看清楚，虽然它面目可憎，但却不是一个实体，看得见摸不着，是一团酷似人形的气体。这情景，使人们情不自禁地记起了天方夜谭中的神话，那个从魔瓶中一跃而出的魔神，不也是来无影、去无踪的一团烟气嘛！

专家们惊异得面面相觑——无边无涯的宇宙当中，竟会有这种不食烟火的生命？

"哎呀，憋得我好难受啊！"小精灵轻盈地在空中打了一个旋儿，舒展身躯，得意忘形地叫嚷道，"你们猜错了，我不是什么外星人，我是一个妖精！"原来，它是异星上的妖精，在那颗枯萎的星球从繁荣走向毁灭之际，它和几万个妖精兄弟一起，把自己禁锢在石块里面，逃脱了死亡。

如果不是亲眼目睹，有谁会相信世界上有妖精存在呢？准会被讥笑为无稽之谈！

"造孽呀！冒着生命危险，就从外星球带回来一个妖精！"

宇航员们后悔得捶胸顿足。其实，他们还应该感到庆幸，假如当初他们不是只捡回一块蓝石，而是捡回一筐蓝石的话，那地球上就不知道要有多少个妖精在转悠了！

秘而不宣的"绑架妖精事件"

妖精掀起的旋风，蔓延到了地球上的各个角落。

拉丁美洲一个叫多孔奥的小镇里，妖精成了居民们酒足饭饱之余最时髦的话题。在这个炎热难熬的黄昏，一个退役将军又和他昔日的勤务兵争执得面红耳赤："别听那些记者吹得神乎其神，要是真有妖精，我就一枪毙了它！"

"那你就举枪射击吧！"一个炸雷般的声音传了过来。

这不是勤务兵在反驳，是一个在小镇里从未露过面的人在说话。退役将军抬头一看，神气活现的妖精已近在眼前了。他拔枪就射，可那妖精吹口妖气，三颗子弹立即调转方向，贴着退役将军的脑袋擦边而过！

妖精制造的骚乱，甚至触动了梵蒂冈的教皇。

礼拜日，为了观看电视台转播的妖精专题报道，教徒们居然不来做礼拜了。头戴白色圣冠、身披金色长袍的教皇二十八世气得暴跳如雷，只好面对空荡荡的教堂，独自做着冗长的祈祷："主啊，惩罚这蛊惑人心的妖精吧……"

他话未说完，一股冷风闯入教堂，教皇一下被卷到了天上。这时他才发现，自己已经陷入妖精的魔掌了。

坐在电视屏幕前的几十万教徒们屏息敛气，紧张地注视着事态的发展。还好，妖精没有置惊恐万状的教皇于死地，只是把他搁在教堂那巍峨耸立的尖塔上，就扬长而去了。后来还是意大利空军出动直升机，用绳索把教皇救了下来。

现在，由于妖精出现引起的恐慌，已经逐渐平息了。妖精并没有带来灾难，瞧，地球不是依然如故吗？

但是，谁都没有发觉，一张大网正在慢慢撒开——

妖精难逃罗网！可怜的妖精，自从它开始显露与众不同的本领的那一天起，就成了众矢之的。围绕着它，即将展开一场你死我活的大追捕。

一切都是因为一位富有的石油大亨引起的。这位异想天开的亿万富翁，竟想雇用妖精充当自己的贴身保镖。他

重金悬赏，动用一切力量，决定不惜代价抓到妖精！

可妖精也不是那么容易手到擒来的，它哼哼一笑，满不在乎地说："来吧，我倒想瞧瞧你们有多大本事！"

在石油大亨的指挥下，尽管出动了"虎鲨"超级歼击机，甚至发射了拦截远程导弹，还是无法追上速度快得惊人的妖精。加上它还有神出鬼没的本事，经常大摇大摆地闯进石油大亨的别墅，简直让人一筹莫展。

有一次，好不容易把妖精诱骗进冰库，正想急剧降温把它冻昏，可温度计的指针刚开始下降，冰库的四道大铁门"轰隆"几声就被撞开了。惊人的是，一马当先冲出冰库的，竟是一群挂满白霜的冻猪。不用说，准是妖精施展了妖术，使这些硬邦邦的冻猪复活了。

石油大亨的计划破产了。

妖精以为平安无事了，整天在城市上空无忧无虑地窜来窜去。

实际上，一个致命的阴影已经笼罩了它。

妖精早已成为几个超级大国情报局企图捕获的目标。谁先俘获了神通广大的妖精，谁就握住了一张王牌！暗地里，一场争夺妖精的秘密战达到了白热化的程度。

终于，黑国捷足先登了！

他们决定用感冒病毒来制服妖精。在妖精活动的空域，弥漫着人工释放的感冒病毒，妖精很快就传染上了流行性感冒。它疲乏无力，气喘着，再也飞不动了。

黑国情报局秘密关闭了所有的药店，只留一家，而且在天花板上隐藏了一台巨型吸尘器。

妖精的病情急剧恶化，生命垂危，它无路可走，只好闯进那家没有关门的药店。"救救我，给我点药片吧！"妖精挣扎着恳求。哪知那个店员原来是情报局的特工伪装的，他假装取药，其实却按动了一个电钮。

"呼——"妖精毫无防备，一下子就被吸尘器给吸了进去。

妖精成了俘虏，被塞进了一个特种合金钢盒子里。

一个记者偶然从药店门口经过，目睹了这起绑架妖精事件。他激动万分，立即奔回报社，赶写了一篇危言耸听的长篇新闻报道《本世纪头号消息：外星球超级特务昨晚被情报局秘密逮捕》。

"哈哈！这可是独家新闻！"报社社长命令印刷工人加班加点，连夜赶印号外，明天一早就运往世界各地。社长和记者高兴得举杯祝贺，这下他们就要声名大噪了。

可是，凌晨，报社却被一场熊熊烈火吞噬了！社长和记者也从此失踪。

充当"太空杀手"的妖精间谍

妖精肩负特殊使命，偷偷越过白国重兵防守的边境。

此时此刻，妖精已经不是一个游手好闲的流浪汉了，它是黑国情报局的少将级间谍了。白国首府遥遥在望了，他们还不知道一场沉重的打击迫在眉睫，全部沉浸在睡梦中。

"空中没有任何可疑目标!"

雷达监视器上一片空白,值班的中尉例行公事,向国防部嘟哝了一遍不知重复了多少次的报告,随后便去玩扑克了。雷达是无法探测出妖精的。

一落入黑国情报局的魔爪,妖精就稀里糊涂地中了他们精心策划的诡计。他们先是虚情假意地把妖精送进医院,又是打针又是服用速效感冒药,治好了奄奄一息的妖精。然后,又给妖精播放了一段黑国侦察卫星拍摄的录像。妖精看到,在白国广袤的土地上,分布着一个个核弹发射场。而这些威力无比的核弹,足以把整个地球摧毁二十次。不用情报局局长下达命令,妖精自告奋勇地承担了炸毁白国核基地的任务。

一场举世罕见的间谍战就这样拉开了序幕。

白国国防部秘密会议室里,国防部部长正在向海陆空首脑宣布核弹分布总体部署。突然,一米多厚的钢铁保险门自动熔化了,一团人形的烟雾飘了进来。

"妖精!黑国派遣妖精盗窃核弹分布图来了!"

情报局局长凭着职业的嗅觉,惊叫起来。但是他醒悟得太晚了,国防部部长还没来得及把核弹分布图藏好,就被妖精一把抢了过去。"谢谢诸位,再见!"妖精得意地哼了一声,就一扭头,飞了出去!

"快,快,立即命令各核弹基地,高射炮轰击,别让妖精得逞——"国防部部长急得快要发疯了。

妖精飞临一个核弹发射场。

它刚一露面，几百门高射炮就怒吼起来了。"嘻嘻，还敲锣打鼓地欢迎我！"刀枪不入的妖精发狠了，横冲直撞，把整个核弹发射场给砸了一个稀巴烂！

毁完这个核弹发射场，妖精按照核弹分布图上注明的位置，正要去袭击第二个核弹发射场时，意外的事情发生了。

"啊嚏——"

妖精打了一个响亮的喷嚏。它又感冒了！这是白国情报局在反攻。原来，根据混入黑国情报局的间谍发回来的密电，他们获悉感冒病毒可以制服妖精，于是立即以闪电般的速度，在核弹发射场上空投放了感冒病毒。

他们的阴谋得逞了。

黑国的超级间谍妖精被捕了。

妖精并没有被白国情报局判处死刑——子弹、绞架杀不死妖精——情报局局长还想让妖精背叛黑国、投靠白国，成为白国情报局的一个"双重间谍"。

可不管情报局局长怎样威胁恫吓，妖精就是不肯投降。

"给它点颜色看看！"局长发怒了，打手们把病歪歪的妖精拖到了大牢里。不过，这"颜色"可不是指的严刑拷打，因为妖精不怕揍。他们更恶毒，采用浓度更高的感冒病毒来折磨妖精。

"不干，就是不替白国卖命……"妖精宁死不屈。地球上那么多善良的人受到白国核弹的威迫，它才不站在他们一边呢！

局长气得火冒三丈。他又命令释放更厉害的病毒，肝炎病毒、大脑炎病毒、心肌炎病毒……一定要逼迫妖精就范。结果却叫他大吃一惊，妖精不光没有被摧残得死去活来，反而征服了病魔，变得比以前更身强力壮了。局长他们错了，其实道理很简单，像昆虫会对农药产生抗药性一样，妖精体内的免疫力增强了，再也不怕各种病毒的进攻了。

"呼——"妖精夺门而出，它在天空中咬牙切齿地呐喊："等着瞧吧，我要把你们的核弹基地一个个毁掉！"

"慢！你看我手里是什么东西——"

从地面传来了局长的叫声。妖精俯身低头一看，不看还好，一看不由得大惊失色。局长手里捧着的就是蓝石碎片，真坏，他竟把被科学家抛进垃圾箱的碎片又给捡了回来。蓝石具有特殊的能力，谁掌握了它，谁就能够控制妖精！

无可奈何，妖精只好乖乖地服从他的摆布了。

"你听好，"情报局局长决定用妖精反击黑国的挑战，"你先充当太空杀手，把黑国的'星球大战'防御计划彻底粉碎，然后再把黑国的核弹基地一个个炸平！你要是违抗命令，嘿嘿……"他没有说下去，只是扬了扬手中的蓝石，那意思就是说，你要耍滑头，就再用蓝石把你封闭起来。

妖精怕蓝石，就像孙悟空怕头上的紧箍咒。

它飞入太空，这才明白，原来黑国为了准备对付未来的核战争，在外层空间布置了一个个激光武器。一旦白国的核弹起飞。它们顷刻间就会射出一道道强烈的死光，把核弹摧毁在空间。

不过，要是妖精把黑国的激光武器消灭掉，白国的核弹就可以打击任何一个地方，他们将占有明显的核优势。

而黑国呢？从太空上望下去，妖精发现在他们的本土上也布满了核弹基地。唉，自己以前竟上了他们的当，还以为他们是热爱和平的哪！不知不觉，妖精发现自己竟成了这两个超级大国称霸世界的工具。

"怎么办呢？"妖精有点不知所措了。

世界大战爆发的前奏

就在妖精像一个幽灵似的在太空轨道徘徊时，一个黑国暗杀小组在情报局局长的亲自率领下，摸黑潜入了白国。

当得知白国用蓝石操纵了妖精以后，黑国总统气得把局长一顿臭骂："笨蛋，你为什么不用蓝石镇住妖精？"事关黑国的命运，局长决定破釜沉舟，带人把蓝石从白国抢回来。

他们一逼近白国情报局，立即被对方发现了！一场混战爆发了，双方死伤无数，两个情报局局长也当场被击毙！锁在保险箱内的那堆蓝石碎片，似乎意识到自己将引起更大规模的杀戮，竟然奇迹般地自燃起来，化为了一堆灰烬。

蓝石消失的同时，远在千里之外的妖精突然感到一阵轻松。现在，没有任何能力能够束缚住它了。

妖精溜了。

根据黑国和白国外交部的强烈要求，两国总统立刻在瑞士日内瓦举行会晤。

在各国记者招待会上，白国总统首先表示强烈抗议："严重抗议，黑国必须马上释放我国公民妖精！"黑国总统也据理力争："妖精加入的是我国国籍，你们警察公然绑架在贵国旅游观光的妖精先生，是对国际法的粗暴践踏！"

他们都以为对方霸占了妖精。

双方愈吵愈凶，最后竟然拳打脚踢起来。白国总统恼羞成怒，当众宣布单方面撕毁经过十年零两个月谈判达成的核裁军协定。黑国总统也毫不示弱，当场打电话给陆海空三军总司令，命令马上把撤掉的核弹重新装好。

世界大战的火药味浓烈起来了。

妖精跑哪儿去了呢？

它本想逃离地球，到银河系重新寻找一个安静的星球度过余生。可它又不忍心丢下地球，地球上有几十亿热情、善良的百姓，它不能眼睁睁地看着他们遭到核战争的屠杀。

"干脆，单枪匹马和黑国、白国干一场！"妖精想。

妖精首先盯住了太平洋上空的侦察卫星。

距离地球一百千米以上的太空中，黑国最新发射的间谍卫星"壁虎三号"正在缓缓运行。它像贼一样，用焦距为两千四百毫米的超望远镜头，窥视着白国的军事机密。

这天，黑国八角大楼——国防部会议室又戒备森严，一次有绝对保密措施的"特别放映"正在举行。

"壁虎三号"拍摄回来的照片，一张张呈现在会议室墙壁的屏幕上。森林中的导弹发射井、荒漠中的核弹制造厂……突然，国防部官员们一阵喧哗，下面一张照片竟出现了一个在街头撒尿的顽童，紧接着是一张小伙子们争购电影票的照片。咦，这算什么军事机密？

国防部一片惊慌，一定是"壁虎三号"的超望远镜头被扭动了角度！白国公然挑战了，肯定是他们派遣轨道拦击卫星，在光天化日之下破坏间谍卫星！

"不是白国干的！是我妖精干的！"妖精窜进黑国电视广播塔，大声宣布。

深海里，白国一艘核潜艇正在秘密潜入黑国领海，准备进行一次偷袭活动。就在它开始上浮的时候，一股来历不明的飓风把它给卷到了一艘黑国的航空母舰上。

这下把白国海军大本营的军官们吓得目瞪口呆，黑国先下手了，把整艘艇给劫走了。

"你们要吃的苦头还在后头哪！"所有军官的大盖帽都被吹得满天乱飞，他们抬头一看，又是妖精！

形势急转直下，两国剑拔弩张了。

黑国和白国总统拨通了国际电话，互相攻击，一直叫嚷了一个星期。白国总统说是黑国怂恿妖精挑衅，黑国总统则说是白国唆使妖精捣乱。

两个总统都是野心勃勃的战争狂人，早就想把整个世界版图划在自己名下了。好几次他们都想打一场世界大战，都因为人民的反对而没有实现。

今天，总算找到借口了。

黑国总统发出了最后通牒："十二月三十一日以前，你们不把妖精交回来，元旦就让你们尝尝核拳头的厉害！"

白国总统迎接了挑战："今年年底，你们还不归还妖精的话，明年年初就把黑国变成焦土。"

终于，一场世界大战一触即发了。

这一天的日历全部无影无踪

离黑、白两国总统限定的期限仅有两天了。

妖精急得快要冒汗了。它真想一分为二，一个交给黑国，一个交给白国，可它没有这种本领。

"反对核战争！"尽管世界各国爱好和平的人，包括黑国和白国的平民百姓，全部拥上街头抗议示威，可那一小撮大权在握的战争狂人，已经精神失常了，一意孤行，执意燃起世界大战的烽火。

"好心的妖精，快把核弹基地给摧毁吧！"

听见人们的呼声，妖精顿时从慌乱中清醒过来了，它东飞西飞，捣毁了一个又一个核弹发射场。然而，无济于事的是，黑、白两国的核弹基地实在太多了，有明的有暗的，两天之内根本就毁不彻底。这些年，两国口口声声高喊裁减核武器，实际上全在暗地里加紧扩军备战，核弹数量多得惊人。

一年的最后一天来到了。

黑国总统和白国总统分别乘上各自的航天飞机，升入太空，在空中发号施令，遥控这场世界大战。原来他们也是一群怕死鬼，不顾人民死活，自己却逃脱了危险！

妖精气坏了，把两个总统从航天飞机里拽了出来。

"快，命令立刻停止核战争！"妖精把两个坏蛋的脑壳往一起撞，疼得他俩吱哇乱叫。妖精气得发抖了，连声音都变得格外刺耳："要不就把你们俩扔到宇宙里去！"

"来、来、来不及了！"

糟了，两个坏蛋已经把作战命令输入了两国的电子计算机，只要日历一翻到元旦这天，电子计算机就会下达开火指令，各个核弹基地的核弹立即呼啸起飞，飞向事先预定好的目标。

"见你们的鬼去吧！"

妖精气坏了，使劲一甩，就把两个战争狂人抛到了黑暗的宇宙中，成了两个太空垃圾。

必须改变电子计算机的指令！刻不容缓，离元旦没剩下几个小时了！妖精像一道闪电，向黑国和白国的电子计算机中心飞去。

来自外星球的妖精

谁会料到，黑国和白国的电子计算机中心都用外壳罩了起来，坚硬无比。无论妖精怎样砸，就连一道裂缝也砸不出来！时间一分一秒在逼近，还有最后几分钟，新的一年就要来临了。万一摧毁不了电子计算机，地球在新的一年开始的几分钟里，就会变成一个人迹罕见的废墟。

妖精急得眼睛都快要喷血了。

急中生智，妖精头脑里突然冒出一个大胆的主意：电子计算机不是要等到日历牌翻到元旦这一页，才会下达作战命令吗？我把日历上元旦这页全撕掉！

它腾上云空，口念咒语，施展妖术，霎时间，地球上所有日历牌的元旦这页都无影无踪了。尽管两个战争狂人的追随者赶印了一批新的日历牌，可还没有运出印刷厂，元旦这一页又消失了。

电子计算机被战争的欲望憋得"吱吱"怪叫，但日历牌上不出现元旦这一页，它永远不会发动核战争。

人们相信，终有一天，电子计算机会被熊熊烈火烧掉！

白圈里的民警哈罗

十字路口是哈罗的岗位……

男士哈罗，是某镇的交通民警。

每当轮到哈罗上岗执勤时，他总是一丝不苟。瞧他挥舞红白指挥棒的那股子认真劲儿，再吊儿郎当的司机也不敢调皮捣蛋。

工作起来哈罗可六亲不认，就连他那当救护车驾驶员的妻子也不例外。别看哈罗在家里是一个赫赫有名的"妻管严"，在哨位上却是一个天不怕、地不怕的男子汉大丈夫，要是妻子违反了交通规则，也照样罚款！不过，钱倒要哈罗本人掏腰包，因为哈罗是家里的"财政部长"。

可惜，英雄无用武之地，交通高峰一过，这芝麻大的小镇上就难以看到汽车的影子了，哈罗手里的指挥棒转不动了。闲得无聊，哈罗只好闭上眼睛喃喃地数数："一、二、三……"

一个响彻云霄的喷嚏，把哈罗给震醒了。

这下哈罗可发现目标了。

　　一辆面包车疾驰而来，光天化日之下，大鼻子司机竟然把脑袋伸出窗外打了一个大喷嚏。哈罗心急火燎地冲到马路中央，大声喝道："给我停车——"

　　大鼻子司机不买账，一个劲儿地抗议："打喷嚏又没违反交通规则！"讨厌，哈罗真是吃饱了撑的，又不是环境保护局局长！

　　"你竟敢顶嘴，黄牌警告！"哈罗气得头顶上的大盖帽跳了三跳，把脚跺得当当响，"简直糊涂到了极点！你已经到了闯祸肇事的边缘，还执迷不悟，危险呀！你前面就是万丈深渊——"

　　什么乱七八糟的，大鼻子司机怀疑哈罗精神错乱了。

　　交通干线是小镇的命脉，要是任凭哈罗这个疯子瞎指挥一气，南来北往的汽车非得撞到一块去，那小镇的交通就要彻底瘫痪了！事不宜迟，于是大鼻子司机当机立断，像一个英雄似的挺身而出，死死地抱住了哈罗的身躯："对不起，哈罗先生！你必须跟我去一趟精神病院！"

　　"你、你……"半分钟之内，哈罗不敢相信这是事实。

　　好半天，他才清醒过来，气得哇哇直叫唤："好呀，你敢劫持本镇最受人尊敬的交通民警，真是胆大包天，红牌警告！"但大鼻子司机不管三七二十一，拼命把哈罗朝车里拖。哈罗忍无可忍，被迫自卫还击，举起那根红白指挥棒轻轻地，然而却是实实在在地在大鼻子司机的后脑勺上敲了一棍，疼得大鼻子司机立刻撒了手。

　　哈罗开始正颜厉色地教训起大鼻子司机来了：

"你没有注意自己在打喷嚏吗？这就说明感冒病毒已经潜入了你的肌体，你随时都可能发高烧！万一在路上发作，你的大脑就会一片混乱，盯住窗外的双眼就会模糊不清，握住方向盘的手就会哆嗦不止。恰好这时对面驶来一辆卡车，你想紧急刹车，却加大了油门，结果，哐当……"

"罚我款！罚我款！"大鼻子司机认识到了问题的严重性，低头认罪了。

"给你，拿去——"大鼻子司机还以为哈罗递给他的是罚款通知单，接过来一看，竟是一盒治疗感冒的特效药——速效感冒胶囊。

见他还犹犹豫豫的，哈罗高声命令道："快，立即吃下去，防患于未然。否则，马上没收驾驶执照！"

大鼻子司机乖乖地把药吞下肚——一起严重的、甚至能导致车毁人亡的事故苗子被制止了！

也不知过了多久，反正就在哈罗反复考证是该数八万零一还是该数九万零一的时候，他的耳孔里飘进了一阵吵嚷声。

哈罗服兵役时当过侦察兵，他竖起耳朵一分辨，立刻就听出来了，是马路右面公寓里面传出来的电视机的声音！噢，今天转播世界杯足球冠亚军争夺赛实况！如果在往常，哈罗这个"超级球迷"听到这一阵阵震耳欲聋的加油声，心早就痒开了，可今天却大不一样。不光不痒痒，他反而气得呼呼喘着粗气。

千万不要误解，哈罗可不是在为他支持的"臭鼬队"一败涂地而气恼，爱憎分明的哈罗是在生这些球迷的气！民警局三令五申，今天电视台二频道全天播放民警局长关于交通安全的电视讲话，全镇居民必须收看。可这批球迷就是置若罔闻，偏要收看二十频道的足球赛。

哈罗要给这些球迷们一点颜色瞧瞧。

公寓三楼的一个房间里，球迷们抱着电视机号啕大哭，他们信赖的"傻熊队"居然让"臭鼬队"踢进了一个球！

一个球迷气得昏了头，竟然把窗台上的花盆给推了下去。

咚咚咚，有人敲门。球迷开门一看，天啦，从三楼跌到一楼的花盆竟又自动走了上来。擦干眼泪仔细一看，原来花盆扣在了哈罗的脑袋上，若不是大盖帽有缓冲作用，哈罗早就不幸逝世了。

"我们家里可跑不了汽车！"球迷把气朝哈罗身上泄开了，"哈罗，你站岗站错地方了！"

"啪！"哈罗严肃、庄严地敬了一个举手礼，神色严峻地说："为了你们的生命安全，你们必须收看民警局长的电视讲话！"哈罗把频道旋钮一转，指着喋喋不休的民警局长的形象恫吓道："谁漏听一句，取消在小镇马路上行走的资格。"

球迷们都被吓懵了，坐在小板凳上，整整收听了一天民警局长的电视讲话。

哈罗又回到了十字路口的老位置上。

数数数腻烦了，哈罗还有一个对付寂寞的绝招——锻炼鼻子的嗅觉功能，东闻闻，西嗅嗅。天长日久，哈罗的鼻子可就变得出类拔萃了，比公安局破案用的警犬的鼻子还灵敏！

今天他刚这么用力一嗅，就发现一股香味扑进了鼻孔！噢，他知道了，镇长又要在马路左面的大酒家设"镇宴"，盛情招待来访的贵客了。哈罗决定再次检验一下自己鼻子的灵敏度："让我来检查一下超级厨师的手艺！"

第一道菜烧好了。哈罗点点头："味道好极了。"

第二道菜烧好了。哈罗又点点头："味道也好极了。"

第三道菜刚一开始烧，哈罗就尖声惊叫起来："不好，烧坏啦！"

注意，哈罗可不是瞎诈唬，他的烹饪技术够不上超级，也称得上是特级水平了。第三道菜明明是"糖醋鲟鱼"，醋是无论如何也不能缺少的，可您说奇怪不奇怪，哈罗偏偏就没有闻到一丝一毫醋的味道！准是超级厨师精神溜号，忘记搁醋啦！

严重！严重！严重！

绝对不是大惊小怪！您想呀，要是远道而来的贵客吃了没放醋的"糖醋鲟鱼"，非连声喊腥不可！这不光关系到超级厨师的饭碗问题，小镇的声誉就要一落千丈！

哈罗能熟视无睹吗？

"醋！醋！没放醋——"

哈罗不顾一切地冲进大酒家的厨房，把超级厨师往边上一推，拿起醋瓶子，亲自烧了起来！一直听到远处响起了汽车的喇叭声，哈罗才满头大汗地跑了回去，跳到指挥台上，一个漂亮的立正，正好来得及向镇长和贵客乘坐的车队敬个礼。

还剩一个小时，哈罗就下岗了。可在这六十分钟里，哈罗却一刻也没有闲得住。

倒不是哈罗突然患上了"多动症"，起因非常简单——他无意中一仰脸，不知何处飘来一团团黑糊糊的烟灰，毫不客气地洒了下来。哈罗皮肤本来就黑，多洒几层烟灰也算不了什么，可公寓阳台上晾的那些床单衣服什么的遭了殃，眼瞅着就要被弄脏了！

烟灰是从对面发电厂烟囱里冒出来的。

哈罗焦急万分，终于按捺不住了，"噔、噔、噔"，飞快地爬到耸入云霄的大烟囱上，鼓足腮帮，使劲往与公寓阳台相反的方向吹气，滚滚浓烟改变了方向，不再往这面飘了！可就在这时，马路上有汽车经过，哈罗立即爬下烟囱，气喘吁吁地挥舞起指挥棒。然后，又像百米赛跑似的爬上大烟囱，拼命吹气。

然后……

再然后……

民警局长命令画圆圈……

哈罗累得腰酸腿疼，正要下班，突然冲过来两个虎背熊腰的民警，把莫名其妙的哈罗拎到了民警局。

"局长，我——"哈罗不知出了什么纰漏，心里直敲鼓。

"别紧张，热心肠的哈罗先生！"民警局长在椭圆形的办公室里踱着方步，不紧不慢地说，"据部下反映，你三十年如一日，兢兢业业，在你当班的时候，从来没发生过一起交通事故……"

"谢谢您的夸奖！"哈罗偷偷地松了一口气。他暗想，民警局副局长的位置已经空缺三天了，大概自己要提升了。

"你知道，我年纪大了，耳聋眼花……"

哈罗急急忙忙打断了顶头上司的话，尽管他知道这样有些失礼："不不，局长阁下！您德高望重，经验丰富，局长还是由您来当。我才学浅，当一个副局长已经足够了！"哈罗可不是官迷心窍的人。

"什么？你盯上副局长的官职了？"民警局长一愣，随后瞪着绿豆大点的小眼珠子说，"我是说，尽管我耳聋眼花，可我有大侦探，你在岗位上的一举一动我都知道得清清楚楚！说，今天你为什么擅离职守？"

"我——"哈罗这才明白过来，脸上红一阵、白一阵。

大侦探把哈罗牵到反省室，啪地扭开了录像监视器的旋钮。万万没有料到，哈罗的行动完全被拍摄在录像带上了。

八点三十五分，哈罗给感冒司机送去一盒速效感冒药。十点零五十八秒，哈罗采取强硬手段，迫使球迷收看民警局长的电视讲话。十三点十分，哈罗冲进大酒家扮演超级厨师的角色……

"可是，可是，"哈罗不服气地反驳说，"在我离开岗位的那几段时间里，没有汽车经过，并没有发生交通事故呀！"

"你还敢狡辩——"民警局长气得咆哮起来，"我宣布，你——不守纪律的哈罗，以后站岗只能站在一个白圈里面，跨出一步，就判处无期徒刑！"

哈罗不敢动……

十字路口的指挥台被撤掉了。

在原来位置上代替它的，是用白粉画在地上的一个圆圈。垂头丧气的哈罗就站在圆圈里。

虽然哈罗照样可以神气十足地挥动指挥棒，在南来北往的汽车司机面前显露显露威风，可哈罗暗中使了好几次劲，就是打不起精神头。

唉，也难怪，一个堂堂正正的交通民警，却像锁在鸟笼子里的小鸟一样，只有巴掌那么大点的活动天地，憋也憋死了。

现在，过往的司机再也不惧怕哈罗了。

就因为这一个小小的圆圈，惹起了一场场风波。

一位七八十岁的老婆婆，颤颤巍巍地穿过人行横道线。偏巧就在这个节骨眼儿上，一辆载重卡车轰隆隆地驶了过来。老婆婆哪见过这种惊心动魄的场面呀，一个趔趄，手里挎着的一篮橘子滚了一地。要说今天怎么晦气呢，倒霉的事儿都凑到一块了，老婆婆别的什么病也没有，就有一个"脊椎骨僵化"的毛病，弯不下腰。于是，老婆婆只好望着满地金灿灿的橘子长吁短叹了。

哈罗想帮老婆婆拾橘子，可他不敢跨出这个圆圈。谁知道大侦探的摄像机是不是又悄悄对准了自己，哈罗可不愿意蹲一辈子监狱。

哈罗忽然灵机一动："老婆婆，你把橘子踢到我的圆圈里！"

"亏你想得出这个馊主意！"老婆婆嘟囔了老半天，可又不能丢下满地橘子不管，只好用脚把橘子一个个踢进十字路口的圆圈里。这下可热闹起来了，哈罗像个守门员，老婆婆踢进来一个，他拾一个。不明真相的人，还以为大街上在进行足球比赛哪！

顶可气的是，那些往日见到哈罗点头哈腰的人，现在全都有恃无恐了。他们居然当着哈罗的面，故意把汽车开得东倒西歪，明明红灯停绿灯行，他们偏偏红灯行绿灯停，哈罗宣布对他们罚款处理，却引起了他们的一片哄笑声，然后驾着汽车就逃得无影无踪了。

登峰造极的事件，发生在哈罗站岗的第二个小时。

嘎的一声，一辆小轿车停在了圆圈旁边，一个年轻人彬彬有礼地走了出来。他大模大样地招呼了一声："哈罗，麻烦你了，替我看两个小时的车！"说罢，就钻进一家电影院去看电影了！

"出来！今天我非拘留你不可！"哈罗感到牙齿都在颤抖。

那个小伙子从电影院大门里探出头来，火上浇油地故意激怒哈罗："来呀，我手伸出来了，就劳驾你给我戴上手铐了！"

"我饶不了你——"

哈罗肺都要气炸了，可他也只能虚张声势，因为脚下这个圆圈，像一道无形的枷锁，束缚着他的行动。别的司机见哈罗无可奈何，也都纷纷乘虚而入，把汽车停在了圆圈周围，大摇大摆地进去看电影了。

十字路口成了免费停车场，哈罗变成了义务看车员——唉唉，都怪这个该死的圆圈。

十万火急，小镇交通严重堵塞。

哈罗不敢跑去报告民警局长，因为他害怕违抗上级的命令。

以后发生的一连串事情，更是惨不忍睹。

一个聋哑人兴冲冲地绕过一辆辆汽车，向对面的超级市场走去。今天他发了一笔意外横财，买的一张彩票中了头彩，得到了一厚叠钞票。他左思右想，决定用这笔钱买一副世界上最好的助听器。

走过呆若木鸡的哈罗身边时，他恰好掏出手绢擦了一下嘴巴，"啪嗒——"一大堆钞票掉到了地上。

聋哑人当然听不到这"啪嗒"一声响了，他毫无察觉，头也不回地朝前走去。哈罗着急得放开喉咙大声喊："先生，您的钱掉了——"他嗓子都快要喊哑了，聋哑人也没有反应。

"别喊了！"一个摩登女郎走了过来。

"快，快把钱给那位先生送去！"哈罗指着快要湮没在人群里的聋哑人，急得要命。

摩登女郎根本就不理睬哈罗的喊叫，她笑嘻嘻地说："哈罗先生，我知道您有拾金不昧的好品德，可您今天却无法表演了，因为您拾不到这叠钱，除非您跨出圈外。"她把这一叠钞票装进小挎包里，阴阳怪气地哼出一句："请您多多原谅！我并不是见钱眼开的女人，可天气马上就要转冷了，我还缺少一件黑貂皮大衣。因此，我也就不客气了！"

"把钱放下！"哈罗想不出天下竟有这样无耻的女人。

遗憾的是，哈罗也只能喊几声而已。哈罗只好闭上眼睛想象，民警局长宣布脚下的圆圈作废，他纵身一跳，就抓住了那个惊惶失措的摩登女郎，聋哑人闻讯赶来，狠狠扇了她一记沉重而响亮的耳光……

正想得津津有味，忽然有人摇晃哈罗的肩膀。

"喂，醒醒，醒醒——"哈罗睁眼一看，原来是两个脸上蒙着黑布的强盗。他乐了，指指空瘪瘪的口袋，眉开眼笑地说："伙计们，你们找错对象了！嘿嘿，今天没有带钱！"

《来自外星球的妖精》

两个强盗冷笑了几声，冲上前去，把哈罗的嘴巴用力一撬，把十二块润喉片塞了进去。

"听着，"一个强盗警告哈罗说，"我们是世界上最仁慈的坏蛋，为了担心您这位目击者等会儿喊哑了嗓子，特意给您服用了润喉片。不过，为了您今后的健康着想，劝您切莫大声喧叫！"

另一个强盗的声音响了起来："您看清楚了吗？对面有一幢白颜色的小别墅，主人上班去了。现在我俩决定结伙抢劫，把金银首饰和钞票洗劫一空！好，给您添麻烦了，请您多多保重身体！谢谢。我俩开始作案了！"

不知底细的人听起来，一定会以为哈罗是一名同案犯了。

哈罗眼睁睁地看着两个强盗从窗口钻进别墅，却一声也没有喊出来。他已经无力呐喊，嗓子里发不出半点声音了。

哈罗最大的错误……

真把可怜的哈罗给折腾苦了，尽管他今天格外谨慎，小心翼翼地连脚尖也没有碰到白圈的边，晚上还是被带到了民警局长的面前。哈罗急得直喊冤枉。

他连声申辩："我没有跨出圆圈一步！"

"你错就错在不敢跨出圆圈！"民警局长阴沉着脸说。

"……"哈罗的喉管好像被黄沙给堵住了，一句话也说不出来。白圈，明明是民警局长给划定的界限。这会儿怎么又出尔反尔了呢？哈罗想得头昏脑涨，也没有想出个所以然来。

"报告，罪犯抓到了！"外面传来了大侦探的声音。

两个强盗被押了进来。大侦探把被抢劫的财宝递给民警局长，嘿，一样也没少，耷拉着脑袋的民警局长喜笑颜开了。哈罗一瞧见这两个罪犯，才恍然大悟：怪不得民警局长刚才大发脾气，原来他就是那幢白色别墅的主人。

哈罗紧张得直打哆嗦："我……不知道……强盗抢劫……局长阁下的别墅……否则……冒着判处无期徒刑的危险……我也要抓住这两个强盗！"

"住口！"民警局长又开始大发雷霆了，训斥起来，"偷了我的别墅算什么，决不能让公民受损害。你看看，你今天犯了多么大的错误：交通肇事你不管，造成小镇有史以来最大一场交通事故；聋哑人丢钱你不追……"

"我是执行您的命令，不出……"

哈罗"白圈"两个字还未脱口，民警局长就冲他气急败坏地喊了一声："立正！向后转，开步走——"哈罗明白军令如山，立刻闭上了嘴巴，迈着有力的步伐，昂首挺胸地向外面走去。

可他的脑袋始终是一片空白。

哈罗闭眼……

又轮到哈罗站岗了。

　　这天街道上格外清静。不要说马路上了，就连路边的公寓、电影院、大酒家、超级市场里都没有一个人影。今天是小镇成立百年纪念日，镇上所有的居民——除了站在白圈里坚守岗位的哈罗——全都到地下餐厅参加餐会了。

　　这时，哈罗窥见了可怕的一幕。

　　一阵巨大的轰鸣声过后，小镇背后的山峰晃动了几下，泥石流爆发了。山石混杂着泥土，朝小镇滚滚逼来。如果在半个小时之内，小镇的人不迅速撤离的话，就将全部被埋没在泥沙下面。

　　那些狂欢的人们，根本就不知道大难临头。

　　哈罗急得大汗淋漓。哪怕是再多拖延一分钟，小镇就多添一分危机。

　　必须把险情迅速报告给镇长。可哈罗害怕，他不敢跨出白圈去报警，他宁愿以身殉职，也不愿背个黑锅。那样的话，违抗命令的罪名一辈子也洗刷不清了。然而见死不救，也同样没有好下场，民警局长不是训斥过他"错就错在不敢跨出白圈一步"了吗？这个白圈究竟该不该跨呢？

　　哈罗不知如何是好了。

　　万般无奈，束手无策的哈罗只好闭上了双眼。他什么都没有看见，因此也就用不着考虑是否应该跨出白圈了。

　　于是，泥石流呼啸而下。

　　从此，小镇被从地图上抹了下去。

"气球兵"历险记

从天而降的"气球兵"

小老鼠迪克一个人住在屋顶上，孤零零的，寂寞极了。上面冷冷清清，除了一片片横七竖八的瓦片以外，连个人影都瞅不见。不要说别的小老鼠不来串门了，就连他的冤家对头小猫咪都不肯光顾一趟。唉，没劲！

这天，迪克正躲在旮旯里想着搬家的事，忽然看到一个圆溜溜的东西从天上飘了下来。

这是个什么玩意呢？

圆鼓鼓的像一个小西瓜，尾巴上还绑着一根细绳子。迪克顿时来了兴趣，嗖的一下扑了上去，一口咬断了那根细绳子。可没容他细看，就听到扑哧一声巨响，一股气流把迪克给冲出好远，吓得他连翻了十几个跟头，等他爬起来惊魂未定地这么一瞧，又咧开尖嘴巴嘿嘿地笑开了！

哈哈，原来是一个孩子们玩的气球。

绳子一断，里面的气儿跑得一干二净，变成了一个干瘪瘪的小袋子！嗨，真逗乐，迪克狠狠地吸了一口气，把

气球的嘴套在自己的尖嘴巴上，使劲一吹，嘻嘻，气球慢慢地胀了起来。

气球是鼓起来了，可迪克的尖嘴巴却紧紧地套在气球嘴儿里，拔不出来了。哎哟，迪克透不过气来，憋得眼珠子都快冒出来了！累得满头大汗，好不容易才把尖嘴巴从气球里抽出来，可他力气用得太大了，身子一歪，朝屋顶边缘滚去！

要命！迪克魂都吓飞了，今天非摔死不可！

还好，就在迪克滚下屋顶的一瞬间，他的尾巴一下被两块瓦片给牢牢地夹住了。

嘿，迪克给倒挂在半空中啦！他睁开眼睛往下一看，发现了一个新的世界：多好玩呀，下面有一条弯弯曲曲的马路，路上车来人往，小得像蚂蚁，热闹极了！"干脆，就吊在气球上，到下面去玩一趟！"迪克拿定了主意，又爬上了屋顶。

他重新吹鼓气球，把自己的长尾巴在气球的嘴上绕了几下，打了一个结子，不让气儿跑出来。然后闭着眼睛纵身一跳，开始了"气球兵"的生涯。

五颜六色的花"蘑菇"

迪克吊的气球下降到一半，天空中就飘起了绵绵细雨。

真有趣，好像魔术师变戏法似的，街道上一下就涌起了一顶顶雨伞，红的、黄的、紫的……一眼望不到边，简直成了一个伞的海洋。"好漂亮的蘑菇啊！"迪克从来也没有见过雨伞，还以为是一个个五彩缤纷的花蘑菇哪！

"咚！"迪克和他的气球落到了一顶黑伞上。

好大的蘑菇呀，迪克开心死了，又翻跟斗又踢腿，还来了一个后空翻转体 360 度。

他这一蹦不要紧，雨伞下面却传来了一个陌生的声音："下冰雹了吧？怎么咚咚响的！"

天呀，这不是人的声音吗？迪克吓得连胡子都哆嗦起来了。等伞下没动静了，他便轻手轻脚地爬到伞的中央，用嘴巴咬开一个洞，再凑近一瞧，不禁傻了眼：下面竟躲着一个白胡子小老头。

噢，这下子迪克恍然大悟了，原来人躲在这个大蘑菇下面，是怕淋着雨啊！

迪克看见小老头那副悠游自在的模样，把嘴巴都给气歪了："哼，我在外头挨雨浇，你却躲在里头享福，还差点把我给吓个半死！"于是他对准那个小洞，哗哗地浇了一泡尿。正好小老头这时候仰脸要瞧瞧什么，倒霉，又腥又臊的鼠尿全部撒在了他的脸上。

小老头气得连嚷带骂，可迪克才不在乎。

他一使劲，就跳到了前面的一顶花伞上。哎哟，力量使得太大了，一下就把花伞给砸出了一个碗口大的窟窿。幸亏迪克眼疾手快，否则非把伞下的脑袋砸昏不可。几乎就在这同时，从伞下飞出了尖细的颤音："谁朝我伞上扔石头？"嘿嘿，不用说，伞下是一个小姑娘啦！

迪克尾巴上拖着那个气球，愈跳愈欢，从一顶伞跳到一顶伞上。这下可把伞下的人给惹火了，他们又喊又叫，把伞一掀，就把兴高采烈的迪克给摔到了地上。

"抓住这个臭耗子，他还撒了我一脸尿哪！"

"用他的尖脑袋赔我的伞！"

就在他们的脚快要踏烂迪克的时候，一阵猛烈的西北风刮了过来，呼的一声气球又飘了起来。迪克再一次死里逃生了。

迪克又惹了一场大祸

气球愈飞愈高，一会儿就飞过了人们的头顶。迪克一看人够不到他了，又嚣张起来了。他冲着下面黑压压的人群又龇牙又咧嘴，还嬉皮笑脸地嚷道："拜拜！拜拜！"

你听，迪克有多气人哪，当场就把几个老太婆给气昏过去了。

飞到一半，风停了，气球一下子缠在了无轨电车的电线上。迪克急得上蹿下跳，怎么也解不开绕在电线上的气球。

突然，从下面的人群中爆发出了一阵热烈的欢呼声，差点把迪克的耳朵给震聋了。他定睛一看，吓得几乎都不会动弹了。只见一辆又长又宽的无轨电车呼啸着，拖着两根长辫子冲了过来，就听到吱的一声，迪克的尾巴给夹在电线和辫子中间了，疼得他直流眼泪。

"活该！"人群中又响起了一阵哄笑声。

多亏无轨电车来了一个紧急刹车，要不非把小老鼠给挤扁不可。

又是一阵吵嚷声。迪克忍住疼痛睁眼一看，绝望得叫出声音来了！几个气势汹汹的小伙子爬上车顶，伸手就要抓迪克，可偏偏就在这千钧一发的时候，气球三绕两绕，又从电线上脱开了。迪克脱险啦。

这次迪克没有去理睬下面的咒骂声，他实在是太累了，悬挂在气球下，闭上眼睛，随风飘走了。

"哐当！"迪克的身体重重地撞在十字路口的红绿灯上，这是一排水平排列的红绿灯。迪克累得精疲力竭，就昏头昏脑地爬了上去，脑袋一歪，呼噜、呼噜地睡着了。他睡着了倒没有什么关系，可挂在他尾巴上的气球却正好挡住了绿色信号灯。

这次可闯了大祸。

道路两端的司机左等右等，就是不见放行的绿灯亮。道路被彻底堵塞了，车辆排成了长队。终于，眼尖的民警发现了肇事的祸根，他大声喊道："快，把红绿灯上的那只小老鼠抓走！"

一辆救火车冲了过来。消防队员听到了呼喊声，立刻把水龙头抱了下来，对准迪克的屁股就猛喷起来。

迪克睡得正香，冷不防，被劈头盖脸的水柱给浇醒了！怎么啦，发洪水了吗？迪克不敢多想，赶忙朝上一蹿，吊在气球下面飞走了。

见一个气球腾空而起，下边还倒挂着一只小老鼠，人们都不敢相信自己的眼睛了。

气球爆炸了

"当、当当……"海关大楼的大钟敲了几下，指针一跳，已经是傍晚时分了。

迪克正好乘气球飘到这里，见两根长针一跳一跳的，马上牵动尾巴，控制气球飘行的方向，小心翼翼地靠了上去。一抬腿，他就跳到了正朝上转的分针上面。

"嘻嘻，这不和跷跷板一样好玩嘛！"迪克索性骑在分针的头上，兴奋得大喊大叫。他一使劲，分针就倒转；一松劲，分针又朝上转，晃晃悠悠的，舒服极了。他是舒服了，全城的人却都遭了殃，钟楼的大钟走走停停，把人们的时间观念都给弄糊涂了。

几只鸽子经过这里，冲着迪克不满地嚷叫："喂，全城人都靠这只大钟上班下班，你这一捣乱，不全都乱套了嘛！"

"用不着你们管！"被鸽子一教训，迪克玩得更欢了。

"偏要管！"鸽子火气直冒。

迪克做个鬼脸，冲着飞过来的鸽子吐了一口唾沫。鸽子火了，队伍呼地一下散开了，冲着迪克轮番攻击，用坚硬的嘴巴狠啄他的尖脑袋。迪克皮厚，被鸽子啄一下毫不在乎，相反，他还用尖脑袋撞起前来进攻的鸽子来了。

蛮干不行，机灵的鸽子全都飞了起来。他们故意激怒迪克："臭耗子，你敢到空中比比武吗？"

"比就比！你们有翅膀，我有大气球，照样打败你们！"迪克上当了。他一蹦，就跳到了半空中，气球拖着他飘来晃去。不过，这样一来，他可就完蛋了，鸽子根本就不理睬他，而是专门攻击他上头的气球！

完了，后悔也来不及了！迪克拼命地扯动自己的尾巴，想重新朝钟楼靠去。可已经太晚了，钟楼下观战的人们听到空中传来了叭的一声响，就看到一个黑点坠了下来。

气球爆炸了，"气球兵"迪克从空中摔了下来。

真幸运，迪克掉在一个沙堆上，没摔死。他活动了一下，就拖着尾巴上那个破气球朝自行车修理铺跑去。干什么去呢？他大概是打算用修补轮胎的胶水，粘一粘自己的破气球吧！

全球智慧继承人

一个没长脑袋的亿万富翁

你也许会吓一大跳，人没脑袋怎么能活？

嘿嘿，亿万富翁乔巴巴不是没长脑袋，他脖子上的圆球比最大的西瓜还要大好几倍呢！可惜长脑袋跟没长脑袋一个样，脑细胞几十年不使唤，全都变得锈迹斑斑不顶用了。进口的高效除锈剂喷了好几吨，仍然无济于事，乔巴巴还是一个举世无双的大傻瓜！

别看乔巴巴蠢，可他的种种壮举，能让整个地球颤抖。

半年前，在一个被遗弃的古战场观光时，乔巴巴从一片残垣断壁里挖出了一个圆罐子，他兴奋得简直都快要发疯了："我找到古代文物啦！"

可考古学家一鉴定，却吓得面如死灰，惊慌失措地连声嚷道："快把它扔了，这是一个没有爆炸的地雷！"

"明明是价值连城的宝贝，怎么会是地雷？"乔巴巴不以为然地摇摇大脑袋，把地雷小心翼翼地捧回了自己的城堡。

在一次豪华的家宴上，喝得醉醺醺的乔巴巴对几百个阔太太吹嘘道："你们看到过我亲手挖掘出来的古物吗？"说完，他就东摇西晃地把那个地雷给抱了出来。

也不知乔巴巴的手指头怎么触到了地雷的开关，他手中的"古物"竟"哧哧"地冒起了白烟。

乔巴巴吓懵了，呆呆地站着，不会动弹了。幸亏一个管家眼疾手快，夺过地雷，朝窗子外面狠狠扔去。

只听到轰隆一声巨响，地雷爆炸了，它的冲击波把城堡都给震裂了！

好了，好了，好汉不提当年勇，这些都是以往的陈糠烂谷子了。眼下，乔巴巴又要创造一个奇迹，叫全世界的人都大吃一惊！

他在陆地上呆腻了，想到汪洋大海上去呼吸呼吸新鲜空气，就命令手下的工程师造一幢四百层高的摩天大楼，然后搬到大海里。用他的话说，要造一个活动的孤岛。

工程师简直不敢相信自己的耳朵了，他冲着乔巴巴叫喊道："摩天大楼会沉到海底去的！"

"你骗人，我又不是光屁股的小孩，什么都不懂！"乔巴巴气得暴跳如雷，声音大得把窗玻璃都给震碎了，"万吨巨轮都不会沉，摩天大楼就更不会沉了！"

"那是因为船有浮力……"工程师还想解释。

"我出钱，你给我造！给我造！给我造！"乔巴巴喊了三天三夜。

　　万般无奈，工程师只好昼夜加班，指挥建筑工人造出了一幢高耸入云的摩天大楼。

　　摩天大楼马上就要下水了！各大报社的记者蜂拥而来，BBC 和 CCB 电视台也都派出了经验丰富的摄像师，准备向全世界实况转播这一盛况。一句话，世界都轰动了。

　　乔巴巴神气极了，他容光焕发，站在摩天大楼的最高层。不过，新闻记者们却惊讶地发现，楼上只有乔巴巴一个光杆司令！是呀，明明知道摩天大楼要葬身海底，谁还愿意送死呀？

　　"下水！"乔巴巴庄严地下达了命令。

　　一千台巨型吊车挥动长臂，轻轻一抓，就把摩天大楼给吊了起来！吊车开始向海边移动了，一声哨响，摩天大楼被放到了大海上。

　　乔巴巴站在楼上，高兴得乱蹦乱跳。他冲着岸上黑压压的人头叫道："成功了……"可是，话刚脱口，人们就看到摩天大楼身子一歪，轰的一声倒下来，顷刻之间就被无情的巨浪给吞没了。

　　三天以后，乔巴巴才被一头海龟给驮上沙滩。救护大队的人整整给他做了三个小时的人工呼吸，才把他救活。

乔巴巴做成了一笔最最得意的大生意

　　奇迹，惊人的奇迹，乔巴巴动用了一个脑细胞。

自从被人救活以来，乔巴巴一直愁眉不展，好像害了一场大病，整日整夜地唉声叹气，心里总是在想：我怎么这么傻呀？

为此，乔巴巴专门投入巨额资金，组建起一个现代化研究中心，利用电子计算机分析、解答这个问题。一千个科学家算了七七四十九天，终于找到了答案：乔巴巴缺少智慧！

乔巴巴立刻命令科学家给他合成一种人工智慧，再用注射器注入脑袋里去。这可真比登天还难，智慧看不见、摸不着，怎么能生产？

乔巴巴原先是一个大海盗，专门用黑布蒙住脸，抢劫航行在海上的商船，干尽了罪恶的勾当，发了一大笔横财，钱多得连一万只保险箱都放不下了。

一个戴金丝边眼镜的秘书凑到他的身边，低声说："俗话说，金钱万能，你干脆贴一张布告，重金收买智慧，说不定能买到一点呢！"乔巴巴无可奈何地同意了。

第二天，拜拜市的喷泉广场上竖起了一块巨大的白牌，上面写着几行醒目的大字——

重金悬赏　价格优惠

本人因生理缺陷，一出娘胎即患小儿智慧缺乏症，脑袋里没有智慧。如果有谁愿意出售多余的智慧，本人愿意高价收买。来人来函均可。

大富翁乔巴巴

这一大奇闻，立刻就在拜拜市引起强烈反响。消息不胫而走，世界各国的报纸都在头版头条刊登了这个滑稽可笑的启事。短短几个小时，乔巴巴已经成了一个家喻户晓的新闻人物！

傍晚，一个男孩敲响了乔巴巴私宅的大门。

"滚开！"看门老头一看是一个乳臭未干的毛孩子，就恶狠狠地吼叫道。

"告诉乔巴巴，我是来拍卖全球智慧继承权的！"那孩子一边不慌不忙地说，一边大模大样地朝里走去。

奇迹！乔巴巴又动用了一个脑细胞，他想了三秒钟，然后贼眉鼠眼地看了小男孩一眼，诈诈唬唬地说："你真有智慧卖吗？你要是骗我，我可要叫警察了！"

"我叫涂糊糊，就住在拜拜市，警察全都认识我！"涂糊糊不慌不忙地从口袋里摸出一个玻璃瓶，又从里面掏出一个纸卷，递给了乔巴巴，"这是我在海边捡到的一个漂流瓶，你念念里面的信吧！"

乔巴巴展开纸条一看，上面果然写着几行歪歪扭扭的小字，乔巴巴让秘书读出来——

秘密，绝对秘密！

我马上就要咽气了，在我临终之即，我向第一个拾到这个漂流瓶的人透露一个秘密。

我是爱克斯家族的第三百二十八代子孙。远在三千九百八十九年以前，一个圣诞节的晚上，上帝半夜冻醒了，偷偷窜到我老祖宗的家里烤火。临走时，为了感谢我老祖宗，赐给他一个至高无上的权力：全世界所有人脑袋里的智慧都归他一人所有。从此以后，这项继承权我们家族代代相传。可惜传到我手里，却无法再传了，因为我还没来得及娶老婆，就要见上帝去了。只好在此严肃地、郑重其事地、隆重地、轰轰烈烈地立下遗嘱：谁第一个拾到这个漂流瓶，全球智慧的继承权就归谁所有。

绝后的爱克斯家族第三百二十八代子孙

刚刚读完纸条上的最后一个字，乔巴巴就一把搂住涂糊糊，一个劲地恳求道："好糊糊，你把这个继承权卖给我吧！"

"当然可以卖给你！"涂糊糊提高嗓门大声说，"不过，你要把你所有的钱都给我！"

什么，要这么多钱？这不是要了乔巴巴的命嘛！

"你不愿意就算了！"涂糊糊把那个纸卷往漂流瓶里一装，就要扬长而去，"你也不想一想，全世界有多少大商人、银行家、科学家，他们脑袋里的智慧有多少？你要是把这么多的智慧都塞到你自己的脑袋里去，不就成了全世界最最聪明的人了？还怕发不了大财？"

乔巴巴一跺脚，追了上去："别说了，继承权我买下了！"

乔巴巴搜刮来的钱可真不少，涂糊糊租了一百辆大卡车，昼夜不停运了三天三夜，才把乔巴巴的钱给运光了。

拜拜市的公民都收到了通缉令

乔巴巴用全部的钱买下了全球智慧继承权的消息一透

露，新闻界为之哗然，谁能料到乔巴巴居然会干出了这桩傻事！

"哈哈！哈哈哈！哈哈哈哈！"人们都在放声大笑！

乔巴巴在《傻瓜日报》社为他举办的记者招待会上，听到窗外响彻云霄的欢笑声，还以为别人都在祝贺他买下了全球智慧继承权呢！

他得意扬扬地冲着远道而来的记者说："报告诸位一个特大喜讯，我已经从涂糊糊手里买下了一个继承权，从那一天起，全世界每一个人脑袋里的智慧都是我的私有财产了，当然，也包括诸位记者脑袋里的智慧！"

"嘻嘻！哈哈！嘿嘿……"乔巴巴的一番昏话，把记者们逗得前仰后合。大概是记者们笑得太有节奏了，居然引起了屋顶的共振效应，哗啦一声，顶盖从半空中掉了下来。要不是这些记者长期采访，练就了一副反应灵活的身体，非被砸死不可！

只有乔巴巴最倒霉，他吹得正得意忘形，突然发现屋顶塌了下来，逃跑已经来不及了，只好朝讲演台下一钻。想不到小小的讲演台竟成了他的蔽护所，保住了他的性命，否则全球智慧就没人继承了。

工人们驾驶着推土机和铲车，在事故现场小心翼翼地清理着，费了九牛二虎之力，才把乔巴巴给救了出来。

乔巴巴一钻出瓦砾堆，立刻拦住了一辆出租小汽车，冲着司机吩咐道："快，到电视台，我要发表电视讲话！"

车还没停稳，乔巴巴就从车里蹦了出来，旋风般地朝演播室冲去。

"新闻播报完了！下面请听天气气气……"正要播报天气预报的电视台小姐吓呆了，"你，你别杀我！"她把乔巴巴当成一名恐怖分子啦！

乔巴巴一把夺过话筒，冲着摄像机声嘶力竭地喊道："各位观众，我是乔巴巴，我命令你们把脑袋里的智慧全部交出来……"

电视台台长没等乔巴巴把话讲完，就连忙中断了电视播出。

为什么呢？因为披头散发的乔巴巴一冒出来，就激起了十万观众的愤怒。他们抓起十万台电话机，一起给电视台打电话，要求电视台马上把这个大疯子赶走。

电视讲话没讲成，乔巴巴又让印刷厂印了一百万份通缉令。至于纸张和印刷费，乔巴巴厚着脸皮写了一张欠条，答应一星期后一定还。几天之后，拜拜市的每一个公民都收到了一张奇怪的通缉令——

通缉令

为了集中保存人们脑袋里的智慧，全球智慧继承人乔巴巴命令你们，必须在二十四小时之内，把脑袋里的智慧全部交出。违抗者，一律抓捕归案，终身剥夺智慧使用权！

乔巴巴手谕

所有的脑袋都拒交智慧

"等人们把脑袋里的智慧都交给我，我乔巴巴就是全世界最聪明的人了！我就又可以成为一个大富翁了！"乔巴巴乐得又做起了美梦。

可等了三天四夜，连一个交智慧的人也没有！

哪一个正经的人会去理睬乔巴巴的胡言乱语？

乔巴巴急了："哼哼，我非要把所有的智慧都收回来不可！"他气急败坏地从城堡里冲了出来。

一幢白色的圆房子出现在他的眼前。这里是直升机的研究中心。一看见楼里到处是白胡子的老博士，乔巴巴顿时就心潮澎湃起来：我以前吃亏上当，不就因为缺少了一个科学头脑吗？今天先要把这种智慧夺回来！

乔巴巴挥胳膊挽袖子，气势汹汹地朝一个老博士扑去。他一把拎住了老博士的脖领子，吼叫道："认识我乔乔巴，不不，乔巴巴吗？难道你没有收到我的通缉令？为什么不把智慧交给我？我是你脑袋里智慧的主人！"

老博士从容不迫地说："你可真是蛮不讲理！我脑袋里的智慧是我心血的结晶，怎么成了你的财产？"

"你——"乔巴巴好半天才从牙缝里挤出一句话，"我是全球智慧的继承人！"

"见你的鬼去吧！"老博士一摆手，从两边走过来两个机器人，抬起乔巴巴轻轻一甩，就把他甩到了走廊里。

乔巴巴像一只无头的苍蝇，在白色大楼里撞来撞去，无意之中，冲进了一个奇怪的实验室，没等他弄明白发生了什么事情，身子就飞到了半空中。原来，这里是直升机旋翼实验室，十几架直升机的旋翼一起旋转，刮起了一阵

来自外星球的妖精

阵强劲的风暴！乔巴巴在空中转了几圈，就从窗口飞了出去！

好险，窗外的地上如果不是垫着一堆泡沫塑料，乔巴巴非摔个嘴啃泥不可！

乔巴巴跌跌撞撞地爬了起来，又朝前面一座钢筋混凝土的建筑物跑去。推门一瞧，只见一排长长的柜台后面，一个个姑娘正在聚精会神地清点着钞票。啊，乔巴巴明白了，这里是国家银行。银行更好，这些姑娘个个都是活算盘，有了她们脑袋里的智慧，自己以后数起钱来就准确多了。

乔巴巴来劲了！他纵身跳到柜台上，这还是当海盗时练就的一身轻功。只听他一声大叫，把大厅里的姑娘们当时就给吓昏了百分之五十："谁也不许动，把……"

没等乔巴巴把"把脑袋里面的智慧交出来"这句话说完，银行大厅里顿时警铃大作，一群全副武装的警察冲了进来。嗬，原来人们把乔巴巴当成要洗劫银行的强盗了。

"不许动！"警察威胁道，"动一动就打死你！"

"我不动！不动……"乔巴巴的声音愈来愈小，他吓得都快要瘫倒在柜台上了。警察们一拥而上，把乔巴巴结结实实地绑了起来，扔进了刚刚驶到的囚车里。

从警察署里放出来以后，乔巴巴曾经大闹过剧场里的音乐会，还冲进总统府里责问过大总统，可每次都被人们当成疯子轰了出来。

他气得哇哇大哭了好几天，最后恶狠狠地叫嚷道：

"你们不把智慧交给我，老子到法院告你们去——"说完，他就往法院冲去。

大法官开了一个不大不小的玩笑

拜拜市大法院开始审理乔巴巴的案子啦！

开庭那天，能容纳几千人的法庭里挤满了人。真不得了，潮水一样的人群还在源源不断地涌来。没办法，大法官只好临时宣布：审判地点改在能容纳十万人的星球足球场。

"带原告！"只听大法官一声吆喝，全场观众都骚动起来了，谁不想看乔巴巴一眼呢！就是这个全球闻名的超级大傻瓜，用全部财富买下了一个毫无意义的继承权。

哈哈，乔巴巴走过来了，他气呼呼地冲着四周黑压压的脑袋叫道："今天非让你们把智慧交给我不可！"可他的声音马上就被一阵震耳欲聋的笑声给淹没了。

大法官的声音又响了起来："带被告！"

他的话音未落，全场十万观众都站了起来，连维持秩序的警察都加入了他们的行列，一起振臂高呼："我们全是被告！"可不是嘛，乔巴巴控告所有的人都拒绝把脑袋里的智慧交给他。

无奈，十万观众只好派白发苍苍的老博士做代表。

"我控告！他们——"乔巴巴往四周一指，几乎是在狂叫了，"我已经获得了全球智慧的继承权，可他们却不肯把脑袋里的智慧交给我！我要智慧！"

老博士开始反驳乔巴巴的胡言乱语了："什么智慧继承权？我们每一个人头脑里的智慧，都是我们自己不断使用大脑的结果。大脑像一台机器，愈用愈灵活，不用哪来什么智慧？想不劳而获，把别人的聪明才智装进自己的脑袋里，白日做梦！"

"哗——"老博士的话被热烈的掌声打断了。

然而，大法官的最后判决却让老博士和十万观众大吃一惊。只见他不紧不慢地从椅子上站起来，拿起一张判决书读道："现在我宣判，根据大法典第0000卷000页00条0行规定，乔巴巴为全球智慧的合法继承人！乔巴巴是我们这个星球上拥有智慧最多的人……"

"大法官英明！万岁！"乔巴巴高兴得手舞足蹈，冲着老博士示威似的说，"老头，听到了吧，乖乖地把智慧交给我吧！"

忽然，乔巴巴又似乎想起了什么，冲上去拉住了大法官的衣角，迫不及待地问："大法官，他们应该怎么把脑袋里的智慧交给我呢？"

"现在的科学技术还无能为力，"大法官一本正经地说，"说不定要一千年、一万年以后才能实现。"

"那时我不早就死了吗？什么全球智慧的合法继承人，连别人脑袋里的智慧都不知道怎么收回来，还不等于徒有虚名？"乔巴巴这下子可害怕了，他用双手抱住大法官的腿，哭哭啼啼地哀求道，"我总不能光靠这个继承人的空名吃饭呀？我要他们的智慧！"

大法官正颜厉色地说："你真是一个大傻瓜！别人的智慧能装到你的脑袋里去吗？要想得到真正的智慧，就要靠你自己不断地学习！"

"我上当了！"

乔巴巴气得一头栽在地上不动弹了。

这下老博士他们恍然大悟，原来大法官和乔巴巴开了一个不大不小的玩笑。

涂糊糊给乔巴巴捎了一个口信

乔巴巴成了一个穷光蛋，那么涂糊糊呢？

据不肯透露姓名的知情人士透露，涂糊糊没有变成一个亿万富翁，因为他把乔巴巴的财富全都分给了拜拜市的穷人！其实，涂糊糊的那个漂流瓶，是他用过的墨水瓶；里面的信，也是他瞎编的。

听说，涂糊糊还让人给乔巴巴捎了个口信，告诉他：智慧只能靠自己勤奋学习和多动脑筋得来，金钱是买不到的！

红雨伞·红木屐

去年一个黑漆漆的雨日黄昏。

我冲出新宿地铁口，一头扎进漫漫的雨雾中。蓦地，一滴璀璨的光灼了我的眼：只见前头摩天大楼的峡谷之间，飘浮着一粒猩红色的亮点。走近了，擦掉雨水，才看清楚是一位白发飘飘的老婆子，撑着一把红雨伞，立在雨水中。

我与她擦肩而过的时候，听到她在伞下喃喃地说："今天是妙子回家的日子……"夏季的雨水已经漫过了她的脚踝。

大概老婆子是在等孙女放学归来吧。

我眼圈有点发热，嘴里咸咸的，不知是被红雨伞刺疼了眼，还是想起了我那没能活到这样苍老的奶奶。小时候，她总是蓬乱着头发，站在如血残阳里的那棵苦楝树下，唤着我……

绕过这片高楼群，就是我常去的那家小酒馆了。

可今天真是蹊跷极啦，在泥泞的雨地里兜来转去，却怎么也摸不到那条熟悉的小路。身边是一片朦朦胧胧的黑树林，树边还坠着一轮红月亮。迷路了吗？来日本东京已经六年了，我还不知道新宿有这么一隅哪！

"哟，好重呀！帮我举上去好吗？"

一个脆生生的声音，斜刺里响了起来。

黑树林里闪出一个跶着红木屐、穿着一身白色和服的小女孩。她正费劲地把一块油布毡撑过头顶。我蹿过去，一把撑住它，和她一起架到了树皮小屋上。

雨下得更猛烈了。

红月亮早已隐去了。她牵着我的手，钻进搭好的树皮小屋避雨。天还不算暗，我看清这是一个用树枝垒成的小窝棚。雨滴滴答答地漏下来，湿了小女孩的发梢，她伸出小手，接住雨滴：

"这下雨水就淋不着弟弟了。"

黑树林的树皮小屋里只有我和她两个人。我盯着她的脸问：

"弟弟？你弟弟在哪儿？"

她把手指搁在嘴唇上，轻轻地说："别把弟弟吵醒了，他在睡觉。"

我笑了，以为她沉浸在一个小女孩的梦境中。她的头偎依着我的肩，我俩就这样默默地坐在树皮小屋里，听夏日的雨声。雨快要住了的时候，她对我说："我叫妙子……"这时我才第一次看清她的脸。一张苍白的脸，骨瘦如柴，只是一双大大的眸子里溢满了一种说不出的渴望。

"妈妈在等我回家。"她跃进淡淡的雨雾中，"看！妈妈的红雨伞——"

黑树林的尽头是一线模模糊糊的小村庄。

她迎着村边的一滴鲜红奔去。

一对红木屐像是一对在田埂上翩飞的蝴蝶。好久，风中传来了她的声音："……再见，弟弟……"

"弟弟！"我困惑地摇摇头。

我扭过头，目光又一次扫过黑树林的时候，浑身一阵战栗：树皮小屋下是一个隆起的土堆——一座小小的坟墓！树皮小屋里睡着她的弟弟！小女孩怕雨淋着长眠的弟弟，盖上了油布毡……

我还没来得及悲哀，远处划过凄厉的尖啸，像是轰炸机的声音。接着，田埂的上空蹿起一排火海……

"妙子——"

我拼命扑过去，却沉重地摔倒在一幢玻璃幕布的大楼前面。

黑树林、火海……一切都从眼前消失了，只有雨后如血的夕阳。我爬起来，揉揉眼睛，想找回那片忧郁的黑树林，可，四周却只有高耸入云的楼群。

突然，我在熙熙攘攘的人海中，看到了一把耀眼的红伞。

我追上它。

伞下，是那位白发飘飘的老婆子，还有一个身穿白色和服的小女孩。哦，那双红木屐……

身后响起了一片舞蹈队的吆喝声。

我忘记了，今天是盂兰盆节——一个迎接死者灵魂回家的日子。

追回青春的列车

一千个老头集体失踪了

十万火急，一千个老头集体失踪了，全城顿时陷入了一片慌乱。高矮胖瘦四个老头都快急疯了。突然，从邮局传来了爆炸性的新闻，下落不明的老头来信了。不多不少，正好一千封。原来这一千个老头乘上了人生列车，准备追回失去的青春啦！

人生火车站里，列车就要启动了。

"瞧呀，他们全在车上！"高老头第一个发现了他们的踪影，一跳三尺高，"喂，你们活得好好的，干吗还要追回青春？"他冲这列车上的老头高声呼喊。

一千个老头从车窗里探出脑袋说："我们的一生太不光彩了。活了一辈子，一点贡献也没有！不重走人生的道路，我们死不瞑目啊！"

"唉，咱们不也是白白地糟蹋了自己的一生嘛！"

四个老头也开始后悔起来。就在人生列车启动的一刹那，他们也跳到了列车上，去追回失去的青春了！

三个身披盔甲的巨人

"快停车——"当列车从一片荒凉的古战场驶过时，突然从车后传来了炸雷般的吼叫声。他们探头望去，只见三个巨人正张牙舞爪地朝他们追来。

高老头临阵不慌，冲着杀气腾腾的巨人喝道："你们来干什么？还不给我滚回去！"高老头认出这三个巨人就是扑克牌上的 J、Q、K。"主人，我们舍不得您呀！"三个巨人往地上一跪，哀求高老头，"我们跟了您一辈子，您千万不能扔下我们就溜呀……"

"我再也不是你们的主人了！"高老头厌恶地摆摆手。

这下可把三个巨人惹火了，他们从地上一蹿而起，一使劲，就把人生列车给抬了起来，调了一个方向，车尾朝前了。

"主人，"巨人高声恐吓说，"你要是不乖乖地跟我们回去玩牌，我们就把列车给砸个稀巴烂！"

就在这时，高老头一眼看到了一个空的扑克牌盒，他急中生智，连忙俯身从桌上把盒子拾起来，冲着窗外的三个巨人说："别砸车，我跟你们回去，不过你们得先把列车给调过来，再钻到盒子里！"

巨人们一抬手，就把人生列车恢复了原状，然后变成了三张扑克牌，"扑"一声钻进扑克盒。高老头飞快地点燃了一根火柴，把扑克盒烧着了，三个巨人化为一堆灰烬。"呜——"人生列车又向前飞驰而去。

一千零四箱香烟扔进了炉膛

不知从什么时候开始，人生列车被烟雾笼罩了。

车厢里，烟雾弥漫，老头们呛得不停地咳嗽，几乎都喘不过气来了。最严重的是，车头前面烟雾茫茫，列车长再也无法看清前方的轨道，列车只好缓缓地停住了。

"出了什么事？"老头们显得惴惴不安。

只见在车旁的一座古堡上，站着一个奇形怪状的人。他瘦瘦的脸，细细的腿，却挺着一个无与伦比的大肚子。那缕缕烟雾，就是从他的耳朵、鼻孔和嘴巴里喷射出来的！哟，一个烟人！

"你干吗要拦我们的人生列车！"瘦老头吼道。

"嘿嘿！"烟人嬉皮笑脸地说，"你们去干啥，我才不管呢！我要你们留下来，就是要你们每个人再抽一箱香烟！把我们烟城变成一个烟雾更浓、名副其实的烟城！"

他一挥手，手下一群喽啰把一箱箱香烟搬了出来，共一千零四箱，堆起来像座小山一样高！

"我们不抽！"瘦老头带头抗议了。

烟人狞笑了一声，气哼哼地说："别抗议了，一个人抽一箱烟算什么！你们这一辈子，抽的烟数都数不清，那花的时间才叫多呢！"他把自己的肚子使劲一挤，挤出一股股浓烟，把老头们熏得直流眼泪！

来自外星球的妖精

追回青春的列车

这时候，瘦老头灵机一动，冲着烟人喊道："别喷了，我们抽还不行吗？要是我们把一千零四箱香烟都变成烟灰，你就放我们走吧？"

"当然！骗人我就是烟灰！"烟人响亮地说。

瘦老头立刻指挥一千多个老头，把一千零四箱香烟统统倒进了火车的炉膛中。顷刻之间，香烟就化为一团团烟雾了。瘦老头得意地说："你看，香烟都变成烟灰了！"

"我上当啦！"烟人本想让老头们一根接一根地把香烟抽光，拖住他们，把时间给白白浪费掉，没想到反让老头们给捉弄了，只好把烟雾全部吸进肚里，眼睁睁地看着列车载着老头们扬长而去！

矮老头遭到蟋蟀绑架

一连串的险遇，老头们疲倦不堪，全都迷迷糊糊地睡着了。他们睡得正香，忽然被一阵震耳欲聋的虫鸣声惊醒了。

老头们惊恐地睁大了眼睛，简直以为自己在做梦了。谁见过这样恐怖的情景，成千上万的蟋蟀蜂拥而来，几乎把车厢给填满了。就在老头们绝望之际，那群蟋蟀又突然撤走了。

糟糕，矮老头被蟋蟀劫走了！这趟人生列车停了下来。老头们不忍心丢掉矮老头，他们决心走遍天涯，也要把失踪的矮老头寻找回来。

蟋蟀把矮老头扔到了草地上，气得他哇哇直叫："你们要干什么？难道不知道我要重走人生之路吗？"

"知道！知道！"蟋蟀居然能说话了，而且还振振有词，"就因为你要改邪归正，我们才采取了这场偷袭行动！你好好想想，除了你，谁能给我们做决斗裁判呢？"

唉，都怨自己！以前太迷恋斗蟋蟀了，整天斗呀斗的，成了斗蟋蟀大王，日子全白混过去了。

"我不给你们当裁判！"矮老头毫不屈服。

"你要是不当裁判，哼，我们就把人生列车给团团围住，"蟋蟀威胁道，"使劲鸣叫，让那些老头变成聋子！他们就是找回了青春，也成了没用的残废！"

万般无奈，矮老头只好答应了。蟋蟀们斗呀斗，一对斗完了，又一对跳了上来。矮老头往后一瞧，心里一下子就凉了半截：等着让他裁判的蟋蟀太多了，长长的队伍足有好几里。

这时，老头们找到了矮老头。

一瞧见那么多蟋蟀，老头们也都惊呆了。不过，老头们毕竟经验丰富，一千零三个脑袋一起开动，想出了一条妙计。他们齐声高喊："一对一的决斗，没劲！干脆，你们分成两半，来个集体大决斗！"

顿时，蟋蟀们分成了两派，稀里糊涂地斗了起来，趁着慌乱，矮老头和他的同伴们溜了出来。人生列车又开始运行了。

睡城的传统仪式

在一片悦耳的欢呼声中，人生列车缓缓地停了下来。这是一个热情友好的城市。列车长眼瞅着人们把一朵朵鲜花抛向列车。他激动地"呜——"的一声拉响了汽笛，向欢呼的人群致意！

一千零四个老头被欢乐的人们接下了车，簇拥着朝一个广场走去。

"尊贵的客人们！"一个市长模样的人振臂高喊，"为了欢迎你们光临睡城，我们将举行传统的仪式！"他一声令下，乐手们马上鼓腮运气，吹奏了起来。

随着飘来的乐曲声，老头们突然发现眼皮直往下沉，一股睡意涌了上来，有点昏昏欲睡了！不行，老头们狠狠地咬了一下自己的舌头，叮嘱自己：绝不能睡觉。

突然，胖老头惊异地听到，在软绵绵的音乐声中，四周欢乐的人群发出了鼾声，特别是刚才那个情绪激昂的市长，居然打起了最响的呼噜。奇怪，他们全都睡着了。

这下胖老头恍然大悟了。

乐手们演奏的是催眠进行曲。睡城里的人把睡觉当做了最隆重、最热烈的欢迎仪式，再往身边一看，老头们的眼睛都睁不开了！这下胖老头着急了："别睡！不能把宝贵的时光都给睡掉了！"

可老头们快睡着了！怎么办呢？只有一个办法了，胖老头从口袋里摸出纸和笔，迅速地在上面写上"时间"两个字，然后递给身边的老头："快，看完后快往下传！"

说来也真怪，本来都快要睡着的老头，一看到这张纸条，都像当头浇了一桶冷水，顿时清醒过来了。胖老头写得对，时间不能白白睡掉，他们纷纷朝人生列车跑去。

"上车吧！"列车长下达了命令。

人生列车向睡城告别了！睡城的人们还沉浸在他们的欢迎仪式中，根本就不知道客人早就远走高飞了。等他们醒了，睁眼一看，准会大吃一惊的。

重走人生的道路

历尽艰辛，人生列车终于到达了人生的起点。

高矮胖瘦四个老头和一千个老头一样，全都恢复了青春，浑身充满了朝气，变得精神焕发。

下了人生列车，告别了列车长，他们开始重走人生的道路。

后　记

收入这本《来自外星球的妖精》中的童话，都是短篇童话，除了《红雨伞·红木屐》一篇发表于 1996 年之外，均发表于 1984 年至 1987 年之间，掐指算一算，距离今天已经有二十多年了。

那时我被人称之为"热闹派童话"的代表人物，写过不少热热闹闹的童话。

浙江师范大学教授方卫平曾经在一篇论文中写过这样一段话，评价了我当时的创作："八十年代中期前后，正是所谓'热闹派'美学革命烽火正旺的时节。彭懿作为'热闹派'童话美学运动的一名主力和骁将，发表了一大批广有影响的作品。这些作品从一开始就以一种游离甚至叛逆的姿态，摆脱了传统经典童话相对沉闷、单一的艺术框范，建立了以大胆的想象、夸张、变形为外在叙事特征，以弘扬游戏精神和解放当代儿童心灵为内在艺术旨趣的童话文本类型。从中国当代儿童文学的历史发展来看，这类童话出现的意义是不可低估的。"

虽然那么多年过去了，可还是有读者记得我当年的这些"热闹派童话"童话。读者最喜欢的，好像还是《女孩子城里来了大盗贼》。

彭懿中短篇童话发表年表

编号	作品名称	杂志或报纸名称	发表日期
1	涂糊糊的壮举	少年文艺	1984 年 6 月号
2	气功大师半撇胡	少年文艺	1984 年 12 月号
3	"童话号"列车	新民晚报	1985 年 1 月 25 日
4	恐怖炸弹和时间罐头	童话报	1985 年第 1 期
5	草原上的瘟疫	少年科学画报	1985 年第 4—5 期
6	心声奏鸣曲	小学生	1985 年第 6 期
7	全球智慧继承人	少年文艺	1985 年 7 月号
8	尼古丁市长的烟城	少年文艺报	1985 年 11 月 24 日
9	死光炮	少年文艺	1985 年 12 月号
10	茄子木偶的红心和黑心	儿童时代	1985 年 12 月号
11	四十大盗新传	童话报	1985 年 1—10 期
12	四脚蛇足球队	少年文艺报	1985 年第 90 期
13	隐身大盗	小学生周报	1985 年第 39—51 期
14	男孩城来了个小矮人	童话报	1986 年第 1 期
15	小叮当和蓓蓓历险记	少年文艺（江苏）	1986 年 3 月号
16	"儿童多动症"冲剂和"成人少动症"夹心糖	小学生	1986 年 3 月号
17	判处声音死刑的小镇	东方少年	1986 年 4 月号
18	女孩子城里来了大盗贼	少年文艺	1986 年 4 月号
19	追回青春的列车	儿童时代	1986 年 4 月号
20	星系载客飞舰明日抵达	少年报	1986 年 4 月 30 日
21	鳄鱼国历险记	少年文艺	1986 年 5 月号
22	轰动宇宙的作文大奖赛	少年儿童故事报	1986 年 5 月 17 日
23	鬼星脑震荡	幼芽	1986 年第 5 期
24	太阳系警察	故事大王	1986 年第 6 期
25	周扒皮新传	小学生周报	1986 年第 7 期
26	爸爸的动画片干扰器	当代少年	1986 年第 7 期

编号	作品名称	杂志或报纸名称	发表日期
27	严禁男女生说话的怪城	小星星	1986 年第 7－8 期
28	黑熊大姊办幼儿园	新民晚报	1986 年 8 月 4 日
29	狐狸卖橘子	小朋友	1986 年第 8 期
30	"驯服务"后遗症	少年文艺（江苏）	1986 年 8 月号
31	雪糕罐头打开以后	北大荒	1986 年 9 月
32	涂糊糊在"没头脑共和国"	小星星	1986 第 11 期
33	五百个试管喜剧明星	少年文艺	1986 年 11 月号
34	火蘑菇	当代少年	1986 年第 11 期
35	爸爸的秘密摄像机	童话报	1986 年第 13 期
36	阿塔肚子里的硬币	童话	1986 年第 13 辑
37	怕痒的犀牛外星人	少年文学报	1986 年 35 期
38	鼠洞外的怪城	小白杨	1986 年第 4－12 期
39	橡皮泥星球来的抢劫集团	好儿童	1986 年 1－12 月号
40	偷走元旦的妖精	东方少年	1987 年 1 月号
41	金星蜘蛛人	少年文艺	1987 年 1 月号
42	矮星人核潜艇	当代少年	1987 年第 1 期
43	爸爸要被上缴国库	童话报	1987 年第 1 期
44	宇宙刺客在行动	文学少年	1987 年第 2 期
45	爸爸的"闯祸预警雷达"	少年文艺（江苏）	1987 年 2 月号
46	白圈里的民警哈罗	东方少年	1987 年 3 月号
47	爸爸保姆别动队	儿童时代	1987 年 3 月号
48	滑雪旅行团	少年作家	1987 年第 3 期
49	沉睡星来的"梦游患者"	北大荒	1987 年 3 月
50	古堡里的小飞人	小白杨	1987 年第 4－9 期
51	贝塔星上的气球	故事大王	1987 年 12 期
52	红雨伞·红木屐	儿童时代	1996 年 2 月号
53	来自外星球的妖精	不详	
54	"气球兵"历险记	不详	

彭懿童话集出版年表

编号	作品名称	出版社	出版年月
1	四十大盗新传	希望出版社	1986 年 11 月第 1 版
2	太阳系警察	安徽少年儿童出版社	1987 年 8 月第 1 版
3	外星人抢劫案	少年儿童出版社	1987 年 9 月第 1 版
4	爸爸的秘密摄像机	辽宁少年儿童出版社	1987 年 9 月第 1 版
5	古堡里的小飞人	甘肃少年儿童出版社	1988 年 1 月第 1 版
6	矮星人核潜艇	江西少年儿童出版社	1988 年 1 月第 1 版
7	隐身大盗	四川少年儿童出版社	1989 年 3 月第 1 版
8	飞碟，外星人与黄金	浙江少年儿童出版社	1989 年 3 月第 1 版
9	橡皮泥大盗	江西少年儿童出版社	1989 年 6 月第 1 版
10	星系载客飞舰明日抵达	福建教育出版社	1993 年 4 月第 1 版
11	爸爸烟城历险记	台湾天卫文化图书有限公司	1994 年 10 月第 1 版
12	金星蜘蛛人	湖北少年儿童出版社	1997 年 8 月第 1 版
13	女孩子城来了大盗贼	台湾天卫文化图书有限公司	1997 年 10 月第 1 版
14	彭懿童话文集短篇卷：女孩子城来了大盗贼	明天出版社	1997 年 10 月第 1 版
15	彭懿童话文集中篇卷：外星人抢劫案·可口可乐鼠	明天出版社	1997 年 10 月第 1 版
16	彭懿童话文集中长篇卷：矮星人核潜艇·橡皮泥大盗	明天出版社	1997 年 10 月第 1 版
17	彭懿童话文集长篇卷：你就是外星人·疯狂绿刺猬	明天出版社	1997 年 10 月第 1 版
18	小叮当和蓓蓓的奇遇	福建少年儿童出版社	1998 年 5 月第 1 版
19	可口可乐鼠	希望出版社	1999 年 1 月第 1 版
20	滑雪旅行团	科学普及出版社	1999 年 7 月第 1 版
21	爸爸怪兽 怪兽爸爸	安徽教育出版社	2000 年 6 月第 1 版
22	隔壁有狼	少年儿童出版社	2000 年 8 月第 1 版
23	红雨伞·红木屐	吉林人民出版社	2002 年 1 月第 1 版
24	爸爸怪兽 怪兽爸爸	台湾天卫文化	2002 年 6 月第 1 版
25	橡皮泥大盗	春风文艺出版社	2003 年 5 月第 1 版
26	女孩子城来了大盗贼	中国福利会出版社	2004 年 1 月第 1 版